CHANTAL SCHREIBER

Perfekt für dich

 Schneiderbuch

EGMONT

Bisher bei Schneiderbuch erschienen:

Friends & Horses – Schritt, Trab, Kuss (Band 1)
Friends & Horses – Sommerwind und Herzgeflüster (Band 2)
Friends & Horses – Pferdemädchen küssen besser (Band 3)

Perfekt für dich

1. Auflage 2019
© 2019 Schneiderbuch
verlegt durch EGMONT Verlagsgesellschaften mbH,
Alte Jakobstraße 83, 10179 Berlin
Alle Rechte vorbehalten

Umschlaggestaltung: Designomicon | Anke Koopmann, München
Umschlagmotiv: © Anke Koopmann unter Verwendung von Motiven von shutterstock
Satz: PPP Pre Print Partner GmbH & Co. KG, Köln, www.ppp.eu
Printed in the EU
ISBN 978-3-505-14275-8
www.schneiderbuch.de

Unsere Bücher finden Sie im
Buch- und Fachhandel sowie im

www.egmont-shop.de

MIX
Papier
FSC FSC® C014496

Die Egmont Verlagsgesellschaften gehören als Teil der Egmont-Gruppe zur
Egmont Foundation – einer gemeinnützigen Stiftung, deren Ziel es ist, die sozialen,
kulturellen und gesundheitlichen Lebensumstände von Kindern und Jugendlichen zu
verbessern. Weitere ausführliche Informationen zur Egmont Foundation unter
www.egmont.com.

INHALT

Für meine Community
Ihr seid #perfektfürmich
🖤

BESCHREIBE EIN FAMILIENMITGLIED

Mein Bruder

Mein Bruder heist Toby und ist der beste große Bruder der Welth.
Er spielt mit mir Uno und er hat mir gezeigt, wie man Fahrad fährt.
An meinem Geburtstag hat er mir einen großen Kuchen gebacken,
der sah aus wie unser Hund Polly, mit weißem Zuckerguss und braunen
Schokoladefläcken. Tobys Haare sind blont, aber dunkler als meine und
seine Augen sind blau, aber heller als meine. Er kann mit Bällen jonglieren
und Gitarre spielen und es klingt auch richtig schön. Er kann auch dazu
singen, aber nicht, wenn jemand zuhört. Ich finde, er singt sehr schön.
Aber das beste an meinem Bruder ist, dass er ein Helt ist. Er sagt,
er ist kein Helt und das hätte jeder gemacht, aber das stimmt nicht.
Jeder springt nicht im Winther in einen eiskalten Seh und holt einen Hund
raus, der im Eis eingebrochen ist. Ich glaube, das macht nur ein Helt.
Er hat auch schon Entenbabys gerettet, die auf die Straße gelaufen sind.
und einmal hat er ein verletztes Eichhörnchen gefunden und es gesund
gepflegt. Er hat zwei Wochen immer densellben Sweater angezogen,
weil das Eichhörnchen so gerne in der Tasche gesessen hat. Meine Oma
hat gesagt, bei uns riecht es wie im Zoo. Wenn er achtzen ist, will er
im Tierheim mithelfen und mit Hunden Gassi gehen, damit sie auch
mal rauskommen. Ich will das auch machen, wenn ich so alt bin, denn
jeder Hund muss mal raus und ich liebe Hunde und alle Tiere. Genau
wie Toby. Wenn er erwachsen ist, wird er Tierarzt oder Forscher
oder er beschütst Elefanten in Afrika. Und ich helfe ihm.
Ich will genauso sein wie mein Bruder.
Kim Conrads, 9 Jahre

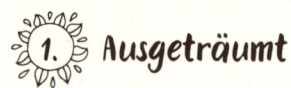# 1. Ausgeträumt

»Ka-tha-ri-na!« Kim stand im Eingang zur Küche, ihre Hände in die Hüften gestemmt. Sie nannte ihre Mutter immer beim Vornamen, wenn sie sauer auf sie war. »Das kannst du nicht machen! Ich hab schon mit ihm gesprochen! Und es allen erzählt!«

»Mein lieber Schatz, dann warst du wohl etwas voreilig.«

Kim ignorierte das und fauchte: »Du machst mich vor der halben Schule lächerlich!«

»Die Schule ist in ein paar Tagen aus. Und nach den Ferien erinnert sich kein Mensch mehr daran.«

Kim ignorierte auch diesen – durchaus legitimen – Einwand und wechselte die Taktik.

»Und was ist aus *Wir entscheiden alles gemeinsam* geworden?«, fragte sie anklagend, aber Katharina war sowohl als Psychologin wie auch als Mutter zu erfahren, um in diese Falle zu tappen.

»Das hab ich mich auch gefragt, als du auf eigene Faust diesen Danny zu deinem Nachhilfelehrer ernannt hast!«

Kim schlug sofort den notwendigen Haken – immerhin hatte auch sie in den dreizehneinhalb Jahren, die sie mit ihren Psychologeneltern zusammenlebte, einiges gelernt. »Ich dachte, du magst es, wenn ich selbstständig bin!«

»Absolut. Aber ich mag es *nicht*, wenn deine Hormone sich selbstständig machen!«

Ha! Kim hasste es, wenn ihre Mutter diese Karte ausspielte – die Wir-wissen-beide-dass-du-in-der-Pubertät-bist-Karte. Sie spürte, wie ihr das Blut in den Kopf schoss.

Danny war das Mathematik-Aushängeschild der Schule. Er war außerdem der beste Leichtathlet, ein toller Snowboarder und Schwimmer, eins achtzig groß, dunkelhaarig und hatte tolle grüne Augen. Kim wusste also ganz genau, worauf ihre Mutter hinauswollte.

»Ich habe keine Ahnung, worauf du hinauswillst!«, rief sie entrüstet. »Danny ist mehr als qualifiziert! Er hat schon Mathe- und Physikwettbewerbe gewonnen und gibt sehr erfolgreich Nachhilfe –«

»Ich meine damit nicht«, unterbrach ihre Mutter völlig ruhig, »dass er nicht qualifiziert ist, Nachhilfe zu geben. Ich meine damit nur, dass er in meinen Augen nicht geeignet ist, *dir* Nachhilfe zu geben.«

Es war Lolo, dachte Kim. Lolo war die ultimative beste Freundin, aber sie hatte ihr Kommunikationsbedürfnis nicht unter Kontrolle.

Lolo muss neulich, als ich mich oben in meinem Zimmer fürs Kino fertig gemacht habe, von Danny erzählt haben.

Wahrscheinlich hatte sie geschwärmt, wie gut er aussah und wie cool er war und was für ein Glück Kim hatte, dass sie mit ihm lernen durfte, weil er so *heiß* war!

Ach Lolo! Wenn du nur einmal deine Klappe halten könntest!

Katharina nutzte die seltene Sprachlosigkeit ihrer Tochter, um fortzufahren: »Mila ist mir von einer Freundin empfohlen worden. Sie soll sehr erfahren sein, sehr nett und kompetent. Kann gut erklären, und, was das Wichtigste ist: Ihre Nachhilfeschüler kommen alle durch. Ich habe mit ihr telefoniert, und glaub mir, sie ist perfekt für dich.«

Na klar, weil ich meinen Sommer mit so einer verknöcherten Streberin verbringen will! Ich hatte mir schon alles so schön ausgedacht! Danny arbeitet den Sommer über als Bademeister im Schwimmbad. Wir hätten nach der Nachhilfe immer gemeinsam hinfahren können. Er hätte mich auf seinem Moped mitgenommen, ich hätte lässig an seinem Hochsitz direkt beim Sportbecken lehnen und mit ihm plaudern können. In meinem neuen gelben Bikini. Bei den Mathestunden hätte er gemerkt, dass ich meinem Alter weit voraus bin, und wir wären einander schrittweise nähergekommen. »Ist das Dannys Neue?«, hätten seine Freunde sich schon bald zugeflüstert und dann, nach ein paar Wochen, wer weiß …

Das sagte Kim natürlich nicht laut. Laut sagte sie, ihr allerletztes Ass aus dem Ärmel hervorzaubernd: »Und was ist mit meinem *Traum?*«

Seit sie ein kleines Kind war, hatte Kim immer wieder von Ereignissen geträumt, die dann tatsächlich eintraten. Das erste Mal passierte es, als sie fünf Jahre alt war, und ihre Mutter erzählte immer noch gern davon.

»Klein Kim kam verschlafen in die Küche getapst und sagte: *Mami, kommt ihr ins Fernsehen, Papa und du? Ich darauf: Wie kommst du denn auf die Idee, Schätzchen? Und Kim hat gegähnt und geantwortet: Ich hab es genau gesehen. Du bist im Fernsehen in einem blauen Kleid, und Papa sitzt neben dir. Und dann ist da noch eine Frau mit dickem Busen.*« An dieser Stelle folgte immer Gelächter, denn mittlerweile war der Rest Geschichte. Kims Eltern waren als »Das Paar, das Paare coacht« zu einer Talkshow eingeladen worden. Die Moderatorin hatte ein Kleid mit seltsamer Raffung getragen, in dem ihre Oberweite enorm ausladend wirkte. Die »Coaching Conrads« hatten spontan so überzeugend ein Pärchen aus dem Zuschauerraum beraten, dass ab diesem Tag die Telefone der Praxis nicht mehr zu klingeln aufhörten. Mittlerweile gab es einen Podcast mit zigtausend Abonnenten, einen Youtube-Kanal, und das allerneueste Projekt, ein Buch mit dem Titel »Dein perfektes Leben«, war eben erschienen. Ein Arbeitsbuch, das Spaß machte und unsichere Zauderer in selbstbewusste, positive *Achiever* verwandelte. So stand es jedenfalls auf der Buchrückseite.

Aber zurück zu Kims Träumen. Kurz darauf hatte Kim von einem schwarz-weißen Welpen geträumt, mit dem sie in der Küche spielte. *Er hat richtig uns gehört, er war unser Hundebaby, er hat hier gewohnt. Mami, können wir einen Hund haben?*

Kims Vater und Mutter hatten erst kurz zuvor beschlossen, einen Hund in die Familie aufzunehmen, aber den Kindern noch nichts davon erzählt – es sollte eine Überraschung werden. Dennoch entsprach Kims Beschreibung exakt dem süßen, struppigen Welpen, in den sich die Conrads schon auf der Website des Tierheims verliebt hatten. Mittlerweile war Mischlingshündin Polly siebeneinhalb, und Kim und sie hatten tatsächlich von der ersten Minute an eine ganz besondere Beziehung gehabt: Als hätte Polly auf Kim gewartet und umgekehrt.

Es folgten noch andere Träume, denen natürlich immer viel Aufmerksamkeit geschenkt wurde.

Doch mit der Zeit wurde aus der kleinen Kim ein Teenager und ihre Träume erreichten eine ungewöhnliche Präzision.

Zum Beispiel sah sie sich im Traum in einem neuen Paar Stiefel, die sie bis ins Detail beschrieb. Beim nächsten Mutter-Tochter-Date in der Innenstadt sprangen genau solche Stiefel Katharina im großen Schuhgeschäft auf dem Domplatz ins Auge. Und sie waren auch noch heruntergesetzt! Ein Wink des Schicksals!

Ein anderes Mal sah Kim sich im Traum snowboarden, und kurz darauf erzählte Lolo, dass ihre Eltern sie auf ein Snowboard-Camp schickten. Ob Kim nicht vielleicht trotz ihrer schlechten Noten und obwohl sie eigentlich lernen sollte …?

Und dann war da natürlich der Traum, in dem Kim ganz deutlich gesehen hatte, wie Danny und sie gemeinsam über den Mathebüchern saßen.

Ihre Mutter hatte zum Thema »Kindliche Wahrträume« recherchiert und herausgefunden, dass diese oft mit Beginn der Pubertät seltener wurden oder auch ganz verschwanden. Das hatte sie irgendwann beim Sonntagsfrühstück so nebenbei in die Unterhaltung eingestreut. Dabei war aber nie angeklungen, dass sie ihrer Tochter nicht glaubte, wenn sie von einem ihrer Träume erzählte.

Als Kim also jetzt trotzig »Und was ist mit meinem Traum?« rief, war sie auf Katharinas Antwort völlig unvorbereitet.

»Nun, ich denke, das war einfach nur ein Traum«, sagte ihre Mutter nämlich gelassen und sah ihr dabei fest in die Augen. »Und nicht alle Träume gehen in Erfüllung.«

Kim wusste, wann sie verloren hatte. Sie drehte sich um und stampfte aus der Küche.

»Deine Mutter ist doch sonst so cool«, meinte Lolo, schob ihren leer gegessenen Eisbecher von sich und tauchte den langen Löffel in Kims fast unberührte Kugel Vanilleeis. »Warum sieht sie sich Danny nicht erst mal an?«

»Weil sie doch auf diese Kreuzfahrt gehen«, sagte Kim. »Und weil meine Mutter ein Kontrollfreak ist und kein Risiko eingehen will.«

Die Freundinnen hatten ihr traditionelles Letzter-Schultag-Eis-Date. Nicht, dass Eis essen etwa auf den letzten Schultag beschränkt war, aber da *musste* es sein. Auch wenn es regnete und nur knapp zehn Grad hatte, so wie letztes Jahr. Denn Lolo flog mit ihren Eltern immer am letzten Schultag nach Florida, wo ihre Oma wohnte und sie und ihr Bruder alle ihre Sommer verbrachten. Und zwei Monate ohne einander, das war kaum auszuhalten, also mussten die letzten Minuten der gemeinsamen Zeit ausgekostet werden.

»Kannst du nicht doch nachkommen?«

Kim war eigentlich immer eingeladen, Lolo in Florida zu besuchen, aber dieses Jahr kam das nicht infrage, weil ihre Eltern die erste Hälfte der Sommerferien auf dieser blöden Kreuzfahrt waren. In der zweiten Hälfte war dann Familienurlaub angesagt, also musste Kim ihren Matherückstand schon zu Ferienbeginn aufholen. Die letzten Mathearbeiten waren ziemlich katastrophal ausgefallen – so viel schlechter als im ersten Semester, dass sogar Kims Versetzung in Gefahr gewesen war. Nicht einmal Lolo wusste, dass ihre beste Freundin es absichtlich so spannend gemacht hatte, in der Überzeugung, ihre Mutter würde dann keine Einwände gegen Danny als Nachhilfelehrer haben. Sie hatte verdammt hoch gepokert, um Zeit mit ihm verbringen zu können, und die Sache war voll nach hinten losgegangen. Denn nun hatte sie einen Monat Matheunterricht mit dieser »netten und kompetenten« Streberin vor sich und konnte noch froh sein, dass ihre Mom nicht auch noch das Fußballcamp gestrichen hatte, den einzigen Lichtblick der nächsten drei Wochen.

»Leider keine Chance dieses Jahr«, sagte Kim. »Ich hab den ganzen Juli Mathenachhilfe. Und Fußballcamp, zum Glück.«

»Vielleicht gibt's da ja auch ein paar nette Jungs«, warf Lolo ein. »Immerhin hättest du mit denen schon mal was gemeinsam.«

Kim warf Lolo einen empörten Blick zu, und ihre Freundin zuckte augenblicklich schuldbewusst mit den Schultern und senkte ihren Blick. Sie hatte »die Grenze« überschritten. Als beste Freundin musste sie Kims Ziele rückhaltlos unterstützen. Schließlich tat Kim umgekehrt auch dasselbe für Lolo. Sie hatte Lolos Mutter so lange bearbeitet, bis die zu Weihnachten den sündteuren Make-up-Malkasten springen ließ, den Lolo sich gewünscht hatte. Kim selbst fand es ziemlich bescheuert, eine Summe für Make-up auszugeben, für die man drei richtig gute Fußbälle oder eine sehr befriedigende Anzahl

Eisbecher kaufen konnte. Aber da das zu diesem Zeitpunkt Lolos erklärtes Ziel war, hatte Kim zu ihr gehalten. Und Kims aktuelles Ziel war nun mal Danny, nicht *irgendein* »Junge«. Außerdem war ihre Camp-Altersgruppe »13 bis 15«, und jeder wusste doch, dass Jungs in der Entwicklung mindestens zwei Jahre hinterherhinkten. Was sollte Kim also mit einem *Kind*, auch wenn es Fußball spielte? »Lolo, was haben wir zum Thema gleichaltrige Jungs ausgemacht?«, fragte sie ihre Freundin streng.

Lolo senkte den Blick. »Dass sie nicht infrage kommen«, rezitierte sie folgsam. »Dass zwei Jahre älter das absolute Minimum ist. Dass wir einen richtigen ersten Freund wollen, mit dem man auch was anderes unternehmen kann als Playstation spielen oder Synchronnasenbohren.« An dieser Stelle prustete Lolo los. »Synchronnasenbohren. Wie bist du bloß darauf gekommen?«

»Als ich im Bus damals hinter Paul gesessen habe, auf der Klassenfahrt.«

»Als ich krank war?«

»Ja, genau. Er hat tatsächlich eineinhalb Stunden lang fast nonstop in der Nase gebohrt. Er hat nur unterbrochen, um sich dazwischen am Kopf zu kratzen und einen Pickel im Nacken zu befingern.«

»Iiiiiiiiiiih!«, machte Lolo.

»Ja.« Kim schnaubte verächtlich. »Du hast echt was verpasst.«

Sie war beinahe dankbar, dass sie eben noch einmal Gelegenheit bekommen hatte, Lolo an diese Abmachung zu erinnern. Denn das erklärte Ziel beider Mädchen für diese Ferien war ein Kuss. Ein *richtiger* Kuss, nicht wie dieser erbärmliche Versuch von Alex aus ihrer Kunstklasse. Alex und Lolo hatten ein Stück weit denselben Heimweg, und irgendwann hatte er Kims Freundin ohne Vorwarnung an sich gerissen und so heftig seine Lippen auf ihre gedrückt, dass sie mit einem erschrockenen »Aua!« zurückgeprallt war. Alex war knallrot geworden und ging Lolo seither aus dem Weg. Kim hatte eben wieder mal recht gehabt. Es musste ein älterer Junge sein.

»Wo waren wir?«, fragte Kim dann. Lolo hatte sie mit ihrer Bemerkung ganz aus dem Tritt gebracht. »Wovon haben wir gerade geredet?«

»Von Synchronnasenbohren und Pickeln«, antwortete Lolo und schüttelte sich.

Kim rollte mit den Augen. »Nein, *davor*!«

»Warum du dieses Jahr nicht kommen kannst?«

»Richtig. Ich wollte grade sagen, dass ich mich auch um Polly kümmern muss. Und um Toby. Oma Bine wäre allein überfordert.«

Lolo nickte verständnisvoll. Polly war, wie Katharina zu sagen pflegte, »emotional anspruchsvoll«, und es war Kim, die am besten mit der Hündin umgehen konnte. Sie hatte mit einer Hundetrainerin daran gearbeitet, Polly wenigstens einige ihrer Ängste zu nehmen. Hydranten und Mofas waren kaum noch ein Problem. Menschen mit dunklen Hornbrillen fand Polly immer noch unheimlich, das schien wohl sehr tief zu sitzen. Selbst die Hundetrainerin meinte, das würde wohl nie ganz verschwinden, ebenso wenig wie die Furcht vor den Absperrbändern, mit denen manchmal Baustellen zusätzlich gesichert wurden. Pollys Reaktion auf diese Streifen – vor allem, wenn sie im Wind flatterten – war Panik pur.

Mit Toby, ihrem Bruder, verhielt es sich Kims Ansicht nach ähnlich. Zwar nicht, was Hydranten, Hornbrillen und Absperrbänder anging, und natürlich jagte ihm auch sein Mofa keine Angst ein. Aber Toby war achtzehn und einfach zu sensibel. Vor einem halben Jahr hatte seine Freundin mit ihm Schluss gemacht, und er war noch immer nicht drüber hinweg. Kim musste unbedingt verhindern, dass er sich den Sommer über in seiner freien Zeit nur in seinem Zimmer vergrub und alte Filme ansah. Eine neue Freundin musste her, und zwar bald.

Und solange sie in ihrem eigenen Leben noch ohne Romantik auskommen musste, hatte Kim genug Kapazitäten frei, um ein paar Wellen in Tobys Liebesflaute zu zaubern. Nicht, dass sie ihre persönlichen Liebespläne schon aufgegeben hätte.

»Ich gebe mich übrigens keineswegs geschlagen, was die Sache mit der Nachhilfe angeht«, erklärte sie.

»Was meinst du?«, fragte Lolo überrascht. »Ich dachte, deine Mutter hat diese Mila schon fix engagiert?«

»Das schon«, antwortete Kim. »Aber vielleicht wirft sie ja überraschend nach der ersten Woche das Handtuch?« Kim guckte ihre Freundin mit großen, unschuldigen Augen an. »Ganz von allein? So was kann man vorher schließlich nie wissen, oder?«

»Was hast du vor?«, fragte Lolo, und ihre Augen wurden, unwillkürlich den Ausdruck ihrer Freundin imitierend, ebenfalls noch größer und runder, als sie ohnehin schon waren.

Kim zuckte mit den Schultern und meinte geheimnisvoll: »Ich? Ich habe gar nichts vor. Aber Teenager sind ja heutzutage so unzuverlässig, wie man hört.«

Lolo lachte. »Du bist *scary*, Kimmo, weißt du das? Ein Glück, dass ich dich nie zur Feindin haben werde!« Sie warf einen Blick auf ihr Handy und sprang erschrocken auf. »In zwei Stunden müssen wir zum Flughafen. Wenn ich jetzt nicht laufe, packt Mom wieder meine Sachen. Letztes Mal hat sie meinen Lieblingsbikini zu Hause gelassen.« Wenig respektvoll imitierte Lolo die Stimme ihrer Mutter: »Aber Schatz, der sah aus, als wäre er mindestens zwei Nummern zu klein.«

Lolo hatte für ihre dreizehneinhalb Jahre schon eine beneidenswert weibliche Figur und genoss es auch, sie zu präsentieren.

Kim lachte. »Hast du ihr erklärt, dass dein Umweltbewusstsein dir verbietet, die Textilindustrie mehr als notwendig zu unterstützen?«

Lolo grinste. »So ähnlich. Und ich bin sicher, sie hat die besten Absichten. Aber Vertrauen ist gut, Kontrolle ist besser.«

Die beiden Freundinnen umarmten einander lange und innig.

»Schick mir Updates, okay?«, sagte Lolo, als sie sich schließlich voneinander lösten, beide mit feucht glänzenden Augen.

»Mach ich, ist doch klar!«

»Ich bin gespannt, wer von uns den *ersten* ersten Kuss kriegt!«

»Vielleicht schaffen wir Synchronküssen! Wird aber schwierig wegen der Zeitverschiebung!«

»Allemal besser als Synchronnasenbohren!«

»Hab einen tollen Sommer, Lolo-lita!«

»Du auch, Kimmo-Maus! Ich halte dir die Daumen wegen Danny!«

In diesem Moment gingen, lachend und einander schubsend, zwei Jungs aus ihrer Klasse draußen vor dem Eissalon vorbei.

»Sieh mal, die heiße Lolo!«, rief Tim, der Klassenclown.

»Mann.« Lolo griff nach einer Waffel. »Tim ist so ein Idiot.«

»Und die kühle Kim!«, rief Andy, Tims größter Fan.

Kim deutete ein gelangweiltes Gähnen an, und die beiden Jungs zogen prustend weiter.

»Siehst du, Lolo, mein Augenstern«, erklärte Kim milde, »*deshalb* geben wir uns nicht mit gleichaltrigen Jungs ab.«

»Tun wir nicht«, bestätigte Lolo und sah den beiden kopfschüttelnd nach. »Aber die sind in zwei Jahren bestimmt immer noch Idioten.« Sie sah auf ihr Handy. »Jetzt muss ich aber wirklich!« Die Mädels umarmten einander noch einmal kurz und innig, dann kämpfte Lolo sich zwischen den Tischchen der voll besetzten Café-Terrasse durch, winkte kurz und verschwand im Laufschritt aus Kims Sichtfeld.

Kim seufzte tief. Morgen würde Lolo in Florida beim Beachvolley-ball die Wirkung ihres Mini-Bikinis ausprobieren, während sie selbst ihre erste Mathestunde bei Mila, der Superstreberin, hatte. Immerhin würden dann ihre Eltern nicht mehr da sein. Katharina hatte Mila allerdings gebeten, heute schon kurz vorbeizukommen, damit sie das Finanzielle und Organisatorische persönlich mit ihr besprechen konnte. Kim war ziemlich sicher, dass ihre Mom vor allem das erste Zusammentreffen von Lehrerin und Schülerin überwachen und sichergehen wollte, dass Kim sich »angemessen« benahm.

Kims Handy vibrierte. Eine Whatsapp-Nachricht von ihrer Mutter.

Mit einem neuerlichen Seufzer stand Kim auf und begann widerwillig, ihre Schritte in Richtung nach Hause zu lenken, um dort so zu tun, als würde sie sich freuen, jemanden kennenzulernen, der ihr den halben Sommer verderben würde. Wenn sie sich nicht ziemlich schnell etwas einfallen ließ.

2. Nerd Schrägstrich Harry

Als Kim mit zwei Minuten Verspätung zu Hause ankam, war die Streberin schon da und plauderte in der Küche mit Katharina.

Kim blieb einen Moment stehen und lauschte.

»Es ist so was wie eine esoterisch-therapeutische Kreuzfahrt«, erklärte ihre Mutter gerade und lachte. »Für Leute, die Reisen, Spaß und Persönlichkeitsentwicklung unter einen Hut kriegen – und daneben noch ein bisschen ihre Ehe retten wollen.«

»Das klingt nach einer ... anspruchsvollen Zielsetzung«, hörte Kim die Stimme ihrer zukünftigen Nachhilfelehrerin zögernd antworten, und dann erneut ihre Mutter lachen.

»Da geb ich dir recht. Wir werden natürlich alles dransetzen, dass es auch jede Menge Spaß gibt. Spaß zu haben ist sowieso die beste Therapie für fast alles.«

»Wieso muss ich dann Nachhilfe nehmen?«, fragte Kim, als sie durch die Tür kam. »Ich könnte mich doch einfach durch den Mathestoff lachen.«

»Du *wolltest* doch Nachhilfe nehmen, mein Schatz!«, gab ihre Mutter zuckersüß zurück. »Wir waren nur bezüglich der Details unterschiedlicher Ansicht.«

»Hallo, Kim«, sagte Mila freundlich. »Freut mich, dich kennenzulernen.«

Jede Wette, dachte Kim. *Du wirst ja auch dafür bezahlt, dass du Zeit mit mir verbringst.* »Hallo«, sagte sie. »Du bist also das Mathegenie.«

Ihre Mutter hob warnend die Augenbrauen.

»Ja, das bin ich«, sagte das Mädchen in den schwarzen Leggings und dem unförmigen grauen Sweater. »Und du bist also die Mathepatientin.«

Katharina grinste. »Ich sehe schon, ich muss mir keine Sorgen um dich machen, wenn ich dich meiner schwer erziehbaren Tochter ausliefere. Und, Kim ...?« Sie wandte sich ihrer Tochter zu und fuhr fort: »Mila hat dir eben auf Facebook eine Freundschaftsanfrage geschickt. Vergiss nicht, sie auch anzunehmen, ja?«

Kim grunzte etwas, das man mit Fantasie als Zustimmung auslegen konnte. Die Augenbrauen ihrer Mutter wanderten noch ein Stückchen höher, aber sie ließ das Grunzen gelten.

Mila lächelte. »Wir kriegen das schon hin«, meinte sie.

Ihre dunkelbraunen, lockigen Haare waren zu einem etwas unordentlichen Pferdeschwanz zusammengebunden, und ihr ungeschminktes Gesicht wirkte irgendwie zu klein hinter dem dicken Hornbrillengestell. Über der linken Augenbraue hatte sie eine kleine Narbe, die noch ziemlich frisch sein dürfte, sie leuchtete rosa. Kim musste an das Nerd-Emoji denken. Und an Harry Potter.

»Schlimmer als meine Schwester kann Kim auch nicht sein«, fügte Mila hinzu.

Wollen wir wetten?, dachte Kim, während sie engelsgleich zurücklächelte.

»Oh, Kim wird sehr kooperativ sein, da bin ich sicher«, gab Katharina zurück. »Sonst verwandelt sich ihr heiß geliebtes Fußballcamp auf magische Weise in ein Mathecamp.«

Kim spürte, wie ihr Unterkiefer sich vorschob und ihre Augenbrauen aufeinander zuwanderten, ohne dass sie irgendwas dazu tat. Wann hatte ihre supercoole Mutter sich in etwas verwandelt, das in einem Fantasyfilm vermutlich vierhundert rasiermesserscharfe Zähne hätte, mit denen es Elfen und Einhörner zermalmte?

»Ich bin sicher, euer nächstes Buch heißt *Wie motiviere ich den Teenager von heute*«, knurrte sie.

»Das klingt nach einem echten Bestsellertitel, Schatz«, antwortete Kims Mutter mit einem strahlenden Lächeln. »Lass mich nur noch mit deinem Vater darüber reden.«

»Worüber willst du mit mir reden?« Felix, Kims Vater, betrat die Küche, schnappte seine Tochter in einer mächtigen Bären-Umarmung und hob sie hoch.

»Was werde ich meine Kimmo-Maus vermissen«, erklärte er. »Soll ich dir einen Delfin mitbringen? Oder lieber gleich einen Blauwal? Ich

könnte dir einen ganz kleinen Blauwal aussuchen, der in deine Bade-
wanne passt und ...«

Kim konnte nicht anders als kichern, während ihr Vater sie durch
die Küche schleppte und Blödsinn redete. Was sollte man machen?
Ihre Eltern hatten irgendwie übersehen, dass sie nicht mehr vier war.
Also genau genommen, hatte ihr Vater es übersehen. Ihre Mutter
wusste es, es gefiel ihr nur nicht. Wenn es nach Katharina ging, würde Kim ihr erstes Date wahrscheinlich mit achtzehn haben. Voraus-
gesetzt, sie versprach, um zehn zu Hause zu sein.

»Daahaaaad!«, protestierte Kim schließlich doch, was zur Folge
hatte, dass Felix Kims Füße auf seinen eigenen absetzte und mit rie-
sengroßen Clownschritten die Küche durchmaß, den linken Arm um
seine Tochter geschlungen, seine Rechte dem Nerd-Emoji mit der
Harry-Potter-Narbe entgegenstreckend.

»Was für eine überaus bezaubernde Kerkermeisterin du be-
kommst, mein Schatz!«, sagte er zu Kim, die sich endlich aus dem
Griff ihres Vaters befreien und flüchten konnte.

Sichtlich verlegen schüttelte Mila die Hand von Felix, der eine tiefe
Verbeugung vor ihr machte. Wenn Toby doch nur ein bisschen mehr
wie ihr Dad wäre! Dann müsste sie sich keine Sorgen um das Liebesleben ihres Bruders machen!

»Wenn Sie einen Schuldigen für Kims überschaubares Mathema-
tik-Talent suchen, sehr verehrte junge Dame, Sie haben ihn gefunden. Natürlich bin ich ebenfalls für ihren unwiderstehlichen Charme
verantwortlich, wie Sie sich denken können, und –«

»Felix«, unterbrach Katharina. »Ich kann dich hören.«

»... natürlich höchstens für dreißig Prozent ihres Charmes«, fuhr
Kims Vater fort, ohne sich im Geringsten den Schwung nehmen zu
lassen. »Die restlichen Prozent ... lassen Sie mich nachrechnen ...

nein, lassen Sie mich nicht nachrechnen, denn das könnte eine Weile dauern –«

»Ich bin sicher, Kim hat großartige Eigenschaften von Ihnen beiden geerbt«, unterbrach Mila. »Und wir werden uns bestimmt gut verstehen.«

Felix warf seiner Frau einen Blick zu. »Sie hat das Zeug zur Diplomatin«, meinte er.

»Oder zur Therapeutin«, ergänzte seine Frau.

»Ich finde, es gibt in diesem Haus schon genug Therapeuten«, kam Oma Bines Stimme von der Diele. Im nächsten Moment tauchte ihr schneeweißer Haarschopf in der Tür auf. Oma Bine hatte eine eigene Wohnung im Haus der Conrads und war der rettende Engel gewesen, als die Karriere ihrer Tochter und ihres Schwiegersohnes plötzlich losgezogen war wie eine Rakete. Jahrelang hatte sie sich um Kim und Toby gekümmert, während Katharina und Felix Vorträge hielten, Retreats leiteten und Fernseh- und Radioauftritte absolvierten. Sie lebten zwar von Tiefkühlpizza und Dosenravioli, weil Oma Bine weder gern noch gut kochte, aber sie jubelte in der ersten Reihe bei Tobys erstem Gitarrenkonzert und Kims ersten Fußballmatches bei den Mini-Mädchen. Sie las ihnen Geschichten vor und hatte dabei für jeden der Charaktere eine andere Stimme. Kein Kindermädchen hätte ihren Kindern das geben können, was ihre Oma ihnen gegeben hatte, und das wusste Katharina. Deshalb nahm sie auch die eine oder andere Verhaltensauffälligkeit ihrer Mutter liebevoll in Kauf. Ohne sie hätte es die »Coaching Conrads« in dieser Form nicht gegeben, und das rechnete sie ihr hoch an. Oma Bine umgekehrt sah das überhaupt nicht als Glanzleistung, sondern fand das völlig normal, mitzuhelfen – sie pflegte sogar zu sagen, sie habe nur sich selbst einen Gefallen getan: Auf diese Art durfte sie jede Menge Zeit mit ihren absoluten Lieblingsmenschen verbringen. Sie hatte dieselben blitzblauen Augen wie ihre Tochter und ihre beiden Enkel, war klein und zierlich und trug mit Vorliebe bunte Sneakers und Jogginganzüge, von denen sie zahllose besaß, in allen Farbvarianten und für alle nur denkbaren Anlässe. Und irgendwie schaffte sie es, beim Spaziergang mit Polly im grauen *University-of-Oklahoma*-Sweater mit passender Jogginghose genauso perfekt gekleidet zu sein wie in der Oper in schwarzen Lack-Adidas und einem glänzenden Edel-Jogger. Oma Bine hatte auch einen Instagram-Account, auf dem sie fast täglich ihr #ootd postete. »Outfit of the day«, hatte sie kopfschüttelnd ihrer Tochter erklärt, als die nachfragte. »Unter welchem Stein bist du denn kürzlich hervorgekrochen?«

Über Oma Bine war Kim auch schon zu Insta-Auftritten mit Hashtags wie #coolsteenkelin oder #girlsdate oder #movienightwithmygirl gekommen, bevor sie ihren eigenen Account haben durfte. Ihre Eltern nutzten die sozialen Medien zwar beruflich, fanden aber, dass die Screentime von Kindern und Jugendlichen so kurz wie möglich gehalten werden sollte, und unter vierzehn sollte ihrer Ansicht nach niemand einer solchen Flut von Information und Ablenkung ausgesetzt sein. Vierzehn? Hallo? Lolo war auf Facebook, seit sie zwölf war. Nicht zuletzt deshalb hatte Kims Mutter am Ende keine Chance, sich in diesem Punkt durchzusetzen – und weil Kim es auch geschafft hatte, Felix auf ihre Seite zu ziehen, der meinte, es könnte für die empfindsame Psyche seiner heranwachsenden Tochter traumatisch sein, in einem so wichtigen Punkt ihren Altersgenossen gegenüber ins Aus gerückt zu werden. Die sozialen Medien seien nun einmal Teil der »psychosozialen Landschaft«, in der die Kinder heute aufwuchsen, also besser, sie lernten rechtzeitig, damit umzugehen. Oma Bine trug zu der Diskussion das ihre bei, indem sie erklärte, sie fühle sich benachteiligt, weil sie die Einzige in ihrem gleichaltrigen Freundeskreis sei, die nicht ihre Enkelin fragen konnte, wenn es auf Instagram nach dem neuesten Update wieder Features gab, die man unbedingt ausprobieren musste. Als sie es endlich geschafft hatte, ein Bild von sich mit Hasenschnauze und Hasenohren zu posten, da war das Ganze quasi schon wieder out gewesen!

Unnötig zu sagen, dass Oma Bine und Kim beste Freundinnen waren – auf andere Art als Lolo und Kim, aber nichtsdestotrotz beste Freundinnen. Oma Bine versuchte weder zu psychologisieren noch zu erziehen, das überließ sie beides ihrer Tochter und ihrem Schwiegersohn. Kim liebte es, wenn Sätze ihrer Mutter, die mit »Aber Mama, du kannst doch nicht ...« begannen, an Oma Bine abprallten wie die Disruptoren der Klingonen am Schutzschild der Enterprise. Ja, Oma Bine war auch ein »Trekkie«, also ein Star-Trek-Fan, und ihr zuliebe hatte Kim nicht nur alle Filme angesehen, sondern auch die uralten TV-Folgen gestreamt. Sie hatte schon mit sieben, als sie ihre Oma in voller Vulkanier-Montur (komplett mit Spitzohren) erstmals zu einem Fan-Treffen begleitete, den Verdacht, dass Oma Bines Vorliebe für Star Trek daher kam, dass die Uniformen der Raumschiffbesatzung irgendwie aussahen wie todschicke Jogginganzüge.

Jedenfalls war ihre Großmutter sonst immer Kims zuverlässigste Verbündete, aber in diesem Moment schien ihre Intuition ausnahmsweise völlig fehlgeleitet. Sie eilte mit einem strahlenden Lächeln auf Mila zu und schüttelte ihr die Hand. »Du musst Mila sein, wie reizend! Vielleicht unternehmen wir drei Mädels ja mal was zusammen, wenn ihr mit der Lernerei fertig seid?«

Kim musste sich gewaltig beherrschen, um nicht: »Halt die Klappe, Oma!« zu zischen. Nicht, dass sie generell respektlos ihrer Großmutter gegenüber wäre. Aber sie *wusste* doch, was Kim für Pläne mit

Danny gehabt hatte! Also sollte sie gefälligst auf *ihrer* Seite sein, anstatt bei dem Nerd-Emoji-Schrägstrich-Harry-Lookalike zu schleimen!

»Sicher«, meinte Mila. »Warum nicht, wenn es sich ergibt.«

Allerdings schien ihr die Aufmerksamkeit der fast kompletten Familie Conrads – nur Toby und Polly fehlten – so langsam etwas unangenehm zu werden, denn sie stand von ihrem Küchenstuhl auf und fügte hinzu: »Ich werde dann mal gehen, Sie haben sicher noch viel zu tun bis zur Abreise.«

Kim verdrückte sich aus der Küche, bevor jemand sie zwingen konnte, sich »nett« von Mila zu verabschieden. Sie würde sie früh genug wiedersehen.

Oben in ihrem Zimmer ließ Kim sich rücklings auf ihr Bett fallen und starrte an die Decke. Gestern hatte sie Danny gesagt, ihre Eltern hätten ohne ihr Wissen einen anderen Nachhilfelehrer engagiert. Sie hätte sich gern eingeredet, dass sie sich täuschte, aber leider war es ziemlich offensichtlich, dass Danny bis zum Ende ihres halb gestotterten Monologs keine Ahnung hatte, wer sie eigentlich war, und noch weniger, was sie von ihm wollte. »Kim Conrads«, hatte sie nachgeholfen. »Aus dem Fußballteam. Ich hab dich neulich auf dem Sportplatz gefragt wegen Mathenachhilfe in den Ferien.«

»Oh.« Er runzelte die Stirn und fuhr sich mit der Hand durch die halblangen dunklen Haare, die ihm in einzelnen Strähnen über die grünen Augen fielen. »Ich weiß schon. Richtig. Du hast irgendwie anders ausgesehen.«

Du nicht, wollte Kim sagen. *Du siehst immer gleich toll aus. Ich würde dich überall wiedererkennen, in jedem Outfit.*

Stattdessen hatte sie etwas von Pferdeschwanz und Sportoutfit gemurmelt, doch da war seine Aufmerksamkeit ohnehin schon wieder in Richtung seiner Freunde gewandert. Und als sie erneut damit begonnen hatte, ihm zu erklären, was das für ein schreckliches Missverständnis gewesen war, da hatte er sie unterbrochen und nur gemeint: »Alles gut, Cora, kein Ding.« *Cora*!

Wie demütigend! Das klang nicht mal so *ähnlich* wie Kim! Das hatte sein Gehirn aus »Kim« und »Conrads« zusammengebastelt. Aber noch bevor sie das mit ihrem Namen richtigstellen konnte, hatte Danny sich umgedreht und sie stehen gelassen.

»Kann ich dich anrufen, wenn sich was ändert?«, hatte sie ihm halbherzig nachgerufen und einen belustigten Blick von Vero eingefangen, Dannys *On-and-off*-Freundin. Bis vor drei Monaten waren sie fix miteinander gegangen. Dann hatten sie sich getrennt, waren wieder zusammengekommen und hatten sich erneut getrennt. Kim hatte den Schultratsch diesbezüglich auf das Genaueste verfolgt. Aktuell war sowohl auf Veros als auch auf Dannys Facebookseite der Beziehungsstatus »Es ist kompliziert« angeklickt.

»Warte nur«, hatte Kim gemurmelt, als sie aus Dannys Klassenraum trabte. »Dir gehört vielleicht die Vergangenheit. Aber ich hole mir die Zukunft.«

Gerade jetzt war Kim nicht so sicher, dass ihre Zukunftsvision sich erfüllen würde, aber sie war kreativ und entschlossen, und Katharina und Felix hatten ihr immer vermittelt, dass sie alles erreichen konnte, was sie wollte. Sie war ziemlich sicher, dass das auch für Ziele galt, die ihren Eltern nicht gefallen würden.

Es würde vielleicht ein bisschen Zeit brauchen, aber Kim konnte sehr hartnäckig sein, wenn es darauf ankam. Sie gab Mila eine Woche. Höchstens. Und inzwischen hatte sie ja das Fußballcamp zur Ablenkung und Aufheiterung.

3. Foul!

»Jetzt weiß ich endlich, was mein Bruder gemeint hat.«

Der dunkelblonde Junge mit den braunen Augen saß neben Kim auf der Bank und presste einen Eisbeutel gegen seine Stirn.

Kim hob die Augenbrauen, positionierte ihren eigenen Eisbeutel neu an ihrem Ellenbogen und wiederholte zerstreut, ohne den Blick von dem Platz zu nehmen, auf dem ihr Team, seit sie die Rote Karte kassiert hatte, eine eher klägliche Vorstellung lieferte: »Was dein Bruder womit gemeint hat?«

»Als er mich davor gewarnt hat, ein Mädchen zu nahe an mich ranzulassen.«

Kim lachte und wandte sich dem Jungen zu.

»Klingt, als wäre dein Bruder schon schwer vom Leben gezeichnet.«

»Es ist acht Jahre her, und Lukas ist inzwischen verlobt. Ich glaube also, er hat sich etwas gefangen.«

Der Junge grinste. Er war ziemlich entspannt dafür, dass sie ihn gefoult hatte. Wären die Rollen vertauscht, würde sie vermutlich nicht so fröhlich mit ihm kalauern. Obwohl das Foul natürlich nicht persönlich gemeint gewesen war, sie kannte den Jungen ja noch gar nicht. Aber irgendwie hatte sie den Frust über die vorangegangene Mathe-Nachhilfestunde loswerden müssen. Der erste Camptag war eigentlich nur ein Probenachmittag, nach dem man sich noch entscheiden konnte, stattdessen einen anderen Kurs zu wählen. Weil das Camp also erst um zwei begonnen hatte, war davor noch Zeit für die Mathenachhilfe gewesen – Kims Mutter hatte sich die Termine ihrer Tochter sehr genau angesehen und jede einzelne Stunde im Vorhinein ausgemacht und bezahlt. Sie hatte auch überprüft, ob Kim und Oma Bine sich alles in ihre Kalender eingetragen hatten.

»Von mir hat sie das nicht«, hatte Oma Bine gemurmelt. »Die einen gehen mit Kontrollzwang zum Therapeuten. Die anderen werden Therapeutin.«

Jedenfalls hatte die Trainerin an diesem ersten Nachmittag beschlossen, die Kids nach einem kurzen Aufwärmen einfach nur in zwei Mannschaften einzuteilen und spielen zu lassen – einen größeren Gefallen hätte sie Kim nicht tun können, denn was gab es Schöneres, um sich abzureagieren, als ein Fußballmatch? Wenigstens vom Fußballplatz wollte sie heute als Gewinnerin gehen. Aber jetzt sah es so aus, als würde auch das nicht klappen.

»Dein Bruder ist schon verlobt?«, fragte Kim den Jungen verblüfft, als bei ihr eingesickert war, was er eben gesagt hatte. »Wieviel Altersunterschied ist denn zwischen euch?«

»Mehr als genug für noch drei ältere Brüder.«

»Fünf Jungs?« Kim starrte ihn fassungslos an.

»Und eine kleine Schwester. Ihretwegen habe ich diesen Beschützerinstinkt und lasse mich von Mädchen foulen.«

Kim war zu perplex, um ihn darauf hinzuweisen, dass von »foulen lassen« keine Rede sein konnte.

»Sechs Kinder?«, sagte sie und starrte ihn an, als wäre er ein eben wieder auferstandenes prähistorisches Tier.

»In der Tat«, antwortete er. »Der Plan war eine Fußballmannschaft, aber das hätte wohl nur mit ein paar Zwillingen und Drillingen geklappt, also –«

»Du verarschst mich doch«, unterbrach Kim.

»Ich gebe zu, das mit der Fußballmannschaft ist nicht verbürgt. Aber die fünf Geschwister gibt es.« Er runzelte nachdenklich die Stirn. »Obwohl es schwierig ist, den Überblick zu behalten, weshalb wir regelmäßige Zählungen veranstalten, und –«

»Haben deine Eltern denn keine anderen Hobbys?«, unterbrach Kim erneut.

Die Ohren des Jungen liefen rot an. Erstmals schien er um eine Antwort verlegen zu sein. Kims Hand fuhr zu ihrem Mund. »Entschuldige. Meine Eltern sind Beziehungs- und Sexualtherapeuten, und wir sind eine ziemlich tabulose Familie.« *Das einzige Tabu ist offenbar ein gut aussehender Nachhilfelehrer*, fügte Kim insgeheim grimmig hinzu.

Der Junge schluckte. »Ich versuche, nicht daran zu denken, dass meine Eltern Sex haben«, sagte er. »Obwohl die Tatsachen natürlich für sich sprechen.«

Kim nickte. »Sechsfach«, sagte sie ernsthaft.

»Sechsfach«, wiederholte er und nickte ebenfalls mit großem Ernst.

Dann begann sich ein Grinsen auf seinem Gesicht auszubreiten, und sie grinste zurück.

»Ich bin Kim«, sagte sie und streckte ihm die Hand hin. »Und dass ich dich gefoult habe, ging nicht gegen dich.«

»Ich bin Lego«, antwortete er und schüttelte Kims Hand. »Und ich verlange, dass der, gegen den das Foul ging, auf der Stelle meine Beule übernimmt.«

Kim musste schon wieder lachen. Der Junge war witzig, und sie beschloss, künftig auf dem Spielfeld etwas vorsichtiger mit ihm umzugehen. Er war ihr technisch unterlegen *und* langsamer als sie, es war also völlig unnötig, ihn zu foulen. Weshalb Nana, die Trainerin, ihr auch zu Recht sofort die Rote Karte gezeigt hatte. *Wir spielen hier fair*, hatte sie zu Kim gesagt, als sie sie vom Feld schickte. *Lass deinen Frust nächstes Mal zu Hause, okay?* Kim war zu überrascht, um zu protestieren. War ihr »Frust« so offensichtlich gewesen? Nana hatte das so leise zu ihr gesagt, dass keines der anderen Kids es mithören konnte, und das rechnete sie ihr hoch an. Sie war überhaupt ziemlich cool. Und hübsch. Und nach allem, was Kim bis jetzt gesehen hatte, war sie eine verdammt gute Fußballerin.

Was hatte der Junge eben gesagt, wie er hieß? »Lego?«, fragte sie ungläubig. »Doch nicht wie die Bausteine?«

Er grinste. »Eigentlich heiße ich Leo. Das ›g‹ habe ich mir dazuverdient, weil ich schon im zarten Kleinkindalter eine wahre Leidenschaft für ebendiese bunten Bausteine entwickelte.«

»Das klang eben, als hättest du es schon oft gesagt«, meinte Kim und grinste zurück.

»Habe ich«, bestätigte er und fügte gewichtig hinzu: »Aber wer einen großen Namen tragen will, muss dafür kleine Unbequemlichkeiten in Kauf nehmen.«

Der Schlusspfiff riss Kim aus der Unterhaltung. Sie hatte keine Ahnung, wie das Spiel ausgegangen war.

»Aber jetzt stehst du nicht mehr auf Lego-Bausteine, oder?«, fragte Kim und stand von der Bank auf.

Der Junge warf ihr einen strafenden Blick zu. »Ich sagte ›Leidenschaft‹«, erklärte er würdevoll, »nicht ›Hobby‹. Wer denkt, dass Lego nur für kleine Kinder ist, hat wirklich *nichts* verstanden!«

Kim kicherte in sich hinein, während sie neben dem Jungen in Richtung Umkleidekabinen ging. »Oh, entschuldige. Ich wollte deine Gefühle bestimmt nicht verletzen.«

»Das ist tröstlich«, antwortete Lego. »Wärst du an ein und demselben Tag auf meinen Kopf *und* meine Gefühle losgegangen, müsste ich nämlich denken, du hast was gegen mich.«

»Das darfst du keinesfalls denken«, erklärte Kim.

Lego nickte, blieb vor der Tür zur Jungengarderobe stehen und schob mit den Fingern die dunkelblonden Haarsträhnen, die ihm ins

Gesicht gefallen waren, hinter die Ohren. Dann betrachtete er Kim mit so etwas wie amüsierter Neugier in den Augen.

»Was?«, fragte sie misstrauisch.

»Jetzt bist du besser drauf als zu Beginn des Trainings.«

Kim sah ihn überrascht an. Schon wieder! Was hatte sie nur getan, dass ihre schlechte Stimmung so offensichtlich gewesen war? »Ähm ... ja, stimmt. Wie kommst du darauf?«

»Du meinst, abgesehen davon, dass du übers Feld gestürmt bist wie die kleine Schwester des Terminators und mindestens zwei Spieler Brandverletzungen von deinen sengenden Blicken haben?«

Kim prustete los. »So schlimm?«

Lego legte nur wortlos den Kopf schief und zog die Augenbrauen hoch.

»Ich verstehe«, meinte Kim und grinste. »Zugegeben, ich musste mich ein wenig abreagieren. Meine Eltern haben mir ein faules Ei gelegt, in Gestalt einer Nachhilfelehrerin, die ich nicht leiden kann.« Sie zögerte kurz, beschloss aber dann, nicht noch weitere Informationen preiszugeben, schließlich hatte sie diesen Jungen, so nett er auch schien, eben erst kennengelernt.

Lego nickte nachdenklich. »Bemitleidenswert«, meinte er dann.

»Danke sehr«, antwortete Kim. »Aber ich krieg das schon hin.«

»Daran zweifle ich nicht«, meinte Lego. »Mein Mitgefühl gilt deshalb auch mehr der Nachhilfelehrerin.« Er griff an seine Stirn, auf der mittlerweile eine prächtige rote Beule sprießte. »Es ist unerfreulich, dich zum Gegner zu haben.«

»Dann musst du ab jetzt eben in *meinem* Team spielen«, sagte Kim.

Er nickte nachdenklich. »Oder einen Helm tragen.«

Kim betrat die Mädchenumkleide mit einem breiten Grinsen im Gesicht. Dieser Lego war richtig witzig. Sie würde bestimmt im Laufe des Camps jede Menge Spaß mit ihm haben. Und plötzlich erschien ihr der Vormittag mit Mila auch nicht mehr so schlimm wie noch vor ein paar Stunden:

»Kapier ich nicht«, unterbrach Kim, schoss ihren Bleistift über die Platte ihres Schreibtisches, sodass er am anderen Ende zu Boden fiel, und sah Mila herausfordernd an.

Mila blickte unbeeindruckt zurück. »Vielleicht versuchst du's fürs Erste mal damit, richtig zuzuhören.«

»Ich habe genug gehört.« Kim verschränkte die Arme vor der Brust. »Du sollst es mir ja wohl so erklären, dass ich es verstehe, oder? Ich verstehe aber nur Bahnhof.«

»Ich gebe mir sehr viel Mühe, es dir so zu erklären, dass du es verstehst. Aber ich kann das Wissen nicht gegen deinen Willen in deinen Kopf stopfen. Du wirst also schon dein Gehirn einschalten müssen, ob es dir gefällt oder nicht.«

»Nehmen wir mal an, es gefällt mir nicht.«

»Kim, deine Eltern bezahlen mich dafür, dass ich dir was beibringe. Ich finde, das Mindeste, was du beitragen kannst, ist die Bereitschaft, dir etwas beibringen zu lassen.«

»Ach, findest du das?«

Mila seufzte. »Okay, reden wir mal Klartext. Wenn ich deinen Eltern sage, dass die Chemie zwischen uns leider nicht stimmt und ich dich nicht weiter unterrichten möchte, bedeutet das, dein Fußballcamp geht flöten. Ist doch so, oder?«

Kim biss die Zähne aufeinander.

»Ich schlage vor, dass wir für heute Schluss machen«, fuhr Mila fort. »Du versuchst dich bis morgen an diesen Textbeispielen ...« Sie malte kleine Kreuze neben drei der Aufgaben und schob Kim das Buch

hin. »... und wo immer du stecken bleibst, setzen wir in der nächsten Stunde an. In Ordnung?«

Kim zuckte mit den Schultern.

»Ich nehme das mal als ein Ja.« Mila stand auf und packte ihre Sachen in ihren blauen Rucksack, während Kim trotzig vor sich hinstarrte. Das ältere Mädchen holte tief Luft und seufzte erneut. »Noch mehr Klartext kann wohl nicht schaden.« Sie sah Kim direkt in die Augen. »Ich weiß, du wolltest einen bestimmten Nachhilfelehrer. Deine Mom hat es mir erzählt. Was du nicht weißt, ist, dass es keinen Sinn hat, mich zu vergraulen. Ich musste deiner Mutter im Vorhinein zwei weitere Kontakte geben. Nachhilfelehrer, die den Unterricht übernehmen können, falls es mit uns beiden nicht klappt.«

Kim starrte Mila mit offenem Mund an, völlig unfähig zu überspielen, wie geschockt sie war.

»Deine Mutter kennt dich wohl ziemlich gut«, fügte Mila noch hinzu, zog ihren grauen Sweater über den Kopf, obwohl es draußen schon weit über zwanzig Grad hatte, und ging zur Tür. »Bis morgen dann.«

In diesem Moment kam Polly über die Treppe runtergedackelt. Sie hatte den verträumten Tapsgang und die strubbelige Frisur, die zweifelsfrei erkennen ließen, dass sie eben erst von ihrem Vormittagsschläfchen aufgestanden war. Polly fürchtete sich vor Brillenträgern. Nein, das traf es nicht, sie schob richtiggehend Panik. Manchmal schnappte sie vor Schreck sogar zu, wenn jemand mit Brille sie streicheln wollte. Besonders, wenn sie eben erst aufgewacht war. Als Mila jetzt Polly erblickte und »Hey, wenn das nicht Polly ist!« sagte, überschlugen sich die Gedankenbilder in Kims Kopf beinahe: Polly schnappte nach Mila. Mila mit Gips. Mila, die nichts mehr mit Kim zu tun haben wollte. Mila, die jeden, den sie kannte, davor warnte, diesen lebensgefährlichen Job anzunehmen, bei dem man riskierte, von einem scharfen Hund attackiert zu werden. Sie selbst, die ihrer Mom erklärte, dass Danny keine Brille trug und keine Furcht kannte. Danny, wie er vor ihrer Tür stand, mit seinem unwiderstehlichen Lächeln, seine coole Messenger-Bag lässig über die Schulter geschlungen. Danny, wie er auf ein Beispiel in ihrem Buch deutete, auf das sie auch eben gedeutet hatte. Wie ihre Hand und Dannys Hand sich berührten, es sich anfühlte wie ein elektrischer Schlag und sie erschrocken auseinanderfuhren; wie er ihr seinen Blick zuwandte, das Erstaunen darin sich in Erkenntnis verwandelte, er die Hand ausstreckte und ihr zärtlich eine Haarsträhne hinters Ohr steckte, und wie dann sein Gesicht näher und immer näher kam, bis sie die Augen schloss, bis sie seine Lippen schon fast auf ihren spüren konnte, bis …

»Du bist ja vielleicht ein Schnucki!« Polly lag auf dem Rücken, und Mila kraulte ihren weißen, wolligen Bauch. Pollys Kopf war nach hinten gestreckt, sodass sie in völligem Vertrauen Mila nicht nur ihren Bauch, sondern auch ihre Kehle darbot, und sie machte dieses seltsame Geräusch, das irgendwo zwischen einem Gurren und einem Grunzen lag und den absoluten Zenit Polly'schen Wohlbefindens signalisierte.

Kim war sprachlos. Das war noch nie passiert. Noch nie. Polly war neuen Menschen gegenüber zunächst immer misstrauisch und brauchte oft Stunden, um so weit aufzutauen, dass sie sich berühren ließ. Und das galt für Menschen ohne Hornbrille!

Es war Mila eindeutig nicht bewusst, dass sie Teil einer absoluten Mensch-Hund-Sensation war. Sie lachte, als sie Polly am Kinn kraulte (woher wusste sie, dass das ihre Lieblingsstelle war?) und die daraufhin ein besonders ulkiges Glucksgeräusch von sich gab. Dann stand sie auf, drehte sich noch einmal zu Kim um und winkte, immer noch ihr Polly geltendes Lächeln im Gesicht.

»Bis morgen dann«, sagte sie, und gleich darauf war sie zur Tür draußen. Polly rollte sich nun wie in Zeitlupe auf die Seite und rappelte sich hoch, den Blick auf die Tür gerichtet.

Kim wurde das Gefühl nicht los, dass ihr Hund über das eben Geschehene mindestens ebenso verblüfft war wie sie selbst.

Die Sache mit Mila war ärgerlich, ohne Zweifel. Und Kims Mom eine Verräterin, auch daran gab es keine Zweifel. Aber Kims Stärke im Fußball waren kreative, unerwartete Spielzüge – und Ausdauer. Sie lächelte in sich hinein, während sie sich umzog. Jeder Gegner hatte irgendeine Schwäche. Man musste sie bloß finden.

4. Dream Girl

»Wie war's?«, fragte Oma Bine, als Kim auf dem Parkplatz des Sportzentrums zu ihr ins Auto stieg. Ihre Großmutter trug einen knallroten Jogginganzug, die Beute eines gemeinsamen Shoppingtrips vor einigen Wochen. Auf dem Rücken der Jacke prangte in silbernen, geschwungenen Lettern der Schriftzug *Dream Girl*.

»Cool«, sagte Kim. »Richtig cool.«

»Sehr gut«, meinte Oma Bine und atmete merklich auf. Kim lächelte in sich hinein. Ihr Gemütszustand nach der Mathestunde heute Morgen hatte ihrer Großmutter gar nicht gefallen. Oma Bine wollte immer alle um sich herum glücklich und zufrieden sehen, mit Spannungen konnte sie nicht umgehen. *Harmoniesüchtig*, nannte Katharina das. Deshalb wollte Oma Bine ihre Enkelin auch nicht erziehen. Mit ihrer Oma sollte sie Spaß haben. Bei ihr durfte sie schon immer ungesundes Süßzeug essen, beim Uno gewinnen und bestimmen, was am Nachmittag unternommen wurde. Sie würde Kim niemals zwingen, für einen Test zu lernen oder um eine bestimmte Uhrzeit schlafen zu gehen. Und wenn sie Bauchweh hatte, blieb sie eben von der Schule zu Hause. Für Kim war dieses Arrangement perfekt. Für ihre Eltern war es der Grund, warum sie nicht Kims Oma, sondern ihren großen Bruder gebeten hatten, während ihrer Abwesenheit für gewisse Dinge die Verantwortung zu übernehmen: Einkaufen, Kochen, Ausgehzeiten. Oma Bine war für den Fahrtendienst und die Freizeitgestaltung zuständig – und natürlich verließ Toby sich auch in allen anderen Belangen auf sie, wenn er mal nicht da war. Kims Großmutter wollte ihren großen Enkelsohn nicht vergrämen, und da auch Kim ihren Bruder nicht gern enttäuschte, klappte das meistens wunderbar.

Es hatte schon alles seine Richtigkeit, fand Kim. Von ihnen dreien war Toby vermutlich der einzige Erwachsene.

Oma Bines Gedanken schienen auch bei Kims Bruder gelandet zu sein. »Toby ist jetzt über sechs Monate solo«, sagte sie scheinbar zusammenhanglos. »So geht das nicht weiter. Ein so lieber, gut aussehender Junge, und lebt wie ein Mönch.«

»Ja, du hast recht«, stimmte Kim zu. »Es ist schon eigenartig, er müsste doch eigentlich genügend Mädels kennenlernen. Im Café oder beim Klettern oder sogar beim Gassi gehen!«

Es war tatsächlich nicht so, dass Toby sich zu Hause verbarrikadierte. Er war sehr sportlich, arbeitete dreimal die Woche in einem Café, und sooft er konnte, machte er freiwillig Dienst in einem Tierheim und führte Hunde aus, die sonst nicht aus ihrem Zwinger rauskamen. Kim fand es verdammt ungerecht, dass sie das noch nicht machen durfte, weil sie zu jung war. »Und weil wir sonst jedes Mal einen Hund mehr hätten«, hatte ihr Dad gesagt – und damit wohl nicht ganz unrecht. Kim liebte Tiere mindestens ebenso sehr wie ihr Bruder, und dass es so viele gab, die kein richtiges Zuhause hatten, machte sie wütend und traurig zugleich. Jedenfalls führte Toby also jede Menge Hunde aus, nicht zuletzt auch Polly, wenn er gerade Zeit hatte. Und Kim wusste aus eigener Erfahrung, wie leicht man dabei mit anderen Hundebesitzern oder Hundeliebhabern ins Gespräch kam! Waren die passenden Mädels denn alle blind?

»Es ist die Energie«, erklärte Oma Bine fachmännisch. »Toby denkt immer noch viel zu oft an Spaßbremse.« *Spaßbremse* war der Name, den Kim Tobys Exfreundin gegeben hatte. Sie war *nett* gewesen, das schon. Und schlau, das auch. Aber sie hatte nicht mal einen Funken Humor, das fanden jedenfalls Kim und Oma Bine. Das Einzige, wofür sie sich begeistern konnte, waren Fische. Nichts gegen Fische, Fische waren toll, auf eine sehr … ruhige Art. Aber *nur* Fische? Jedenfalls war Kim eher erleichtert gewesen, als Spaßbremse wegen eines Meeresbiologiestudenten mit Toby Schluss gemacht hatte. Doch ihr Bruder laborierte seitdem an einem gebrochenen Herzen und laut Katharina an einem geschwächten Selbstwertgefühl.

»Tobys Herzensenergie ist noch nicht wieder verfügbar«, führte Oma Bine weiter aus. »Sein Radar ist ausgeschaltet. Er würde nicht mal ein Supermodel mit einer Bonus-Zehn Komma Null auf der Sympathieskala wahrnehmen.«

Oma Bine kannte sich aus. Ihre Esoterikbibliothek umfing alles von A wie Astrologie bis Z wie Zirbeldrüse. Sie hatte für jede Lebenslage den richtigen Kristall oder das richtige ätherische Öl, nur war Toby für Hilfsmittel dieser Art leider nicht sehr empfänglich.

»Er braucht also unsere Hilfe …«, fuhr Kims Großmutter fort, aber Kim hatte sie bereits ausgeblendet. Bei dem Wort *Supermodel* hatte etwas in ihrem Gehirn klick gemacht, und nun huschten irgendwo hinter ihrer Stirn verschwommene Bilder vorbei, die sie angestrengt festzuhalten versuchte.

»Shhhh!«, machte sie, und eine andere Großmutter hätte vielleicht einen empörten Vortrag über mangelnden Respekt gehalten, aber nicht Oma Bine. Sie unterbrach sich mitten im Satz und warf vom Fahrersitz einen schnellen Seitenblick zu ihrer Enkelin.

Kim hatte die Augen zusammengekniffen und drückte mit allen zehn Fingerspitzen gegen ihre Schläfen.

»Entspann dich«, murmelte Oma Bine. »Nicht mit Gewalt. Du kannst es nicht erzwingen. Tief einatmen, tief ausatmen.«

Und Kim hörte auf ihre Oma, atmete tief ein, tief aus, und ihre Stirn glättete sich. Sie ließ die Hände sinken und atmete erneut tief ein und aus. Und dann waren sie wieder da, die Bilder aus dem Traum: Ihr Bruder umarmte eine glamourös gekleidete Blondine, die aussah wie ein Model. Er wirkte gelöst und glücklich.

»Und sie?«, fragte Oma Bine, nachdem Kim ihr alles genau beschrieben hatte. Sie parkte den Wagen eben vor ihrem Lieblingsladen, dem *Crystal Unicorn*. »Kam sie dir bekannt vor?«

»Leider nicht«, meinte Kim bedauernd. »Aber wenn ich so was träume, passiert es doch ohnehin meistens einfach.«

Ihre Großmutter sah sie zweifelnd an. »Du hast doch auch geträumt, dass Danny dein Nachhilfelehrer wird.«

»Stimmt«, murmelte Kim und wich dem Blick ihrer Großmutter aus. Man konnte schon sagen, dass sie davon geträumt hatte – auf eine gewisse Art.

»Natürlich ist das schon mal ein sehr guter Anfang«, meinte Oma Bine hastig. Sie schien zu denken, Kim sei geknickt, weil ihre Traum-Trefferquote in letzter Zeit nicht mehr so hoch war. »Aber es schadet nicht, ein wenig nachzuhelfen. Schließlich gibt es immer noch das Gesetz des freien Willens. Und wenn dein Bruder nicht ein kleines Energie-Update für sein Betriebssystem kriegt, wird nichts draus, Traum hin oder her.«

»Da hast du wahrscheinlich recht«, gab Kim zu. »Aber es bedeutet immerhin, das Universum hat schon eine Freundin für Toby ausgesucht! Wir müssen ihm nur noch helfen, sie zu finden!«

»Wir müssen ihm vor allem helfen, sie an sich ranzulassen, wenn sie auftaucht!«

»Sie ist blond und bildhübsch!«, meinte Kim und grinste. »Dein Enkel ist vielleicht schüchtern, aber kein Idiot!«

Oma Bine nickte zustimmend. »Natürlich nicht. Aber derzeit trägt er Scheuklappen. Also werden wir dem Universum etwas unter die Arme greifen.« Sie zwinkerte ihrer Enkelin zu und öffnete die Wagentür. »Lass uns shoppen gehen.«

Eine Stunde später kamen die beiden mit einer gut gefüllten Stofftasche, auf der ein sehr spirituell dreinblickendes Einhorn prangte, zu Hause an. Toby schob Dienst im Café, Kim und Oma Bine hatten also alle Zeit der Welt, einen riesigen Rosenquarz – »*Der* Liebesstein schlechthin!«, hatte die Verkäuferin im Esoterik-Laden verschwörerisch gemeint – unter Tobys Bett zu platzieren und sein Zimmer mit weißem Salbei zu räuchern, um auch die allerletzten energetischen Spuren der Spaßbremse zu löschen.

Polly war den beiden neugierig gefolgt und beobachtete die Aktivität in Tobys Zimmer wie eine wohlmeinende Tante, die zwei Kleinkinder beim Spielen überwachte.

»Wenn das funktioniert«, meinte Kim, als Oma Bine schließlich mit den energetischen Vibes zufrieden war, »dann könntest du ein Business damit aufziehen.«

Ihre Großmutter nickte versonnen. »Eine dieser Kampfschnepfen in meinem Stepptanzkurs hat neulich gemeint, in meinem letzten Leben sei ich bestimmt eine Hexe gewesen. Als ob es eine Hexe brauchte, ihr den Tanzpartner auszuspannen.«

Kim grinste. »Und was hast du gesagt?«

»Oh, dass ich im letzten Leben nur geübt habe«, antwortete Oma Bine mit einem feinen Lächeln. »Richtig in Acht nehmen muss man sich vor mir erst in *diesem* Leben!«

»Und jetzt gibt es Kampfschnepfenalarm im Steppkurs?«, fragte Kim grinsend.

Oma Bine machte eine wegwerfende Handbewegung. »Ach was«, meinte sie. »Der Knabe war sowieso nicht meine Kragenweite. Den kann sie behalten.«

»Suchst du denn nach einem *Knaben*?«, fragte Kim verblüfft. Ihr Opa war gestorben, als sie noch ein Baby war, und es war ihr nie in den Sinn gekommen, dass ihre Großmutter ein Liebesleben haben könnte. Andererseits, realisierte Kim in diesem Moment, in dem sie ihre abenteuerlustige, attraktive Großmutter mit anderen Augen betrachtete, war Oma Bine mit Sicherheit die jüngste Großmutter aller Zeiten. Sie wusste auch, dass ihre Eltern durchaus Klienten in Oma Bines Alter hatten, die auf der Suche nach einem Partner waren oder mit dem Partner zum Coaching kamen. Dennoch musste sie die Idee erst mal verdauen – dass *anderer Leute* Großmütter sich auf die Suche nach Romantik begaben, war *eine* Sache. Aber die eigene?

Jedenfalls schien besagte Großmutter immer noch über eine Antwort nachzudenken, als ein melodischer Jingle aus der Zipptasche ihrer Joggingpants tönte. Auf Oma Bines Handy blinkte ein rotes Herz, neben dem die Nachricht »Quickdate hat Post für dich!« erschien.

»Du bist auf *Quickdate*?«, fragte Kim verblüfft.

»Nicht richtig«, meinte ihre Großmutter. »Ich habe mich registriert und seither nicht mehr reingeguckt. Aber es scheint die zeitgemäße Art zu sein, jemanden kennenzulernen.«

Womit die Frage von vorhin beantwortet war. Es stand tatsächlich ein *Knabe* auf Oma Bines Wunschliste.

»Aber lernst du nicht genug Leute kennen? Im Stepptanzkurs, im Ayurveda-Kochkurs, bei den Trekkie-Treffen ...«

»Leute schon«, meinte Kims Großmutter trocken. »Aber überall herrscht akuter Kampfschnepfenüberschuss. Außerdem hat die Dating-App den Vorteil, dass man ein Profil eingeben kann. Man beschreibt sich selbst und den Wunschpartner, und das erhöht natürlich die Trefferquote enorm ...« Oma Bine brach ab, und sie und Kim starrten einander einen Moment lang an.

»Du denkst doch auch, was ich denke?«

»Ich denke, Toby killt uns, wenn er es erfährt«, meinte Kim grinsend.

»Das Risiko gehe ich ein«, gab Oma Bine sorglos zurück. »Frisch Verliebte sind meistens nicht sehr mordlustig.«

5. Quickdate

»Sport: Klettern, Mountainbiken, Joggen.« Kim seufzte. »Warum ist Toby bloß so ein einsamer Wolf?«

»Krebs, Aszendent Steinbock«, erklärte Oma Bine, als sei damit alles gesagt.

Ein Glück, dass man in die Dating-App über Facebook einsteigen konnte – und dass Toby nie ein Geheimnis aus seinem Passwort gemacht hatte.

»Hobbys«, las Kim vor und begann erneut zu tippen. »Lesen, Kochen, alte Schallplatten, Kino, Puzzles …« Sie brach ab. »Das klingt wie das Profil eines Rentners.«

»Mountainbiken und Klettern?« Oma Bine hob die Augenbrauen. »Ich glaube, du hast recht wenig Ahnung von Rentnern.«

»Okay, ein *Sportlehrer* in Rente«, meinte Kim. »Aber trotzdem.«

»Hmmm. Wenn du meinst.« Oma Bine runzelte die Stirn – nach ein paar Sekunden hellte sich ihr nachdenkliches Gesicht auf. »Er ist doch jetzt bei dieser Agentur! Die ihn als Sport-Double vermittelt!«

»Richtig!«, rief Kim. »*Das* hat Glamour!« Sie war schon mitten im Tippen, als ihre Großmutter einwarf: »Wie oft hat er das denn schon gemacht?«

»Egal«, sagte Kim. »Es ist perfekt: Stuntman und Schauspieler.«

»Ist das nicht eine Spur übertrieben?«

»Wie soll er denn zu seiner Traumfrau kommen, wenn wir schreiben, dass er alte Schallplatten sammelt und gern allein klettern geht?«

»Auch wieder wahr.«

Kim starrte auf das, was sie bisher geschrieben hatte, und begann zu kichern: »Wir wollen das nicht wirklich abschicken, oder?«

»Jemand zu Hause?«

»Shit!« Kim fuhr erschrocken hoch, Oma Bine ebenso, und beinahe hätte Kim ihr Handy fallen lassen und Oma Bine ihren Laptop, auf dem sie – wegen der größeren Schrift – den Fortschritt bei der Erstellung von Tobys Dating-Profil mitverfolgt hatte. Polly, die zwischen den beiden auf dem Sofa saß, den Kopf vertrauensvoll auf Kims Knien abgelegt, bekam dabei einen heftigen Schubs ab.

»Huhuuuuu!«, rief Kim. »Wir sind hiiiieeer!«

»Wieso riecht's hier so eigenartig?«, kam Tobys Stimme vom Flur.

»Irgendwie nach einer Mischung aus Lagerfeuer und Kirche. Haben wir ein neues Putzmittel?«

»Mach schnell!«, flüsterte Oma Bine aufgeregt und rief dann laut: »Fancy Energie-Raumspray! Wirkt stimmungsaufhellend.«

Kim prustete in sich hinein. Offenbar hatten sie nach dem Räuchern nicht lange genug gelüftet. Aber Oma Bine beherrschte den Trick, beim Tatsachenverdrehen so nahe an der Wahrheit zu bleiben, dass niemand ihre Worte anzweifelte. »Ich muss noch speichern!«, flüsterte Kim. »Sonst war die ganze Mühe umsonst!« Fieberhaft suchte sie nach dem richtigen Button und ignorierte Pollys vorwurfsvollen Blick ob der ungewohnt rüden Behandlung.

»Ist es dieser?« Oma Bine fuhr auf ihrem Laptop-Display mit der Maus zu einem Pfeil mit der Inschrift »Weiter«.

»Hey!« Tobys Gesicht erschien in der Tür, und Kim klappte vor Schreck den Laptop zu und quetschte Oma Bines Hand ein.

»Aua!«

Toby grinste. »Guckt ihr Mädels schon wieder irgendwelche Serien über halb legale Streaming-Seiten?«

»Erwischt.« Kim machte ihr Du-liebst-mich-trotzdem-großer-Bruder-Gesicht und klappte das Display ein wenig auf, sodass Oma Bine ihre Hand aus der Laptop-Falle ziehen konnte. »Erklär Mom und Dad, dass deine Schwester einen Netflix-Account braucht, wenn sie nicht im Sumpf des Verbrechens versinken soll.«

»Ich hab's versucht!«, sagte Oma Bine und stand auf, um ihren Enkel zu begrüßen. »Aber auf mich hört ja in diesem Haus keiner.«

»Ja, weil sie dich nicht zu den Erwachsenen zählen«, erklärte Kim. Ihre Großmutter gab ein schnaubendes Geräusch von sich, das wohl so etwas wie ungläubige Empörung ausdrücken sollte. Sie stellte sich auf die Zehenspitzen und drückte Toby einen Kuss auf die Wange.

»Aber Toby kaufen sie alles ab!«, fuhr Kim fort. »Weil er so vernünftig ist. Und so klug.« Kim stand ebenfalls auf und schlang die Arme um ihren Bruder. »Und überhaupt der beste große Bruder der Welt!«, säuselte sie in seinen Sweater.

Toby lachte. »Ich werde mich hüten. Du hast schon genug, was dich von der Schule ablenkt.« Er bückte sich, um Polly zu kraulen, die ebenfalls vom Sofa gesprungen war und sich vor ihm aufgepflanzt hatte. Kim war Pollys »Person«, aber Toby himmelte sie an, er war ihr Popstar. Und seine Intuition, was den kleinen Hund anging, war unfehlbar.

»Hat Polly noch kein Futter gekriegt?«, fragte er, und sein vorwurfsvoller Blick wanderte erst zu seiner Schwester, dann zu seiner Großmutter. »Sie sieht so hungrig aus.«

»Polly, du Petze«, sagte Kim und ging voraus in die Küche, wo noch die Pizzakartons vom Abendessen herumstanden.

Ein im wahrsten Sinne des Wortes atemberaubender Duft begann sich in der Küche auszubreiten, und Toby stöhnte auf. »Nein! Nicht schon wieder! Ihr wisst doch, dass sie keine Pizza kriegen darf!«

»Erklär ihr das mal!«, rief Kim, griff nach einer herumliegenden Zeitschrift und begann, hektisch damit durch die dicke Luft zu wedeln. »Sie hat sich selbst bedient, als Oma und ich auf … auf den Film konzentriert waren.«

»Na, bei mir schläft sie jedenfalls heute Nacht nicht«, brummte Toby und zählte fünf homöopathische Kügelchen in seine Hand, die Polly immer bekam, wenn sie etwas gefressen hatte, das ihre Verdauung durcheinanderbrachte. Kim öffnete inzwischen eine Dose mit Hundefutter.

»Auch nicht, wenn sie an der Tür kratzt?«, fragte Oma Bine und lächelte. Sie kannte ihren Enkel und sein weiches Herz.

»Auch dann nicht«, erklärte Toby felsenfest und stopfte Polly die Kügelchen ins Maul.

»Auch nicht, wenn sie fiept?«, fragte Kim und füllte das Futter in Pollys Schüssel.

»Auch dann nicht.« Toby klang grimmig und fest entschlossen.

Kim ging mit der Schüssel in der Hand hinüber zu Pollys Fressplatz und hob den Zeigefinger. Der Hund setzte sich. Kim legte den Kopf schief, Polly tat dasselbe.

»Auch nicht, wenn sie dich vor dem Schlafengehen *so* anguckt?«, fragte Kim. Ihr Bruder warf einen Blick auf den schwarz-weiß gefleckten Hund und sank mit einem Seufzer auf einen Küchenstuhl. Polly ging auf der Stelle zu ihm, das über ihrem Kopf schwebende Essen ignorierend, und legte ganz, ganz sanft eine Pfote auf Tobys Knie. Sie sah ihn lange an und legte dann erneut den Kopf schief.

»Oh mein Gott«, quietschte Kim.

»Polly«, erklärte Toby ernst. »Das gilt nicht. Das ist psychologische Kriegsführung.«

Oma Bine schüttelte ungläubig den Kopf. In ihrer Stimme schwang uneingeschränkte Bewunderung, als sie sagte: »Dieser Hund ist klüger als wir alle zusammen. Wenn sie reden könnte …«

Toby hatte begonnen, Pollys Kinn zu kraulen, ein liebevolles Lächeln auf dem Gesicht.

»Ich bin ganz froh, dass sie nicht reden kann«, murmelte Kim und warf Oma Bine einen verschwörerischen Blick zu, während sie sich bückte, um Pollys Futter abzustellen. Ihre Großmutter zwinkerte ihr zum Zeichen des Einverständnisses zu. Könnte Polly reden, würde sie sich womöglich verplappern und den Rosenquarz unter Tobys Bett erwähnen oder das kürzlich erstellte Online-Dating-Profil auf Quickdate.

Polly, die wusste, dass sie gewonnen hatte, nahm augenblicklich ihre Pfote von Tobys Knie und wandte sich ihrer Futterschüssel zu, nicht ohne erneut von ihrem hinteren Ende eine Duftbotschaft der besonderen Art zu entsenden.

»Tee und Kekse irgendjemand?« Kims Bruder war aufgestanden und hatte eine Packung Chocolate Chip Cookies aus dem Küchenschrank genommen.

»Oh ja!«, rief Kim und fühlte sich um Jahre zurückversetzt, als die Karrierekurve ihrer Eltern eben begonnen hatte, steil nach oben zu verlaufen und die »Coaching Conrads« viel auf Reisen waren. Das waren die Jahre, in denen Oma Bine sich um sie und Toby gekümmert hatte. »Genau wie früher!« Das Tee-und-Kekse-Ritual war eines ihrer liebsten von vielen Oma-Ritualen gewesen, und sie war froh, dass ihre Großmutter die Kritik ihrer Mutter (»Mama! Zucker vor dem Schlafengehen?«) ignoriert hatte. Sie hatte bestimmt nur *besser* und nicht schlechter geschlafen, weil sie die kuschelige Atmosphäre und das Zusammensein mit zweien ihrer Lieblingsmenschen so genossen hatte.

Toby goss kochend heißes Wasser über »Schlafenszeit«-Teebeutel und stupste Kim mit dem Ellenbogen. »Wir zwei haben die beste Oma der Welt, nicht wahr?«

»Ja, definitiv«, antwortete Kim mit Überzeugung und drückte ihrer Oma einen Kuss auf die Wange.

»Ach, Kinder«, meinte Oma Bine gerührt und bekam ganz glänzende Augen.

Etwas später, als Toby die Abendrunde mit Polly ging und Oma Bine die Tassen in die Geschirrspülmaschine stellte, meinte Kim: »Er ist der beste Bruder der Welt.«

»Nein, er ist der beste *Enkel* der Welt«, widersprach Oma Bine, und beide lachten.

»Jedenfalls hat er die allerbeste Freundin der Welt verdient«, fügte Kim entschlossen hinzu.

»Das hat er. Wir wissen das, und das Universum weiß es jetzt auch.«

 6. Perfekt für ihn

»Kim, deine Großmutter hat eben deine Schuhe nachgebracht!«

Nana, Kims Trainerin, stand in der Tür zur Mädchengarderobe, Kims Fußballschuhe baumelten an den verknoteten Schnürsenkeln von ihrer Hand, und sie grinste breit. »Aber vielleicht sollte ich dich heute barfuß spielen lassen, dann bist du vermutlich nicht ganz so gefährlich.«

Kim grinste zurück. »Ich bin ein Schaf im Wolfspelz«, erklärte sie. »Ich sehe nur so gefährlich aus.«

Nana warf ihr die Schuhe zu. »Ich glaube, dein gestriges Opfer sieht das vielleicht anders.«

»Vielen Dank.« Kim fing die Schuhe auf und öffnete die Tür ihres Spinds.

Verblüfft schaute sie auf das runde gelbe Ding, etwa so groß wie ein Ping-Pong-Ball, das ihr aus dem Kleiderfach entgegensah. Dann lachte sie laut auf.

Was da in ihrem Spind lag, war ein 3-D-Smiley aus Lego. Sie griff danach und präsentierte ihn Nana auf ihrer Handfläche. »Ich glaube, mein gestriges Opfer hat mir verziehen«, meinte sie.

Nana lächelte ein wissendes Lächeln und meinte: »Von der Knochenbrecherin zur Herzensbrecherin. Wer hätte das gedacht? Also, mach schnell, Kim. Wir haben mit unserer Kennenlern-Runde auf dich gewartet.«

Die anderen Mädels waren schon mit den Jungs auf dem Platz zum Aufwärmen. Kim war spät dran, weil Oma Bine im letzten Augenblick bemerkt hatte, dass der Print auf ihrem T-Shirt sich mit der Farbe ihres heutigen Jogginganzugs nicht vertrug, und darauf bestanden hatte, sich umzuziehen.

»Du bist die freakige Jogginganzug-Oma!«, hatte Kim gemeint und mit den Augen gerollt. »Was macht es da, wenn deine Klamotten nicht hundertpro zusammenpassen?«

»Freakig ist ein Statement«, hatte ihre Großmutter würdevoll geantwortet. »In meiner Freakigkeit bin ich vollkommen, das ist das Geheimnis meines Erfolges.«

»Heute Abend lege ich dir deine Kleider für morgen raus«, hatte Kim gemurrt, während Oma Bine seelenruhig ein anderes T-Shirt raussuchte. »So wie du mir früher in der Grundschule.« Aber die fünf Minuten Verspätung waren nicht mehr einzuholen und hatten sich auf fünfzehn erhöht, weil Polly wegen der Pizza an Durchfall litt und genau in dem Moment zu jaulen begann, als Oma und Enkelin ins Auto steigen wollten.

Nana hatte sich ihre Entschuldigung angehört – nur den Teil mit dem kranken Hund, die spleenige Großmutter hatte Kim für sich behalten –, als sie atemlos vor ein paar Minuten angekommen war, und viel Verständnis gezeigt. »Mein letzter Pflegehund hatte auch Verdauungsprobleme, armes Kerlchen.« Nana wurde Kim immer sympathischer, sie war echt ein Hauptgewinn. Nicht nur war sie als Supersportlerin ein tolles Vorbild, sondern auch bildhübsch und supernett. Außerdem hatte sie einen groovigen Sinn für Humor und liebte Tiere. *So* jemanden müsste man für Toby finden!

Die Kennenlern-Runde fand erst am zweiten Kurstag statt, weil der erste ja ein Schnuppertag gewesen war. Soweit Kim sehen konnte, waren aber alle Kids vom Vortag wieder da – kein Wunder bei der Trainerin! Sie hatte sowohl auf die Jungs Eindruck gemacht, die gestern das Gesicht verzogen hatten, als ihnen klar wurde, dass sie sich mit einem weiblichen Trainer »zufriedengeben« mussten, als auch sofort einen Draht zu den Mädchen in der Gruppe gefunden. Alle saßen schon im Schneidersitz in einem Kreis auf dem Rasen, als Kim auf den Platz gelaufen kam. Zwei Kids rückten bereitwillig für sie auseinander. Den Mittelpunkt des Kreises bildete ein Fußball, und auf dem Fußball hockte Nana, bereit, als Erste ein paar Worte über sich zu sagen. Kim grinste ihr zu und bemerkte im selben Moment Lego, der ihr genau gegenübersaß und winkte. Sie winkte zurück.

»Okay, Leute«, begann Nana. »Schön, dass alle wieder da sind! Ich hätte das sonst auch persönlich genommen!«

Alle lachten, und Nana fuhr fort: »Es wäre cool, wenn jeder von euch sich kurz vorstellen könnte, damit man weiß, bei wem man sich nach einem Foul entschuldigt. Das ist vor allem für einige von uns interessant, ich will keine Namen nennen.«

Kim nahm das als Kompliment und grinste breit.

»Am Ende des Camps vergeben wir einen Preis für Fairplay und Teamgeist.«

Kims Grinsen wurde etwas weniger breit. »Also strengt euch an, Leute! Fußball ist ein *Mannschafts*sport. Sich auf seine Mitspieler einzustellen ist mindestens so wichtig wie technische Perfektion. Und Fairplay dem Gegner gegenüber ist in diesem Camp die erste Regel.«

»Und deshalb ist Frauenfußball so langweilig«, flüsterte ein Junge halblaut. Einige Kids kicherten. Nana wandte sich dem Jungen mit einem freundlichen Lächeln zu. »Piet«, sagte sie. »Du hast Glück. Ich bin deine Partnerin beim One-on-One-Training nachher. Und ich werde alles tun, damit dir nicht langweilig wird.«

Piets Grinsen verschwand von seinem Gesicht, und Nana fuhr fort: »Kurz zu mir: Ich bin neunzehn, heiße Nana, was daran liegt, dass ich *Johanna* als Kind nicht aussprechen konnte. Ab nächster Saison bin ich die jüngste Spielerin in der Damen-Nationalmannschaft.«

Piet wurde blass.

»Wenn ich nicht trainiere, kümmere ich mich immer um ein bis zwei Pflegehunde. Unser Haus ist die Zwischenstation, damit die Wuffels nicht in einem Zwinger hocken müssen und bei ihrer Vermittlung an das endgültige Zuhause schon etwas sozialisiert und erzogen sind. Außerdem gehe ich total gern ins Kino, wandern, klettern und Mountainbiken. Dies ist mein drittes Camp mit Kids in eurem Alter, und wir werden sicher jede Menge Spaß haben.«

Sie wäre einfach perfekt für Toby, dachte Kim sehnsüchtig, als Nana nun aufstand, den Ball, auf dem sie gesessen hatte, zu ihrem Knie hochgabelte und dann wieder auf ihren Zehen landen ließ. *Danny und ich könnten mit den beiden doubledaten. Wir würden gemeinsam so viel Spaß haben!* Oma Bine hatte auf der Fahrt zum Sportzentrum mit jemandem aus einer ihrer Kurse telefoniert, und Kim hatte die Zeit genutzt, Dannys Insta-Account zu stalken. Er sah einfach so verdammt gut aus! Er könnte in einer dieser Serien mitspielen, die Lolo so gern guckte. Diese Augen! Diese Lippen! Diese Wangenknochen! Und dann war er auch noch klug. Sie verstand ihre Mutter nicht. Dauernd redete sie davon, wie wichtig die richtige Motivation war. Konnte sie sich denn nicht ausrechnen, dass Danny die optimale Motivation für Kim gewesen wäre, um richtig intensiv Mathe zu büffeln? Sie seufzte sehnsüchtig in Gedanken an ihren wunderschönen, aber leider schiefgelaufenen Plan.

Nana hatte offensichtlich den Seufzer gehört und Kims abwesenden Gesichtsausdruck bemerkt, denn es war nur Kims perfekten Reflexen zu verdanken, dass sie den Ball mit dem Knie abfangen konnte, den die Trainerin genau auf sie zukickte. Sie kopierte das kleine Spielchen, das Nana vorgemacht hatte, ein paarmal, bis der Rhythmus stimmte, fing den Ball dann mit den Händen, pflanzte ihn in die Mitte des Kreises und setzte sich drauf.

»Ich heiße Kim, was meine Eltern wahrscheinlich ausgesucht haben, weil es auch für kleine Kinder leicht auszusprechen ist.« Nana und die anderen Kids lachten. »Ich bin dreizehndreiviertel, und in ein paar Jahren bin *ich* die jüngste Spielerin in der Damen-National-mannschaft.« Nana hielt Kim die Hand zum High Five hin, und Kim schlug ein. »Wenn ich nicht trainiere, gehe ich mit meinem Hund spazieren, hänge mit meiner besten Freundin Lolo ab oder lese zum fünften Mal alle Harry-Potter-Bücher – das Einzige, was meine beste Freundin nie verstehen wird. Oder ich lerne Mathe.« Sie verzog das Gesicht. »Leider. Mit einer Nachhilfe. Ich hasse Mathe.« Die meisten in der Runde gaben mitfühlende Geräusche von sich. Kim stand auf, drehte sich, den Ball zwischen Knie und Fuß in der Luft haltend, um sich selbst und kickte ihn schließlich zu Lego, der ihn mit den Händen fing, anstatt gleich weiterzuspielen, und dafür ein paar Buhrufe erntete. Er ignorierte das, nahm seine Position ein und begann: »Ich heiße Leo, was meine Eltern offenbar nicht aussprechen konnten ...« Gelächter von den anderen, während Lego in seine Hosentasche griff und einen aus Mini-Legosteinen gefertigten Tormann in der typischen Warteposition zutage förderte. »Denn sie nennen mich Lego wie die Bausteine«, fuhr Lego fort. »Ich habe keine Ahnung, warum.« Er warf Nana die kleine Figur zu.

»Im Übrigen bin ich von fünf Brüdern der am wenigsten talentierte Fußballer. Vielleicht, weil ich wesentlich lieber für Gryffindor im Quidditch-Team spielen würde. Ich versuche jedes Jahr wieder, Bahnsteig Neundreiviertel zu finden, aber bis jetzt erfolglos. Jedenfalls habe ich den größten Respekt vor dem Frauenfußball und hoffe, das rettet mich vor dem sicheren Untergang in diesem Camp. Sonst müsste ich vermutlich meine Mutter zu ihrem Yogakurs begleiten. Ich ersuche also um Nachsicht.« Mittlerweile lachten alle, und Lego schloss mit vor seinem Gesicht gefalteten Händen, einer kleinen Verbeugung in Richtung Nana und dann Kim und einem ernsthaften »Namasté«.

Kim war mit den Gedanken immer noch bei Toby und Nana und hatte nicht richtig zugehört, aber genug mitbekommen, um mit den anderen mitzulachen. Dieser Lego war echt ein witziges Kerlchen. Vielleicht sollte sie ihn Lolo vorstellen?

Aber jetzt war erst mal Toby ihre oberste Priorität. Und Lolo verknallte sich wahrscheinlich sowieso wieder in einen amerikanischen Jungen, das tat sie jedes Jahr. Kim seufzte und wandte ihre Aufmerksamkeit den Zwillingsmädchen zu, die sich eben vorstellten, Lisa und Lena. Beide waren gute Spielerinnen, eine im Angriff, die andere in der Verteidigung. Die kleinere, muskulösere Lisa war allerdings in Kims Augen die technisch weitaus bessere, von ihr konnte Kim vielleicht sogar noch was lernen. Außerdem schienen die beiden Nana näher zu kennen, vielleicht ließ sich ja was über den Beziehungsstatus der Trainerin rauskriegen?

Doch als Nana nach Abschluss der Kennenlern-Runde und einem Gruppenspiel, bei dem Kim kläglich versagte, weil sie sich die Namen der anderen Camp-Teilnehmer nicht gemerkt hatte, Paare für die Partnerübungen zusammenstellte, bekam sie Lego zugeteilt.

»Eigentlich sollte *ich* so ein Gesicht machen!«, erklärte Lego, tastete nach seiner Beule und zog eine Augenbraue hoch, als er vor Kim stand.

»Sorry«, sagte Kim. »Ich hatte gehofft, ich würde Lisa als Partnerin kriegen. Das hat nichts mit dir zu tun.«

»Schön langsam glaube ich, gar nichts hat etwas mit mir zu tun«, sagte Lego und machte ein so ratloses Gesicht, dass Kim laut herauslachte.

»Sie hat wohl immer einen besseren und einen schlechteren Spieler zusammengesteckt«, meinte sie dann und zuckte mit den Schultern. »Kann ich verstehen.«

»Sooooo gut spiele ich auch wieder nicht«, erklärte Lego. »Aber danke.«

Kim prustete los. »Witzig.« Dann fügte sie hastig hinzu: »Und ich habe ja auch gar nichts dagegen.«

»Yay«, sagte Lego. »Jubel. Jubel. Ich fühl mich schon viel besser.«

Kim lachte und kickte mit dem Knie den Ball unter seinem Arm hervor. »Jetzt hör schon auf zu heulen«, sagte sie und begann langsam zu dribbeln.

Lego lief neben ihr her. »Vielleicht hat sie uns ja deshalb zusammen eingeteilt, weil wir beide lieber Quidditch spielen würden«, mutmaßte er.

Kim musste sekundenlang nachdenken, bis ihr einfiel, dass Lego vorhin etwas von sich erzählt hatte, das mit Quidditch und Harry Potter zusammenhing. »Oh«, sagte sie dann. »Quidditch. Genau.«

Nun war Lego dran, laut herauszulachen. »Woran du während der Vorstellungsrunde gedacht hast, würde mich echt interessieren«, meinte er dann. »Du hast dir nicht nur keine Namen gemerkt, du hast einfach überhaupt nicht zugehört!«

»Nicht überhaupt nicht«, widersprach Kim. »Nur nicht so genau. Also, außer bei Nana.« Sie passte Lego den Ball zu, und es kostete sie große Mühe, nicht mit den Augen zu rollen, als er beinahe darüber stolperte.

»Und warum ist Nana für dich so schrecklich interessant?«

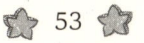

»Eigentlich nicht für mich«, antwortete Kim. »Für meinen Bruder.«

»Belieben zu präzisieren?«, fragte Lego, und Kim lachte. Sie mochte Legos witzige Art zu reden, und er schien schlauer zu sein als die meisten Jungs, die sie kannte.

»Sie würde perfekt zu meinem Bruder passen. Als Freundin.«

Lego traf den Ball ausnahmsweise genau richtig, kickte ihn zurück zu Kim und warf ihr einen Blick zu. »Darf man fragen, wie alt dein Bruder ist?«

»Achtzehn.«

»Und du suchst seine Freundinnen für ihn aus?«

Kim wurde rot. »Na ja«, meinte sie. »Es ist nicht so, dass er mich drum gebeten hätte –«

»Das ist eine große Beruhigung«, unterbrach Lego. »Ich weiß nicht, ob dreizehnjährige Dating-Agenten legal sind.«

Kim ignorierte das. »Jedenfalls wollte ich Lisa als Partnerin, weil sie Nana besser zu kennen scheint …«

»Und du wolltest sie fragen, ob Nana derzeit auf dem Markt ist?«

Kim errötete erneut.

Lego nickte verständnisvoll. »Und warum Lisa und nicht Lena?«, fragte er dann und beantwortete dann gleich seine eigene Frage: »Weil Lisa gestern diesen genialen Fallrückzieher gezeigt hat und du denkst, mit ihr wird dir nicht langweilig?«

»So ähnlich«, murmelte Kim und vermied Legos Blick.

»Vielleicht hilft es dir ja über die Enttäuschung hinweg, mit mir spielen zu müssen«, meinte Lego (und brachte Kim damit neuerlich zum Erröten), »wenn ich dir sage, dass Nana Single ist?«

»Wirklich?« Kim blieb abrupt stehen und stolperte diesmal beinahe selbst über den Ball, den Lego ihr eben zugespielt hatte. »Woher weißt du das?«

»Einer meiner zahllosen Brüder, ich kann mich grade nicht an seinen Namen erinnern, geht mit ihrer Mitbewohnerin aus. So bin ich auch auf das Camp hier gekommen. Meine Eltern dachten, das hier wäre das Richtige für einen Softie wie mich.«

»Ein bisschen flotter, Jungs und Mädels«, rief Nana eben, die die ganze Reihe dribbelnder, den Ball hin und her passender Paare im doppelten Tempo ablief, ohne auch nur ein bisschen aus der Puste zu kommen. Piet war von ein paar Minuten Laufen und Zuspielen mit ihr bereits so erledigt, dass sie ihn ins Tor abkommandiert hatte. »Auf Höhe der Strafraumlinie ein hoher Pass zum Partner für einen Kopfball!«

Kopfbälle waren Kims einziger Schwachpunkt. Nicht, dass sie Hemmungen hätte, ihren Kopf einzusetzen, aber sie traf einfach nicht so gut wie mit dem Fuß. Deshalb war sie ganz froh, als der Ball an der Linie gerade wieder auf sie zugerollt kam. Sie nahm ihn auf und legte Lego einen gefühlvollen, hohen Ball vor, in der Erwartung, dass ihr Partner ihn entweder gar nicht treffen oder irgendwohin bugsieren würde. Aber zu ihrer Überraschung stand Lego perfekt zum Ball, sprang erstaunlich kraftvoll und schoss scharf und präzise an Piet vorbei ins Kreuzeck.

Kim blieb abrupt stehen und starrte erst das Tor, dann den Schützen ungläubig an. »Wow«, erklärte sie dann aus tiefstem Herzen.

Er grinste. »Köpfen ist das Einzige, was ich richtig gut kann.«

»Das kann man so sagen. Ich sehe schon, ich kann tatsächlich noch was von dir lernen.« Ihr Ton war so verwundert, dass Lego erneut lachen musste.

»Ja«, gab er zurück. »In Bezug auf Charme definitiv.«

»Sorry!« Kim schlug beide Hände vors Gesicht. »So sollte das nicht rüberkommen! Ich bin ein bisschen ... Ich meine, du darfst nicht denken ...« Es überraschte sie selbst, aber ausnahmsweise war sie um Worte verlegen.

»Macht ja nichts«, sagte Lego lächelnd. »Ich weiß ja mittlerweile, dass es nichts mit mir zu tun hat.«

7. Perfekt 2.0

Eben bog Oma Bines Wagen auf den Parkplatz des Sportzentrums ein. Kim winkte ihr zu und sprang von der Mauer, auf der sie sich mit Lego niedergelassen hatte.

»Okay, also versprich mir, dass du deine Brüder von ihr fernhältst«, sagte sie zum Abschied. »Ich brauch sie für Toby!«

»Nur, wenn du mir hilfst, Bahnsteig Neundreiviertel zu finden«, rief Lego ihr nach.

»Knalltüte!«, rief Kim zurück und wollte schon die Autotür öffnen, als ihr noch etwas einfiel. Sie kramte in ihrem Rucksack, fand im Extrafach den kugeligen gelben Lego-Smiley und hielt ihn grinsend hoch. »Beinahe hätt ich ihn mitgenommen!« Sie machte Anstalten, den Smiley zu werfen, aber Lego hob abwehrend die Hand.

»Das ist ein Geschenk, du Schaf!«, sagte er und schüttelte den Kopf, als könne er nicht glauben, wie unendlich schwer von Begriff sie sei.

»Oh.« Kim war ehrlich verblüfft. »Aber brauchst du denn die Steine nicht wieder?«

»Ich hab zu Hause noch ein paar«, meinte Lego und grinste. »Und außerdem ist das Kunst, das wird nicht wieder zerlegt.« Er sprang von der Mauer und war mit zwei Schritten bei Kim. »Außer natürlich, du willst ihn nicht!« Er streckte die Hand aus, als wollte er ihr den

Smiley wegnehmen, und Kim wich instinktiv zurück, die kleine Lego-Plastik an sich drückend.

»Natürlich will ich ihn!«, sagte sie. »Er ist supersüß. Danke!« Sie lächelte Lego an, und er lächelte zurück.

»Cool«, sagte Lego.

»Cool«, sagte Kim.

»Dann bis morgen.«

»Bis morgen.«

Kim stieg, immer noch ein Grinsen im Gesicht, zu Oma Bine ins Auto und erwiderte Legos Winken.

»Der ist ja niedlich«, meinte Kims Großmutter. »Hat er Chancen?«

Kim sah ihre Oma verständnislos an. »Wie? Bei mir, meinst du?«

»Nein, bei Daisy Duck. Natürlich bei dir!«

»Oh bitte.« Kim winkte ab und steckte den Lego-Smiley unauffällig in ihren Rucksack. Oma Bine würde nur falsche Schlüsse ziehen. »Wir sind bloß Freunde. Ich bin in Danny verliebt, schon vergessen?« Kim versuchte, sich Dannys magisches grünäugiges Lächeln vorzustellen, aber Legos braune Augen, die sie eben angelächelt hatten, waren zu frisch in ihrem Gedächtnis und drängten sich ständig vor. Was Kim nicht daran hinderte, wehmütig zu seufzen.

»Natürlich nicht.« Oma Bine sagte nichts weiter und warf einen Blick auf die Uhr am Armaturenbrett. »Mila hat angerufen, ihr Job wird etwas länger dauern, sie kommt eine Stunde später.«

»Oh nein!«, rief Kim verzweifelt aus, ihre Hand auf ihr Herz pressend. »Das kann sie mir nicht antun!« Im nächsten Augenblick explodierte das Gelächter geradezu aus ihr heraus, als sie Oma Bines Blick sah. »Du hast es mir abgekauft!«, rief sie und schluchzte beinahe vor Lachen. »Mann, Omabinchen. Das Einzige, was mich noch glücklicher machen würde, wäre, wenn sie gar nicht käme.«

Oma Bine rollte mit den Augen und sagte würdevoll: »Knalltüte.«
Kim kicherte immer noch, als ihre Oma nach ein paar Augenblicken
hinzufügte: »Was ich eigentlich sagen wollte: Wir haben deshalb
locker Zeit, noch etwas zu essen vor deiner Nachhilfe.«

»Essen!«, rief Kim. »Hab ich dir in letzter Zeit gesagt, wie sehr ich
dich liebe?«

Oma Bine grinste. »Wahrscheinlich, als ich das letzte Mal Pizza
bestellt habe.«

»Ich bin noch im Wachstum«, rechtfertigte Kim sich, während sie
die Umgebung scannte. »Und ich hab gerade sehr viele Kalorien
verbrannt!« So wie Kim ihre beste Freundin gelegentlich um ihre
frühreifen Kurven beneidete, wünschte Lolo sich umgekehrt Kims
gesegnete Veranlagung, essen zu können, was sie wollte, ohne zuzu-
nehmen. »Das liegt bloß daran, dass meine Lieblingsspeise Avocados
sind«, hatte Kim grinsend erklärt, »und deine Schokolade.«

Lolo hatte ihr Schmollgesicht gemacht. »Ja, weil du ein Freak bist.
Schokolade ist eine *normale* Lieblingsspeise. Kein Mensch hat eine
Lieblingsspeise, die *grün* ist.«

Kim seufzte erneut. Sie vermisste Lolo. Durch den Zeitunterschied
waren sie selten gleichzeitig online, und sie kriegte nicht wie gewohnt
augenblicklich eine Rückmeldung, wenn sie ihrer besten Freundin
eine Nachricht schrieb. Ein hübsches handgemaltes Schild mit der
Aufschrift »Café am Park« hob ihre Stimmung augenblicklich.

»Schau mal, das Café da sieht doch nett aus!«

Oma Bine parkte den Wagen, und sie stiegen aus. Das Café lag, wie
der Name schon sagte, direkt neben einem Seiteneingang zu dem
großen Park, an den das Sportzentrum angrenzte. Es hatte eine sehr
einladende Terrasse auf einem Holzpodest mit Sonnenschirmen und
großen Topfpflanzen rundum.

Kim warf einen Blick auf die Speisekarte. »Es gibt einen Veggie-burger!«, rief sie begeistert. »Mit Avocado!«

»Ja, und der ist auch noch superlecker!«, antwortete eine fröhliche Stimme.

Kim blickte von der Karte auf in die runden, fröhlichen braunen Augen der Kellnerin. Sie war klein, zart und blond und hatte so starke Locken, dass rund um ihr Gesicht ein Kranz kleiner blonder Kringel stand, obwohl sie sich sichtlich alle Mühe gegeben hatte, ihr Haar straff zurückzubinden und unter dem dunkelroten Bandana zu verstauen, das genau zu ihrer Schürze passte.

»Hey«, sagte Kim. »Ich hätte nicht gedacht, dass es hier so ein nettes Café gibt!«

»Die Leute müssen sich auch erst daran gewöhnen«, meinte das Mädchen. »Es gibt uns erst seit Kurzem. Aber wenn es sich erst mal im Sportzentrum rumspricht und in den Schulen ...«

»Wir werden es allen erzählen, die wir kennen«, sagte Kim. »Nicht wahr, Oma Bine?«

»Definitiv.«

»Das ist meine Großmutter«, erklärte Kim. »Und ich bin Kim. Freut uns sehr, dich kennenzulernen. Ist das etwa dein Laden?«

»Freut mich auch, Kim und Kims Großmutter«, sagte das Mädchen und lachte. »Ich bin Suki. Und es ist der Laden meiner großen Schwester.«

Oma Bine hatte inzwischen an einem der Tische Platz genommen und auch die Karte studiert.

»Zweimal den Veggieburger bitte«, sagte sie gerade, als Kim einen begeisterten Quietscher von sich gab.

»Dieses Geräusch kann nur zwei Dinge bedeuten: Karamelleis oder Hundebaby«, erklärte Oma Bine trocken. Kim ignorierte das, denn sie hockte bereits vor einem schwarz-weißen Fellknäuel, das nicht wusste, ob es zuerst mit ihrem Armband spielen, ihre Hand anknabbern oder sich doch einfach genießerisch von ihr am Bauch kraulen lassen sollte.

»Oh. Mein. Gott«, erklärte Kim hingerissen. »*Cuteness overload.* Gehört der auch deiner Schwester? Dann will ich deine Schwester heiraten.«

Suki lachte. »Nein, das ist mein Monster. Sie heißt Cuddles und ist grade mal fünf Monate alt. Und seit ich sie habe, komme ich weder zum Sport noch ins Kino. Und bei der Arbeit schlafe ich regelmäßig ein.«

»Du schläfst beim Kellnern ein?«, fragte Kim verblüfft, und Suki lachte.

»Nein, aber ich schreibe auch Buch- und Filmrezensionen für ein Onlinemagazin. Also ist Schreiben und Lesen auch Arbeit.« Sie lachte. »Und Kino, theoretisch. Aber Cuddles braucht momentan meine ganze Energie. Ich habe ihr Bild auf einer dieser *Rescue*-Seiten gesehen und konnte nicht widerstehen.«

»Das verstehe ich.« Kim kraulte Cuddles hinter den Ohren. »Dann ist sie ein Straßenhund?«

Suki nickte. »Eine superextratolle Spezialmischung. Einzigartig und unbezahlbar.«

»Genau wie Polly«, sagte Kim stolz und zeigte Suki das Hintergrundbild auf ihrem Handy. »Mischling ist meine Lieblingsrasse.«

Nachdem Suki das Bild von Polly angemessen bewundert hatte, bestellten Kim und Oma Bine noch Getränke und auf Empfehlung der Kellnerin eine Extraportion Süßkartoffelpommes. Dann verschwand das blond gelockte Mädchen unter Kims bewundernden Blicken in Richtung Küche.

»Sie ist perfekt!«, flüsterte Kim, kaum dass »sie« nicht mehr zu sehen war.

»Perfekt?« Oma Bine schien verwirrt.

»Na, für Toby«, erklärte Kim ungeduldig. »Ebenso wie Nana.«

»Nana?« In Oma Bines Blick war völlige Ratlosigkeit.

»Oma«, erklärte Kim und holte tief Luft. »Du hörst mir nie zu! Nana ist meine Fußballtrainerin. Sie liebt Hunde, Kino, wandern, klettern und biken, genau wie Toby. Und sie ist solo.«

»Das klingt gut«, musste Oma Bine zugeben.

»Und Suki hier«, fuhr Kim fort, »ist ebenfalls sportlich und steht auf Bücher und Filme, sonst würde sie keine Rezensionen schreiben. Und dass sie Hunde liebt, ist ebenfalls offensichtlich.«

»Aber wir wissen nicht, ob sie auch solo ist!«, wandte Kims Großmutter ein.

»Sie hat bestimmt keinen Freund!«, erklärte Kim zutiefst überzeugt. »Sonst würde der ihr Cuddles auch mal abnehmen, und Suki wäre nicht so müde, dass sie bei der Arbeit einschläft!«

Oma Bine schien nicht völlig überzeugt von Kims Logik, aber sie widersprach nicht, denn in diesem Moment kam die Kellnerin mit den Getränken wieder.

Kim hockte sich erneut auf den Boden und knuddelte Cuddles. »Hängt sie mehr an dir oder mehr an deinem Freund?«, fragte Kim unschuldig. Auch ohne hinzusehen, wusste sie, dass Oma Bine gerade mit den Augen rollte, aber Suki schien nicht irritiert. »Polly ist *mein* Hund, aber sie vergöttert meinen Bruder«, fügte Kim noch erklärend hinzu.

»Oh, ich bin Alleinerzieherin«, meinte Suki lachend. »Aber meine Mom und meine Schwester unterstützen mich zum Glück, sonst wäre es echt hart!«

Kim warf Oma Bine einen triumphierenden Blick zu, und als Suki wieder im hinteren Teil des Cafés verschwunden war, hielt sie ihre Hand hoch, und Oma Bine schlug ein. »Was sagst du, *zwei* perfekte Kandidatinnen! Jetzt müssen wir nur noch herausfinden, welche die Richtige ist!«

Suki brachte die Veggieburger mit den Pommes, was vorübergehend Kims gesamte Aufmerksamkeit beanspruchte. Während des Essens versuchte sie, sich daran zu erinnern, ob die Blondine in ihrem Traum Locken oder glatte Haare gehabt hatte.

»Ich glaube, es waren mehr so weiche Wellen«, erklärte sie zwischen zwei Bissen.

»Weiche Wellen gibt's nur vom Friseur! Glaub einer Frau, die auf siebzig Jahre Erfahrung mit Naturlocken zurückblickt.«

Solange Kim sich erinnern konnte, hatte ihre Großmutter immer ganz kurze Haare gehabt, aber es gab Fotos von früher mit mehr oder weniger gebändigter Lockenpracht, um die Kim sie immer beneidet hatte. Ebenso wie Lolo, die ja auch lockiges Haar hatte, war Oma Bine allerdings davon überzeugt, dass Kim und Katharina, Kims Mutter, mit ihrem glatten, glänzenden Haar das große Los gezogen hatten. »Man will eben immer das, was man nicht haben kann«, erklärte sie stets, wenn die Sprache darauf kam. »Aber ich kann dir sagen, wenn man es dann hat, ist es nie so toll, wie man sich vorgestellt hat.« Oma Bine hatte ihre philosophischen Augenblicke.

»Ich muss beide Kandidatinnen erst besser kennenlernen«, beschloss Kim sachlich und schob den leer gegessenen Teller von sich. »Sie sind beide toll, aber bestimmt ist eine noch perfekter für Toby als die andere. Ich werde eine Plus-Minus-Liste anlegen!«

»Ist gut«, meinte Oma Bine und winkte Suki. »Aber nicht jetzt gleich. Wir müssen los, sonst steht Mila vor der verschlossenen Tür.«

»Hmpf«, machte Kim vielsagend. Sollte sie doch! Wenn es nach Kim ginge, konnte sie warten, bis sie schwarz wurde. Oder noch besser: bis sie verschwand und nicht mehr wiederkam.

8. Bahnsteig Neundreiviertel

Als Suki mit der Rechnung wiederkam, verwickelte Kim sie erneut in ein Gespräch und ignorierte die überdeutlichen Blicke ihrer Großmutter auf deren Armbanduhr. Gleich darauf warf sie Oma Bine wieder einen ihrer triumphierenden Blicke zu. Suki hatte eben erwähnt, dass Cuddles einen eigenen Instagram-Account hatte, und da lag es natürlich nahe, gleich Kontaktdaten auszutauschen. Als Oma und Enkelin schließlich doch im Auto saßen und auf dem Heimweg waren, inspizierte Kim bereits Sukis Profil und hielt ihre Großmutter mit gelegentlichen Ausrufen wie: »Hier ist sie mit einer Freundin beim Mountainbiken!« oder »Das Buch, das sie da liest, hat Toby auch gelesen!« auf dem Laufenden.

»Toby wird sie lieben!«, erklärte sie schließlich. »Jetzt muss ich nur noch Nana auch auf Insta finden und vergleichen. Damit werde ich mich dann später noch ausgiebig beschäftigen.«

Oma Bine lächelte. »Ich freu mich schon auf den Abschlussbericht. Würde mich sehr wundern, wenn Toby nicht diesen Sommer noch die perfekte Freundin fände.«

»Zumindest wird er glauben, dass *er* sie gefunden hat«, antwortete Kim zufrieden. »Aber zwischen Nana und Suki zu entscheiden wird echt schwierig«, sagte sie. »Schade, dass er nicht beide haben kann.«

»Ich fürchte, dein Bruder ist mehr der Ein-Frauen-Typ«, meinte Oma Bine mit einem kleinen Grinsen.

»Der alte Langweiler!« Beide lachten, und Kim fiel ein, dass es sich in ihrem Traum eindeutig um eine *einzelne* Blondine gehandelt hatte. Eine Entscheidung musste also fallen, und am liebsten hätte sie sich augenblicklich auf die Recherche gestürzt. Vielleicht hatte sie ja Megaglück, und Mila tauchte heute gar nicht auf?

Doch als ihr Elternhaus am Ende der Sackgasse sichtbar wurde, konnte Kim schon von Weitem erkennen, dass jemand auf dem Treppenabsatz vor der Haustür saß.

»Mila ist schon da«, kommentierte Oma Bine unnötigerweise.

»*Natürlich* ist sie schon da«, murmelte Kim. »Damit man auch keine Sekunde vergisst, wie verdammt perfekt sie ist.«

»Ich weiß, dass du sie nicht leiden kannst«, gab Oma Bine zurück. »Auch wenn mir nicht ganz klar ist, warum. Aber dass sie zuverlässig ist, kann man ihr ja wohl kaum zum Vorwurf machen?«

»Ich kann bloß Mathe nicht leiden«, knurrte Kim. »Und jemand, der so gut in Mathe ist, muss sowieso schon einen …«

Uups! Kim unterbrach sich gerade noch rechtzeitig, als ihr einfiel, dass Danny ja auch gut in Mathe war. Vermutlich viel besser als Mila. *Garantiert* viel besser als Mila. Zum Glück hatte Oma Bine ohnehin nicht so genau zugehört. Sie würde es nicht verstehen, aber mit Danny war das etwas völlig anderes. Er war auch gut im Sport. *Und* er sah verdammt gut aus. Er war eben Danny, Punkt. In allem toll. Perfekt. Sein Mathetalent war bloß ein kleines Puzzleteilchen, so wie ihr eigenes Mathe-*Anti*talent ein Puzzleteilchen war, das genau dranpasste. *Mom hat sich mit dem Universum angelegt, als sie einen Strich durch meine schöne Rechnung gemacht hat,* dachte Kim grimmig. *Das kann ja gar nicht gut gehen.*

»Oh, sieh nur, Toby ist auch zu Hause!« Kims Großmutter fuhr den Wagen in die Garageneinfahrt, und was Kim sah, gefiel ihr ganz und gar nicht. Mila, wie üblich mit Brille, Pferdeschwanz und in ihrem grauen Riesensweater, hatte das Buch, in dem sie zuvor gelesen hatte, auf der obersten Treppenstufe abgelegt und war aufgestanden. Toby lehnte in der offenen Eingangstür und schien eben etwas Witziges gesagt zu haben, denn Mila lachte. Sie lachte ihn *an!*

»Sie untersteht sich doch nicht etwa, mit meinem Bruder zu flirten?«, zischte Kim, öffnete die Beifahrertür, noch bevor der Wagen ganz zum Stehen gekommen war, und lief zum Gartentor. Als sie dort ankam, hatte sich die Szene wieder verändert, denn nun hockten Mila und Toby beide auf dem Treppenabsatz und kraulten Polly, die zwischen ihnen auf dem Rücken lag.

Nicht genug, dass Mila der Grund war, warum Danny für Kim in noch weitere Ferne gerückt war als zuvor, sie wollte ihr auch ihren Hund *und* ihren Bruder abspenstig machen! Sie war wie Kaa, die Schlange aus dem Dschungelbuch, die alle hypnotisierte, damit sie zur wehrlosen Beute wurden! Das mit der »Brillen-Schlange« hatte wohl doch was!

»Polly!«, rief Kim. Ihre Stimme klang viel wütender als beabsichtigt, und Polly fuhr erschrocken hoch. »Alles gut, mein Hündchen, alles gut!«, murmelte sie mit schlechtem Gewissen, als die Hündin zu ihr gelaufen kam, unsicher, ob sie etwas falsch gemacht hatte.

»Wie lange ist sie denn schon hier?«, fragte Kim, als sie Mila und Toby erreicht hatte.

Ihr Bruder hob die Augenbrauen. »Hallo, Schwesterherz, wir freuen uns auch, dich zu sehen.«

Wir? Das wurde ja immer besser! Kim presste die Lippen aufeinander.

»Ist dir ein Tyrannosaurus Rex über die Leber gelaufen?«

»Hallo«, erwiderte Kim, bewusst nur Toby ansehend und Mila ignorierend. »Sie hat gesagt, sie kommt eine Stunde später«, fügte sie dann vorwurfsvoll hinzu und merkte in diesem Augenblick selbst, wie albern das klingen musste. Schließlich *war* es jetzt eine Stunde später. Und sie konnte schlecht laut sagen, dass sie Mila verdächtigte, ein paar Minuten vor der vereinbarten Zeit hier aufgetaucht zu sein, um sich an Toby ranzumachen.

Ihr Bruder sah sie irritiert an. »Kim, Mila steht direkt neben mir. Hörst du bitte auf, in der dritten Person von ihr zu sprechen?«

Kim errötete, mehr vor Zorn als vor Schuldbewusstsein. Nun ergriff Toby wirklich und wahrhaftig Partei für die Brillenschlange! Sie öffnete eben den Mund, um etwas zu sagen, als Oma Bine dazukam, fröhlich mit den Autoschlüsseln klimpernd. »Hallo, Mila-Schätzchen, hallo mein lieber Enkelsohn.« Sie strahlte die beiden an, als hätten sie ihr soeben etwas besonders Hübsches geschenkt.

»Hallo, Oma«, sagte Toby und begrüßte sie mit einem Kuss auf die Wange. »*Du* hast Kim jedenfalls nicht mit schlechter Laune angesteckt, so viel steht fest.«

Oma Bine lächelte entschuldigend in Richtung Mila. »Du musst Kim verzeihen, die Aussicht auf Mathe verdirbt ihr immer die Laune.«

Die Aussicht auf Mathe mit der da *verdirbt mir die Laune!* Kim biss sich auf die Lippe, um das nicht laut zu sagen, und ging ohne ein weiteres Wort ins Haus.

»Kein Problem«, hörte sie Mila freundlich antworten. »Ist auch ein langer Tag mit Fußball vorher. Aber wir kriegen das schon hin.«

Gott, wie *verständnisvoll*! Übel könnte einem werden. Immerhin hatte Polly sich aus dem Bannkreis von Kaa gelöst und kam hinter ihr hergedackelt.

Plötzlich war Kim zum Heulen zumute. Sie hob Polly hoch, die dafür eigentlich viel zu groß war, und drückte sie an sich. »Warum geht bei mir immer alles schief?«, flüsterte sie. »Das ist so ungerecht!«

Dass die Worte »immer« und »alles« ein bisschen übertrieben waren, hielt Kim nicht davon ab, ein paar Tränen in Pollys drahtiges Fell zu blinzeln.

Ihre Eltern hatten heute Morgen traumhaft schöne Fotos von der Kreuzfahrt geschickt – Sonnenuntergang auf der Kapitänsbrücke. Lolo nahm morgen an einer Miss-Bikini-Wahl teil. Und Kim? Mathe mit Kaa, der Brillenschlange! Yay!

Okay, da war auch Fußball mit Nana, der Großartigen, und Lego, dem netten Witzbold. Und da waren Süßkartoffelpommes, Suki und Cuddles. Und Filmabende mit Oma Bine. Und Miss-Bikini-Wahlen waren Lolos Ding, nicht Kims. Überhaupt war sie bis eben super drauf gewesen! Sie konnte es kaum erwarten, ihre beiden neuen Lieblingsblondinen online durchzuchecken, damit ihr Bruder auch bestimmt die allerallerbeste Freundin abbekam. Und so nebenbei war es höchste Zeit, sich Dannys letzte Posts näher anzusehen. Etwas Danny-Doping vor der Mathestunde konnte nur guttun. Kim lauschte einen Moment. Die anderen unterhielten sich immer noch draußen, also zückte sie schnell ihr Handy, klickte auf den Insta-Button und war auch schon auf Dannys Profil. Instagram ist mein persönlicher Bahnsteig Neundreiviertel, dachte sie mit einem kleinen Lächeln. Und der Zug führt direkt nach Dannyland, einen Ort, fast so magisch wie Hogwarts. Keine neuen Fotos mit Vero, stellte Kim mit Genugtuung fest – um eines zu finden, musste sie bis Anfang Mai zurückgehen, zu dem Schnappschuss vom Schulball, bei dem sich die beiden Gerüchten zufolge wieder mal versöhnt hatten. Und auch das war kein richtig »verknalltes« Bild. Im nächsten Schuljahr würde Kim das erste Mal auf den Schulball gehen und Danny das letzte Mal. Sie seufzte. Es hätte ein so toller Sommer werden sollen. Jeden Tag wäre sie freudestrahlend in ihre Mathenachhilfe gegangen. Dieser Plan hätte nicht schiefgehen dürfen. Aber Katharina hatte an alles gedacht. Sie vertraute Mila mehr als ihrer eigenen Tochter, das musste man sich mal auf der Zunge zergehen lassen! Wenn Kim nicht mit Mila zusammenarbeitete, war Schluss mit dem Fußballcamp, und sie bekam eine von Mila empfohlene neue Schlange vorgesetzt, außer …

Außer, wenn Mila das Vertrauen von Katharina enttäuschte! Irgendwie hatte Kim das Gefühl, da auf etwas gestoßen zu sein, sie wusste nur noch nicht genau, was es war. Aber sie würde nicht aufgeben. »Expelliarmus!«, rief sie und ließ ihren rechten Arm vorschnellen, als hielte sie einen Zauberstab und nicht ihr Handy. Mit nur einem Arm einen Fünfzehn-Kilo-Hund festzuhalten ist ziemlich schwierig, und Polly zappelte in Kims Griff, bis sie sie absetzte.

Kim fuhr sich mit der Hand über die Augen, um die Tränenspuren wegzuwischen, und wandte sich dann, einem Impuls folgend, um. Tatsächlich! In der Tür stand Mila mit amüsiertem Gesichtsausdruck. Wer weiß, wie lange schon. Kein Wunder, dachte Kim wütend, Schlangen bewegen sich eben geräuschlos. Sie arbeitet garantiert für Voldemort.

»Hast du die drei Aufgaben geschafft, die ich dir angezeichnet habe?«

»Wann denn?«, schnappte Kim zurück. »Gestern nach dem Training war ich zu müde, und heute Morgen hatte ich auch Training. Und essen muss ich auch irgendwann.«

»Wir wollen auf keinen Fall, dass du für die Mathematik hungerst«, sagte Mila. »Also sehen wir es uns gemeinsam noch mal an. Gut?«

Kim zuckte mit den Schultern und ging voraus in ihr Zimmer, wo die Mathesachen genauso auf ihrem Schreibtisch lagen, wie sie sie gestern hinterlassen hatte.

»Ich muss noch mal aufs Klo«, erklärte sie und stand wieder auf, kaum, dass sie sich auf ihren Drehstuhl gesetzt hatte.

Mila nahm wortlos auf dem anderen Stuhl Platz, die Arbeitsblätter hervorkramend. Schon auf dem Flur holte Kim ihr Handy wieder hervor, schloss sich im Badezimmer ein und betrachtete in Ruhe Dannys neue Story. Zweimal. Dann drückte sie die Spülung, drehte für ein paar Sekunden den Wasserhahn auf und schlenderte langsam und gemütlich zurück in ihr Zimmer.

Okay, die Mathenachhilfe war unvermeidlich. Aber niemand konnte verlangen, dass sie so tat, als würde sie die Brillenschlange Kaa lieben. Absolut niemand.

9. So ein Süßer

»Tschüs, Oma!« Kim schnappte ihre Tasche, sprang aus dem Auto und lief in den Umkleideraum. In den letzten vier Tagen war sie kein einziges Mal zu spät dran gewesen. Sie bestand darauf, dass Oma Bine ihre Jogging-Ensembles am Vorabend auswählte, damit es nicht zu unerwünschten Verzögerungen kam. Es war schön, als Erste auf dem Fußballcamp-Gelände zu sein. Nana war auch immer früh dran, und so konnte sie in Ruhe mit ihr plaudern, während sie ihr bei den Vorbereitungen fürs Warm-up half. Nebenbei füllte sie auf diese Art unauffällig ihre Plus-Minus-Liste. Das heißt, eigentlich war es eine Plus-Plus-Liste. Kim war mittlerweile so beeindruckt von ihrer bildhübschen Trainerin, dass sie, statt nach Minuspunkten zu suchen, lieber Nana zuhörte, wenn sie von spannenden Matches oder ihren Pflegehunden erzählte, und davon, welche Fußballer und Fußballerinnen sie toll fand. Nana war einfach großartig.

Das einzige Problem bei der Sache: Wenn sie nach dem Training mit Oma Bine auf einen Snack im Café am Park vorbeischaute, war da Suki mit ihrem fröhlichen Lachen, ihren superniedlichen blonden Locken und ihren unglaublichen Smoothie-Rezepten. Suki, die extra für Kim einen Avocado-Toast mit Spezialdressing kreierte und dieselben Lieblingsfilme hatte wie sie selbst. Einige dieser Lieblingsfilme waren auch Favoriten von Toby, nicht zu vergessen. Schließlich ging es ja um Toby. Mehr und mehr war Kim überzeugt, dass sie ihrem Bruder diese schwere Entscheidung nicht würde abnehmen können. Sie musste einen Weg finden, ihm beide Kandidatinnen gleichzeitig zu präsentieren, nur so würde sich herausstellen, welche der beiden Tobys Traummädchen – und das Mädchen aus Kims Traum – war.

Aber Nana war nicht der einzige Grund dafür, dass Kim morgens keine Sekunde lang damit haderte, dass sie früh aus dem Bett musste.

Der andere Grund war ihr Spind. Genauer gesagt das, was jeden Tag in ihrem Spind auf sie wartete. Ein Fußballschuh. Eine Sonnenblume. Eine niedliche gelbe Ente. Alles aus den kleinen farbigen Kunststoffbausteinen und alles echte Kunstwerke. Kim hatte keine Ahnung, wie Lego die Figuren in ihren verschlossenen Schrank in der Mädchengarderobe zauberte, aber dass sie darüber rätseln musste, machte das Ganze irgendwie noch spannender. Er selbst bestand darauf, magische Fähigkeiten zu haben, die er selbstverständlich auf einem Ausflug nach Hogwarts erworben hatte.

»Es ist ein ganz einfacher Zauber«, hatte er ernsthaft erklärt, sich einmal um sich selbst gedreht, die Arme mit gespreizten Fingern von sich gestreckt und laut »Arte legotur!« gerufen.

»Dann hast du also Bahnsteig Neundreiviertel ohne meine Hilfe gefunden?«

»Ich hätte dich aus reiner Ritterlichkeit mitgenommen.« war seine Antwort gewesen. »Gefunden hab ich ihn schon längst.«

Tags zuvor hatte Oma Bine Polly mit dabeigehabt, als sie kam, um Kim abzuholen, und Lego war augenblicklich in die kleine, struppige Hündin verliebt gewesen. Seine Tasche mit den getragenen Trainingssachen fand Polly hochinteressant, und als er ihr eine seiner Stinkesocken – der Hund liebte verschwitzte Socken – zum Spielen spendierte, war die Verliebtheit blitzartig wechselseitig.

»So ein Süßer!«, hatte Oma Bine gemeint. »Du hast Glück, dass ich nicht fünfzig Jahre jünger bin, Kimmo-Maus!«

Kim musste in der Erinnerung daran grinsen, als sie jetzt durch den Flur auf die Umkleide zulief. Ihre Oma sagte ständig solche Sachen. Mit wenigen Schritten war sie bei ihrem Spind und schloss ihn mit erwartungsvoll klopfendem Herzen auf.

»Oooooohhhhh!«, machte sie unwillkürlich und sah sich gleich darauf um, ob auch niemand mitgehört hatte. Dann griff sie vorsichtig nach dem aus Mini-Legosteinen zusammengesetzten weißschwarzen Hund. Er hatte eine Lego-Polly für sie gemacht! So zierlich und superniedlich! Mit rotem Halsband! Lego war ein echter Künstler! Ein neuerlicher Blick über ihre Schulter bestätigte, dass sie immer noch allein im Umkleideraum war. Zum Glück.

Mädels hatten so eine Neigung, Gerüchte in die Welt zu setzen, und wenn eine von ihnen spitzkriegte, dass sie jeden Tag ein Geschenk von Lego bekam, dann war sie sofort die Hauptfigur in einer bescheuerten Liebesgeschichte. Die Zwillinge hatten sogar schon nachgefragt, ob da zwischen Lego und Kim »etwas sei«, nur weil sie mit ihm beim Mittagessen etwas abseits gesessen und sich unterhalten hatte! Statt einer Antwort hatte Kim angedeutet, dass es da einen Jungen gab, der etwas älter war. Die beiden hatten große Augen gekriegt und waren sichtlich beeindruckt gewesen. »Aber es ist kompliziert!«, hatte Kim noch geheimnisvoll hinzugefügt, um weiterer Fragen zuvorzukommen. Die Zwillinge hatten verständnisvoll genickt, als ob völlig klar sei, was Kim damit meinte, und das Thema war erledigt gewesen. Ein bisschen mies hatte sie sich schon gefühlt, weil sie es mit der Wahrheit nicht so genau genommen hatte. Andererseits, gelogen war es auch nicht! Es *gab* Danny ja, und die Situation *war* kompliziert. Was konnte sie dafür, wenn Lisa und Lena das falsch auslegten? Außerdem waren sie selbst schuld, wenn sie neugierige Fragen stellten. Als ob man als Mädchen nicht einfach nur so mit einem Jungen befreundet sein konnte! Sie hatte mit Lego eben mehr gemeinsam als mit allen anderen im Camp. Und er war so witzig! Kim konnte sich nicht erinnern, jemals mit jemandem so viel gelacht zu haben. Von Lolo abgesehen, aber das konnte man nicht vergleichen. Und ihm schien es offenbar ähnlich zu gehen. Bestimmt musste Lego sich von den Jungs auch dumme Sprüche anhören.

Kim setzte sich auf die lange Holzbank, die vor der Reihe hoher, schmaler Schränke stand, und scrollte noch mal durch Lolos Fotos von der gestrigen Misswahl. Zweite war sie geworden. Allerdings hatte sie sich nicht lange über ihre Schärpe freuen können, denn irgendwie war rausgekommen, dass Lolo noch nicht sechzehn war, wie für die Teilnahme erforderlich. Aber dadurch hatte die Story erst den richtigen Kick bekommen, fand Lolo – im Gegensatz zu ihrer Oma, die aus der Community-Zeitung erfahren hatte, dass ihre Enkelin nicht »mit den anderen Kindern« am Strand um ein Lagerfeuer gesessen und »Country Roads« gesungen hatte (das war Lolos offizielle Begründung für den abendlichen Ausflug gewesen). Ein Foto mit der

Textzeile »*Curvy curly Caroline rocking the stage*« zeigte Lolo in einem knappen zweiteiligen Badeanzug auf dem Laufsteg im *Flamingo Hotel* und ließ nicht viel Raum für Rechtfertigung.

> I'm grounded. Klingt cooler als Hausarrest, haha. Bis zum Wochenende. Ist aber nicht weiter schlimm mit Netflix. 😇

Curly Caroline hatte kastanienbraune Locken, die ihr fast bis zu den Hüften reichten. Und sie hatte aus diesen Youtube-Tutorials, für die Kim nie die Geduld aufbrachte, gelernt, sich perfekt zu schminken. Man konnte den Veranstaltern der Misswahl echt keinen Vorwurf machen. Mit voller Kriegsbemalung sah Lolo locker aus wie sechzehn, wenn nicht älter.

Kim scrollte weiter durch ihre Fotos. Vor ein paar Wochen hatte sie sich nur so zum Spaß von ihrer besten Freundin schminken lassen und sich danach selbst im Spiegel kaum wiedererkannt.

»Alarm!«, hatte Katharina gerufen, als ihre Tochter von Lolo »optimiert« in die Küche kam. »Mein Kind ist zwanzig Jahre gealtert!«

Kim lächelte in der Erinnerung daran. Lolo war echt gut. Sie hatte Kims glatte blonde Haare per Lockenstab in üppige Wellen verwandelt, ihren Nasenrücken mit einem Contouring-Stick schmal gezaubert und ihr Wangenknochen verpasst, die sie nicht für möglich gehalten hätte. Der braun-goldene Lidschatten ließ das Blau von Kims Augen richtig strahlen. Dazu ein kirschroter Kussmund und falsche Wimpern. Aus der Nähe sah Kim aus wie eine dieser altmodischen, bemalten Porzellanpuppen, aber auf dem Instagram-Selfie, das Lolo von ihnen beiden gemacht (und nachbearbeitet) hatte, waren zwei perfekte Supermodels zu sehen.

Kim lächelte vor sich hin. Wenn Danny sie *so* sehen könnte, würde er sich ihren Namen bestimmt merken. Plötzlich hörte sie Stimmen auf dem Flur, die anderen Kids schienen auch langsam einzutrudeln. Hastig versteckte sie die kleine Lego-Polly unter einer Socke und begann sich umzuziehen. Als sie ein paar Minuten später auf den Fußballplatz hinauslief, war sie nicht die Erste. Drei oder vier Jungs waren schon da, und die Zwillinge, die immer in Trainingskleidung gebracht wurden, also nicht in die Umkleide mussten. Lena übte einen Balltrick, und Lisa stand an eines der beiden Tore gelehnt und plauderte mit einem Jungen. Kim blieb überrascht stehen, als sie sah, wer der Junge war. Also eigentlich war sie nicht überrascht, dass Lego und Lisa plauderten. Sie war überrascht, dass es sich eigenartig anfühlte. Nicht *richtig*, irgendwie. Es fühlte sich ein bisschen so an, als hätte sie einen Kaktus gefrühstückt, der sie nun mit seinen Stacheln in den Magen pikste. Lego ist *mein* Freund, sagte Kims Magen zu ihrem Gehirn, doch sie schob den Gedanken sofort wieder beiseite, über sich selbst den Kopf schüttelnd. Warum sollten die beiden denn nicht miteinander reden? Lego war schließlich nicht ihr Eigentum. Und sie selbst hatte den Zwillingen von dem älteren Jungen erzählt, den es in ihrem Leben gab und mit dem es »kompliziert« war. Wenn Lisa also gern mit Lego ... und Lego mit Lisa ...

Ach was, unterbrach Kim erneut ihren eigenen Gedankengang, *Jetzt bin ich schon genau wie die anderen. Als ob man mit einem Jungen nicht einfach nur befreundet sein könnte!*

Aber das fiese Piksen in Kims Magengegend legte sich erst, als Lego Lisa stehen ließ, um auf sie zuzulaufen.

»Wieso grinst du denn so zufrieden?«, fragte er.

Kim löste ihren Blick von Lisa, die endlich aufgehört hatte, Lego nachzuschauen, und nun auf ihre Schwester zusteuerte.

»Stell dir vor, ich habe ein Kunstwerk gekriegt!«, sagte sie dann schnell.

Lisa und Lena passten einander den Ball zu, mal vor dem Tor, mal hinter dem Tor.

Lego strahlte sie an. »Ist nicht wahr!«

»Wohl wahr!«, erklärte Kim. »Solltest du den Künstler zufällig treffen, dann richte ihm bitte aus, ich bin überwältigt!«

Ein scharfer Ball kam auf Kim zu, aber sie fing ihn geschickt ab und schoss zu Lisa zurück, die entschuldigend die Hand hob. *Na klar*, dachte Kim. *Weil das eben total unabsichtlich war.*

»Stell dir vor«, gab Lego zurück. »Ich *habe* den Künstler gerade erst zufällig getroffen.«

»Ist nicht wahr!«, antwortete Kim.

»Wohl wahr!«, erklärte Lego. »Und er ist ein verdammt netter Kerl.«

Kim lachte. »Was du nicht sagst.«

Lego nickte ernst. »Und so großzügig«, ergänzte er. »Er hat mir zwei Tickets für das Länderspiel nächsten Samstag geschenkt.«

»Gegen Portugal?« Das Match war seit Monaten völlig ausverkauft, auch Nana hatte über ihre Kontakte keine zusätzlichen Karten mehr ergattern können.

»Genau.« Legos Grinsen ging von einem Ohr zum anderen.

»Gehst du mit einem deiner Brüder?«

Er sah sie an, als ob er nicht richtig verstanden hätte, was sie eben gesagt hatte.

»Ähm, nein«, antwortete er schließlich. »Das war eigentlich nicht der Plan.«

»Oh.« Kim war verwirrt.

»Was ich an dir so mag, ist deine rasche Auffassungsgabe«, erklärte Lego und blickte sie abwartend an.

Kim errötete, als das »Aha«-Lämpchen hinter ihrer Stirn endlich aufleuchtete. »Oh!«, sagte sie. »Wow! Ehrlich jetzt?«

»Ehrlich jetzt«, bestätigte Lego. »Hast du Lust, mit mir hinzugehen?«

»Und wie!«, rief Kim. »Danke! Das ist so süß von dir!«

»So bin ich eben«, erklärte Lego. »Unheilbar süß. Unendlich süß. Es ist Fluch und Segen zugleich. Ich versuche dagegen anzukämpfen, aber dann mach ich wieder was so unglaublich *Süßes* –«

»Idiot!«, unterbrach Kim und gab Lego lachend einen Schubs.

Gegen ihn waren die Jungs an ihrer Schule alles Idioten.

10. Bruderzwist

Inzwischen kam Polly immer mit, um Kim abzuholen, denn sie freute sich auf Lego und auf Cuddles und war beleidigt, wenn sie mit beiden nur eine beschränkte Zeit verbringen durfte, weil Kim zur Mathestunde nach Hause musste.

»Ich bin ganz deiner Ansicht, Polly«, sagte Kim, als sie den widerstrebenden Hund von seiner neuen Freundin wegzog. »Ich finde diese blöden Mathestunden auch völlig überflüssig.« Heute ärgerte Kim sich besonders, denn das Training hatte etwas länger gedauert und nun war gerade noch Zeit für eine Limo und eine kurze Hundebegrüßung im Café gewesen, und schon mussten sie wieder los.

»Ich hab Hunger«, maulte Kim im Auto.

»Du hast doch zu Mittag was gegessen?« Oma Bine warf ihr einen besorgten Seitenblick zu.

»Ich bin im Wachstum«, gab Kim vorwurfsvoll zurück. »Und ich habe schwere körperliche Arbeit geleistet!«

»Da sind Energieriegel im Handschuhfach!«

»Oma. Ich habe *richtigen* Hunger!«

»Ich helfe Toby beim Kochen, nach der Mathestunde gibt's gleich Essen.«

»Ich habe aber *jetzt* Hunger!«

»Kimmo-Maus«, meinte Oma Bine mit einem Seufzer. »Kannst du mal dreizehn sein statt fünf?«

Kim verschränkte die Arme, stemmte ihre Füße gegen das Handschuhfach und drückte sich in ihren Sitz. »Wäre ich fünf, würdest du mich nicht hungern lassen.«

Oma Bine seufzte tief. »Schatz, bring einfach die Nachhilfe hinter dich, danach gibt's Essen, und alles wird gut.«

Es kam selten vor, dass Oma Bine nicht auf sie einging. Umso trotziger stampfte Kim in die Mathestunde.

Mila war pünktlich und gut drauf wie immer, Kims schlechte Laune prallte einfach von ihr ab. Erwartungsvoll sah sie ihre Schülerin an, als sie an Kims Schreibtisch saßen.

»Was?«, fragte Kim unwirsch, obwohl sie ziemlich genau wusste, worauf Mila wartete.

»Die Hausaufgaben?«

»Welche Hausaufgaben?«, fragte Kim zurück, wild entschlossen, mit dieser Unterhaltung so viel Zeit wie möglich zu verschwenden.

Mila sah sie weiterhin an, der Blick nun eher forschend. »Kim«, sagte sie. »Wir hatten einen Deal. Du machst deine Hausaufgaben, und wenn du dabei irgendwas nicht verstehst, erkläre ich es in der nächsten Stunde.«

»Ich verstehe *gar nichts* von dem Kram«, gab Kim zurück. »Um das zu wissen, muss ich nicht meine Zeit mit den blöden Aufgaben verschwenden.«

»Kim, ich versteh ja, dass du keine Lust hast. Dass du deinen Sommer lieber anders ...« Mila hatte ihren Arm ausgestreckt, um Kim tröstend am Oberarm zu berühren, doch die wich zurück wie vor einer Schlange, stieß sich vom Schreibtisch ab und rollte auf ihrem Stuhl bis zum Sofa. Von dort sah sie Mila herausfordernd an.

Milas Arm schwebte immer noch in der Luft, sie ließ ihn jetzt langsam sinken und meinte: »Mathe verschwindet nicht, wenn du dich weiter von mir wegsetzt.«

»Ich setze mich nicht wegen Mathe weg«, schnappte Kim zurück. »Sondern weil dein Sweater müffelt. Ist ja auch kein Wunder, wo du ihn jeden Tag anhast. Schon mal was von Waschen gehört?«

Sie konnte sehen, dass sie Mila mit dieser Bemerkung getroffen hatte, aber sie spürte keine Genugtuung. Eigentlich war sie nicht so fies. Gerade wollte sie den Mund öffnen, um etwas Abschwächendes zu sagen, da hörte sie Oma Bines Stimme: »Kim!«

Ihre Großmutter klang richtig geschockt, und man sah ihr an, dass sie kaum glauben konnte, was sie eben mit angehört hatte. »So kenn ich dich ja gar nicht«, sagte sie, und zum ersten Mal wurde Kim bewusst, dass ihre Oma nicht mehr die Jüngste war. Sie sah blass aus, ihre Lippen zitterten, und ihre rechte Hand griff unwillkürlich nach dem Türstock.

»Das ist ja dann die gute Nachricht«, meinte Mila ruhig. »Dass sie nicht immer so ist.«

»Oma, warte ...«, rief Kim, aber ihre Großmutter hatte sich umgewandt, und Kim konnte hören, wie sie die Treppe hinunterging – langsamer als sonst.

Sie hatte den Impuls, Oma Bine nachzulaufen, aber jetzt auch noch aus der Mathestunde zu verschwinden, war vermutlich keine gute Idee.

»Na großartig«, sagte sie, ohne ihre Nachhilfelehrerin anzusehen, als ob Mila Schuld hätte, dass Oma Bine so blass und zittrig ausgesehen hatte.

Natürlich war es nicht *direkt* Milas Schuld. Es war die Schuld ihrer Eltern. Ohne die Einmischung ihrer Eltern gäbe es keine Mila, Kim würde mit Begeisterung Mathe lernen, wäre rundherum glücklich und entsprechend reizend.

»Es gibt zwei Möglichkeiten«, sagte Mila in die Stille. »Du akzeptierst mich als Lehrerin, und wir gleichen gemeinsam dein Mathedefizit aus. Nach meinen Regeln. Oder ich gehe jetzt hier raus, du siehst mich nie wieder und lebst mit den Konsequenzen.« Sie zuckte mit den Schultern. »Deine Entscheidung.«

Die Versuchung, Mila in die Wüste zu schicken, war verdammt groß. Aber Kim wollte ihr Fußballcamp nicht aufgeben, sie wollte keinen Krieg mit ihren Eltern, und sie wollte auch nicht riskieren, mit Milas Nachfolgerin vielleicht jemanden abzukriegen, den sie noch weniger leiden konnte.

Langsam rollte sie an ihren Schreibtisch zurück, schlug das Übungsbuch auf und sagte, ohne Mila anzusehen: »Das Erste hab ich zu lösen versucht. Aber ich bleibe schon beim Ansatz stecken.«

»Okay«, sagte Mila, und ihre Stimme klang erleichtert. »Dann zeig mal, wie dein Ansatz aussieht.«

Als Kim ins Erdgeschoss kam, war Toby in der Küche beschäftigt, und Oma Bine deckte gerade den Tisch. Die Küche war zum Wohn- und Esszimmer hin offen, aber die Dunstabzugshaube war eingeschaltet und dröhnte so laut, dass Toby seine Schwester zunächst gar nicht bemerkte. Er war viel zu vertieft darin, den Inhalt seiner Pfanne zu würzen.

»Essen ist gleich fertig«, sagte ihre Großmutter und vermied den Blick ihrer Enkelin.

»Kann ich noch was helfen?«, fragte Kim kleinlaut, und Oma Bine wollte gerade antworten, als Toby plötzlich vor ihnen stand, einen fassungslosen Ausdruck im Gesicht und sein Handy in der Hand.

»Kim, du bist meine Schwester, und ich hab dich sehr lieb«, sagte er.

»Jaaa?« Der Tonfall ihres Bruders gefiel Kim gerade gar nicht.

»Erinnere mich daran, falls du die folgende Frage mit Ja beantwortest.«

In Kims Magengegend verknoteten sich blitzartig Hunderte Gummischnüre zu einem festen, unentwirrbaren Knoten.

»Hab ich das dir zu verdanken?«, fragte Toby und hielt ihr sein Handy hin. Kim kam nahe genug, um die Textstelle, die auf dem Screenshot zu sehen war, lesen zu können: Sportskanone, 18, Stuntman und Schauspieler, sucht Blondine mit Modelmaßen.

Shit! Kim hatte das halb fertige Quickdate-Profil völlig vergessen. Aber sie hatten es doch nie aktiviert? Ein schneller Blick zu Oma Bine zeigte, dass die mindestens so geschockt war wie Kim selbst. Da hatte sie das Bild plötzlich wieder vor Augen. Und hörte Tobys Stimme – *Jemand zu Hause? –,* sah Oma Bines Hand eingeklemmt im zugeklappten Laptop. Sie musste unabsichtlich auf »Aktivieren« geklickt haben, als das passiert war. Und jemand, der Toby kannte, hatte es entdeckt und ihm einen Screenshot geschickt. Wahrscheinlich begleitet von einem albernen Kommentar. Verdammt noch mal.

»*Oma?*«, fragte Toby ungläubig. Er war Kims Blick gefolgt, der immer noch an Oma Bine hing. »*Du* hast doch damit nichts zu tun?«

In diesem Moment wachte Kim auf. Oma Bine ertrug es nicht, wenn eines ihrer Enkelkinder böse auf sie war. Und Kim hatte den entsetzten Blick ihrer Großmutter von vorhin noch vor Augen. Die Enttäuschung. Das war ihre Chance, es wiedergutzumachen.

»Natürlich nicht«, rief sie hastig. »Oma Bine hatte keine Ahnung. Ich muss es irrtümlich aktiviert haben.«

»Irrtümlich?«, fragte Toby. »Du hast *irrtümlich* diesen Haufen Blödsinn über mich geschrieben? Dass ich *Stuntman und Schauspieler* bin?«

»Du bist doch bei dieser Agentur ...«, erwiderte Kim schwach, »Und ich hab bloß ein bisschen rumgealbert ... ich wollte es gar nicht aktivieren ...« Sie merkte selbst, dass alles, was sie sagte, nach einer lahmen Ausrede klang, und der Blick ihres Bruders, den sie jetzt auffing, brachte sie ganz zum Schweigen.

»Ich habe einen Job als Stunt-Double gemacht, Kim, *einen*. Ich bin auch nicht eins sechsundachtzig, sondern eins achtzig. Und ich suche garantiert keine Blondine mit Modelmaßen!«

»Es war bloß Spaß, Toby«, versuchte Kim, sich zu rechtfertigen. »Ich wollte wirklich nicht, dass es online geht.«

Toby schüttelte nur immer wieder den Kopf, als könnte er das Ganze nicht fassen.

»Ich dachte eigentlich, deine Ferien sind ausgefüllt mit Fußball und Mathe«, meinte er. »Aber Zeit, deinen Bruder im Internet lächerlich zu machen, ist offenbar immer.«

»Ich wollte dich doch nicht lächerlich machen!«, begehrte Kim auf und spürte, wie ihre Kehle eng wurde. »Ich wollte nur, dass du wieder eine Freundin findest und glücklich bist!«

»Und du denkst, ich finde niemanden, so, wie ich wirklich bin?«, gab Toby zurück. »Du denkst, ich muss erst *verbessert* werden? Das ist ja *noch* trauriger! Mann.« Er hörte auf, seinen Kopf zu schütteln, und starrte Kim an.

Der Zorn war aus Tobys Blick verschwunden und hatte so etwas wie müder Ratlosigkeit Platz gemacht.

»So hab ich das doch nicht gemeint«, sagte Kim. »Es war nur, weil du schon so lange solo bist und weil wir ...« Sie brach ab und verbesserte sich hastig. »Weil ich will, dass es dir gut geht und – «

»Wenn du willst, dass es mir besser geht, dann lösch dieses verdammte Profil«, unterbrach Toby sie, drehte sich um und widmete sich wieder seiner Pfanne, ohne Kim auch nur anzusehen.

Kims Unterlippe zitterte. Sie konnte sich nicht erinnern, dass ihr Bruder jemals so mit ihr gesprochen hatte. Oma Bine suchte ihren Blick, aber Kim wollte jetzt gerade nicht einmal ihr in die Augen sehen. Sie machte kehrt, lief die Treppen hinauf und knallte ihre Zimmertür hinter sich zu.

Stunden später, lange nachdem Oma Bine ihr eine Portion von Tobys Curry nach oben gebracht hatte, lag Kim im Dunkeln auf ihrem Bett und starrte an die Decke. Wie konnte ein Tag, der so genial angefangen hatte, noch so schrecklich enden? Es war die reinste Achterbahn. Eben war noch alles perfekt gewesen, Lego hatte ihr ein Ticket für das Match geschenkt, und sie hatte zwei so tolle mögliche Freundinnen für ihren Bruder, dass sie sich gar nicht entscheiden konnte! Und jetzt war Toby sauer auf sie, und Kim fühlte sich einfach schrecklich. Ihr Magen war in sich verknotet, und ihr Herz raste. Es war alles nur wegen Mila, beschloss Kim und drehte sich von der linken Seite auf die rechte. Die brachte nichts als Unglück. Immerhin hatte Kim ihre Oma jetzt wieder voll auf ihrer Seite. Sie war so gerührt gewesen, dass Kim sie vor Toby gedeckt hatte!

»Es würde ja auch keinen Sinn machen, wenn er auf uns *beide* böse wäre, nicht wahr, Kimmo-Schatz?«, hatte sie geflüstert.

»Oma!«, hatte Kim etwas ungeduldig geantwortet. »Du kannst ganz normal reden, Toby lauscht bestimmt nicht an meiner Tür.«

»Er kann dir ohnehin nie lange böse sein«, hatte Oma Bine weiter geflüstert. »Und du hast es ja nur gut gemeint.«

»*Wir*«, korrigierte Kim. »*Wir* haben es nur gut gemeint.«

»Natürlich.« Oma Bine räusperte sich, holte tief Luft. »Wir können es ihm immer noch sagen, wenn du möchtest.« Sie zögerte. »Ich denke nur, auf mich ist er bestimmt viel böser als auf dich, wo ich doch erwachsen bin und es besser wissen sollte.«

»Wir hätten es beide besser wissen sollen.«

Kim drehte sich von der rechten Seite wieder auf die linke. Natürlich würde sie Toby *nicht* sagen, dass Oma Bine mit drinhing. Aber so lieb sie ihre Großmutter hatte, gerade konnte sie nicht anders, als es ihr ein bisschen übel zu nehmen, dass sie Angst davor hatte, zu ihrem Anteil an der Sache zu stehen. Sie hätte niemals gedacht, dass dieser Moment kommen würde, aber nach all den Jahren, in denen Oma Bine ihre Spielgefährtin, Partnerin beim Pferdestehlen und ihre Verbündete gewesen war, hatte Kim erstmals das Gefühl, eine »erwachsene« Großmutter hätte vielleicht auch Vorteile.

Nachdem sie sich noch ein paarmal hin- und hergewälzt hatte, war Kim ziemlich sicher, dass sie nicht einschlafen würde, ohne noch einmal mit ihrem Bruder gesprochen zu haben. Sie sprang also aus dem Bett, öffnete ihre Zimmertür, lief am Badezimmer und dem leeren Elternschlafzimmer vorbei zum Zimmer ihres Bruders und wollte gerade anklopfen, als sie in der Bewegung erstarrte, weil sie Stimmen hörte. Nein, sie hörte nur eine Stimme, die von Toby. Aber er klang ganz anders als vorhin – gut gelaunt, fröhlich.

Kim presste ein Ohr an die Tür und hielt sich das andere zu. Sie selbst hatte wie ihre Mutter und ihre Großmutter die Angewohnheit, ihre Stimme zu heben, wenn sie telefonierte. Ihr Bruder tat leider, genau wie ihr Vater, das Gegenteil. Er schien seine Stimme bewusst zu dämpfen, wenn er am Telefon war. Trotzdem konnte Kim ein paar Wortfetzen verstehen: »Komische Phase«, »Keine Sekunde unbeobachtet«, »Pubertät«.

Man musste kein Genie sein, um zu wissen, von wem Toby sprach. Umso fester drückte Kim ihr Ohr an die Tür. Mit wem redete er über sie? Es würde überhaupt nicht zu ihm passen, sie bei Mom und Dad zu verpetzen. Irgendjemand hatte ihm den Screenshot von seinem Profil geschickt, vielleicht unterhielt er sich mit ihm oder ihr?

»Egomonster«, »böse sein«, »bis morgen schmoren«, »kann nicht schaden«.

Kim wurde rot, und ihr schlechtes Gewissen verwandelte sich in eine Mischung aus Empörung und mulmiger Vorahnung.

Mit einem seiner Freunde würde Toby nicht darüber reden, dass er seiner kleinen Schwester, dem »Egomonster«, nicht »böse sein« konnte und dass er sie »bis morgen schmoren« lassen würde, weil ihr das »nicht schaden« konnte.

»Sturkopf«, »beneide dich nicht«, leises Lachen, »sag mir, wenn ich mich einschalten soll«, »noch nach ihr sehen«.

Kim prallte zurück, sprintete über den Flur und war Sekunden später wieder in ihrem Zimmer. Mit klopfendem Herzen lag sie in ihrem Bett, die Decke hochgezogen, ihr Gesicht von der Tür weggedreht, als Toby leise anklopfte.

»Kimmo?«, fragte er in seiner normalen, lieben »Großer-Bruder«-Stimme. Kim hielt die Luft an.

Ihr Bruder wartete ein paar Sekunden und schloss die Tür dann leise wieder. Kim wartete, bis seine Schritte sich entfernt hatten, bevor sie tief Luft holte.

Ich beneide dich nicht. Sag mir, wenn ich mich einschalten soll.

Kims Gedanken rasten, ihr Gehirn suchte verzweifelt nach einer Interpretation, die ihr angenehmer gewesen wäre. Aber nur eine ergab einen Sinn. Und die bedeutete, ihr Bruder hatte sich mit ihrer Feindin verbündet.

11. Es ist kompliziert

»Wie alt ist dein Bruder noch mal?«

»Achtzehn.«

Lego blickte nachdenklich vor sich hin. Und blickte vor sich hin. Und blickte vor sich hin.

»Was?«, fragte Kim schließlich halb entnervt, halb lachend und gab ihrem Freund einen Schubs.

Lego fiel beinahe von der niedrigen Mauer, auf der die beiden wie meistens in der Trainingspause saßen und ihre Mittagsbrote aßen.

»Hey!«, protestierte Lego. »Ich hab bloß versucht, mich in dein seltsames kleines Gehirn hineinzuversetzen und herauszukriegen, warum zum Geier du wirklich und wahrhaftig der Ansicht bist, dass er mit achtzehn nicht imstande ist, sich selbst eine Freundin zu suchen!«

»Die letzte war auch lahm, deshalb! Und sie hat ihn verlassen!«

»Dann hat er ja aus seinen Fehlern bestimmt was gelernt!«

Kim zuckte mit den Schultern. »Sieht nicht so aus. Eher im Gegenteil. Verschiedene Indizien sprechen dafür, dass er gerade einer noch lahmeren Ente auf den Leim geht. Und da kann ich nicht tatenlos zusehen. Die hängt dann schließlich dauernd bei uns zu Hause ab. Denk mal an mich bei der Sache.«

 85

»Oh«, sagte Lego und schlug sich mit der Handfläche an die Stirn. »Natürlich. Es geht ja gar nicht um deinen Bruder, es geht um *dich*! Wir suchen eine Freundin für deinen Bruder, die *dir* gefällt, mit der *du* Spaß hast und die *deine* Interessen teilt. Ich weiß nicht, wieso ich das nicht gleich kapiert habe.«

»Vielleicht, weil du ein bisschen langsam bist?«

Lego lachte. »Und weiß Nana schon, dass sie die nächste Freundin deines Bruders wird?«

»Dass sie eine fünfzigprozentige Chance hat, meinst du? Nein, weiß sie noch nicht.«

»Fünfzig Prozent?« Lego runzelte die Stirn. »Sind die restlichen Prozente etwa für die lahme Ente?« Er hielt inne, und seine Augen wanderten nach links oben, als wäre dorthin der eben gesagte Satz entschwunden. »Hast du das eben gehört?«, sagte er dann, von sich selbst sichtlich beeindruckt. »Das reimt sich.«

»Du bringst nicht den nötigen Ernst für diese Unterhaltung mit«, erklärte Kim würdevoll, hüpfte von der Mauer und begann, zurück in Richtung Fußballfeld zu gehen. Lego hatte sie mit ein paar langen Schritten eingeholt.

»Also?«, fragte er neugierig. »Die anderen fünfzig Prozent?«

Kim redete viel zu gern über das Thema, um Lego zappeln zu lassen. »Die lahme Ente kriegt nicht ein einziges Prozent«, erklärte sie. »Die restlichen fünfzig sind für Suki. Sie ist zwar ganz anders als Nana, aber auf ihre Art genauso perfekt. Ihrer Schwester gehört das Café am Park.«

»Oh, ich glaub, die kenn ich«, rief Lego. »Die mit dem süßen Hund?«

»Genau«, sagte Kim. »Cuddles. Cuddles ist ein kleiner Extrapluspunkt für Suki, weil sie sich so gut mit Polly versteht.«

»Und es geht darum, eine Freundin für deinen Bruder zu finden, die dich und deinen Hund glücklich macht. Siehst du, jetzt hab ich's verstanden.«

Kim musste lachen. »Genau. Die Frage ist also, wer macht uns alle drei glücklicher – Nana oder Suki?«

Lego öffnete seine Handflächen nach oben, zwei Waagschalen nachahmend, und ließ sie abwechselnd auf- und niederwandern. »Nana – Suki, Nana – Suki … das klingt wie ein japanisches Motorrad, findest du nicht?« Er hielt seine rechte Faust vors Gesicht, als hielte er ein Mikro, und redete drauflos wie einer dieser adrenalingetriebenen Sportreporter: »Die brandneue rot lackierte Nanasuki von Kim Kickerkönigin schiebt sich an der Honda von Exlahmeente und der Kawasaki von Nochnelahmeente vorbei und – jawoooooohl – geht mit einer halben Runde Vorsprung ins Ziel, bravo, Kim Kickerkönigin!«

Kim versuchte vergeblich, ernst zu bleiben. »Du bist so ein Idiot!«, erklärte sie und schubste Lego erneut.

»Und du willst alles immer mit roher Gewalt lösen!«, gab er zurück und bürstete ein imaginäres Stäubchen von seinem Shirt, da, wo Kims Hand ihn eben unsanft berührt hatte. »Unter dieser Kriegerinnen-Attitüde leidet deine Kreativität.«

»Kriegerinnen-Attitüde«, wiederholte Kim und musste erneut lachen. »Wo kommen bloß immer deine Sprüche her?«

»Aus dem unerschöpflichen Fundus meines durch viele Kopfbälle weich geklopften Superhirns«, antwortete Lego mit einer kleinen Verbeugung. »Danke der Nachfrage.«

»Aha.« Kim grinste. »Und was sollte das mit der Kreativität?«

»Immerhin hast du zugehört, das gibt Pluspunkte. Dem Superhirn ist die Lösung für dein Lahmeenteproblem eingefallen.«

Kim sah Lego erwartungsvoll an. »Ach ja?«

»Ach ja«, bestätigte Lego. »Nana will doch eine Abschlussfete machen. Du musst nur noch als Location das Café am Park vorschlagen und deinen Bruder dazu bringen, dich abzuholen. Dann kann er sich beide Kandidatinnen aus der Nähe ansehen, und vielleicht funkt es ja wirklich mit einer davon.«

Statt zu antworten, starrte Kim Lego nur fassungslos an, was dieser ausnützte, um fröhlich weiterzuplaudern. »Dann kann man nur noch hoffen, dass es auch die ist, die dich und deinen Hund glücklich macht. Und deine Oma, deine beste Freundin, den Hund deiner besten Freundin –«

»Lego«, unterbrach Kim, auf deren Gesicht sich ein strahlendes Lächeln ausgebreitet hatte. »Du bist genial!«

Lego zuckte mit den Schultern. »Sag ich doch.«

Kim runzelte die Stirn. »Dann muss ich nur noch dafür sorgen, dass Mila sich in der Zwischenzeit nicht an ihn ranmacht.«

»Mila?«, fragte Lego. »Deine Mathenachhilfe? *Sie* ist die neue lahme Ente?«

»Nicht, wenn ich es verhindern kann«, erklärte Kim grimmig.

»Hey, Romeo, du bist dran mit Wählen!«, rief Piet ihnen entgegen. »Verschieb die Sülzerei auf später!«

Kim wurde rot, aber von Lego prallte der Kommentar ab – es schien, als hätte er ihn gar nicht gehört.

Lisa wählte das andere Team, und sie war als Erste dran. »Lena!« Natürlich, die beiden Zwillingsschwestern wählten immer zuerst einander.

»Kim!«, rief Lego, und Piet und Lennart begannen augenblicklich, laut schmatzende Kussgeräusche von sich zu geben. Kim spürte das Blut in ihren Schläfen pochen, aber Lego schien immer noch völlig unbeeindruckt.

»Nur kein Neid«, meinte Nana laut genug, dass alle es hören konnten. »Ist ja klar, dass die technisch stärksten Spieler als Erste gewählt werden. Wenn ihr lieb Bitte sagt, bringt Kim euch ja vielleicht noch ein paar Tricks bei, Jungs!«

Da jetzt dank Nanas Bemerkung Piet und Lennart die Zielscheibe für hin und her fliegende Witze waren, fiel vermutlich niemandem Kims hochroter Kopf auf. Sie warf Nana einen dankbaren Blick zu, und die blinzelte verständnisvoll zurück.

Inzwischen hatte Kim herausbekommen, dass es die Trainerin war, die jeden Morgen die kleinen Legofiguren in ihrem Schrank deponierte. Lego hatte also auch kein Problem damit, dass Nana denken könnte, er hätte eine Schwäche für Kim. Aber da steckte doch nicht wirklich mehr dahinter, oder? Kim warf Lego einen Seitenblick zu. Er war etwas größer als sie und hatte Sommersprossen auf seiner Nase (die übrigens ein ganz kleines bisschen schief war, weil sein Bruder sie ihm mal beim Spielen gebrochen hatte). Man konnte die Sommersprossen nur schwer erkennen, weil Lego so braun gebrannt war – aber Kim war sicher, dass ohne die Pünktchen dennoch etwas in dem Gesicht fehlen würde. Seine dunkelblonden Haare waren etwas länger, und Strähnen davon fielen ihm über den braunen Augen ins Gesicht. Er hatte ein sehr niedliches Lächeln, von seinem ansteckenden Lachen ganz zu schweigen.

Lolo fände ihn bestimmt süß, dachte Kim. Und wenn Danny nicht wäre, vielleicht…

So was Albernes! Kim schüttelte den Kopf, um ihre eigenen Gedanken loszuwerden. Sie war in Danny verknallt, seit sie zwölf war. Sie hatte hundert Mal davon geträumt, wie sie Hand in Hand mit ihm in der Schule über den Flur schlenderte, sich mit einem Kuss vor ihrer Klasse von ihm verabschiedete, die neiderfüllten Blicke aller anderen

Mädchen aus dem Augenwinkel wahrnehmend. Das war der Plan. Und sie hatte ihn noch nicht aufgegeben.

»Aufwachen, Dornröschen!«, weckte Lego sie aus ihrem Tagtraum. »Zeit, den Idioten da drüben zu beweisen, dass ich dich nicht aus romantischen Gründen gewählt habe!«

Kim hatte bereits das erste Tor geschossen, als sie immer noch darüber nachdachte, was Lego eben gesagt hatte. Und was daran ihr nicht gefallen hatte. Und warum. Doch dann fing sie einen Pass von Lena ab, der eigentlich für Lisa gedacht war, Lisa foulte sie ziemlich fies, Nana gab einen Freistoß, und Kim verwandelte mit einem Weitschuss, der sogar für sie spektakulär war, zum zwei zu null. Ab diesem Moment war in ihrem Gehirn für nichts mehr Raum außer für Fußball. Und das war auch gut so.

Kims Mutter rief eigentlich nicht an. Sie hatte sich den Vorlieben ihrer Kinder angepasst und tippte ihre Nachrichten. Sie teilte Fotos auf Instagram – da gab es den privaten Account und den offiziellen @coachingconrads –, und manchmal taggte sie Kim und Toby, wenn sie sichergehen wollte, dass die beiden einen Post nicht übersahen. Wobei Kim manchmal auf die Inspirations- und Motivationszitate gut verzichten könnte: »Wenn du dich selbst veränderst, verändern sich auch alle um dich herum.« Oder: »Dankbarkeit ist wie Zähneputzen für deine Gedanken. Mindestens zweimal täglich, und dein Lächeln wird strahlen!« Oder: »Deine Erwartungen aufzugeben, heißt nicht, deine Ziele aufzugeben. Es bedeutet, neue Wege dahin zu entdecken.« Nicht nur, dass Kim keine Lust hatte, darüber nachzudenken, was ihre Mutter ihr damit sagen wollte – es nervte sie auch, dass ihre Freunde sich wegen des Esoterik-Krams über sie lustig machen könnten.

Katharina war also durchaus versiert, was die sozialen Medien anging. Umso ungewöhnlicher war es, dass Kims Handy klingelte, kaum dass sie nach dem Training aus dem Umkleideraum kam.

»Meine Mutter«, sagte sie zu Lego, der wie jeden Tag auf dem Flur auf sie gewartet hatte, um sie zum Parkplatz zu begleiten.

»Oh-oh«, machte Lego, der an Kims Blick und Tonfall sofort erkannt hatte, dass Kim von diesem Anruf nichts Gutes erwartete.

Er war gerade dabei gewesen, seiner Begeisterung über Kims fantastisches Spiel Ausdruck zu verleihen – Legos Team hatte fünf zu eins gewonnen –, entsprechend wenig Lust ihn zu unterbrechen hatte Kim. Aber Katharina kannte den Tagesablauf ihrer Tochter genau – wenn Kim jetzt nicht abhob, würde ihre Mom in zwei Minuten auf Oma Bines Handy anrufen. Und die war zwar gewohnheitsmäßig auf Kims Seite, anerkannte aber die »Mutter-Hoheit« ihrer Tochter. Es gab also kein Entrinnen.

»Hallo, mein Schatz«, hörte Kim die Stimme ihrer Mutter. »Bist du fertig mit dem Training?«

»Hi, Mom. Ja, ich komm gerade raus. Alles gut bei euch?«

»Bei *uns* ist alles gut, ja.« Die Betonung des Wortes »uns« bewirkte ein mulmiges Gefühl in Kims Magengegend. »Das Wetter ist traumhaft, unsere Sessions sind völlig ausgebucht, und für den interaktiven Vortrag mussten sie den Ballsaal frei machen, weil das Interesse so groß war.« Kim war noch nie auf einem dieser riesigen Kreuzfahrtschiffe gewesen und konnte sich so ein schwimmendes Luxushotel mit Ballsaal, Fitnesscenter und mehreren Swimmingpools nicht wirklich vorstellen.

»Oh, cool. Dann seid ihr die Superstars der ganzen Kreuzfahrt?« Kim hatte die Hoffnung, wenn sie ihre Mutter dazu brachte, über sich und Dad und das Coaching-Business zu sprechen, würde sie vergessen, warum sie eigentlich angerufen hatte. Es war nur eine schwache Hoffnung, und sie wurde auch umgehend enttäuscht.

»Sie haben uns schon für nächstes Jahr angefragt. Aber eigentlich wollte ich über etwas anderes mit dir reden. Etwas weniger Erfreuliches, leider.«

»Oh?« Kim ließ ihre Stimme so überrascht klingen, wie sie konnte, und machte instinktiv die dazu passenden großen Augen. Lego konnte sich ein Grinsen nicht verkneifen – wenn er sie schon durchschaute, war es wahrscheinlich ganz gut, dass Katharina sie nicht sehen konnte. »Müsst ihr länger bleiben?«, fügte sie hinzu. »Wollen sie euch gar nicht mehr vom Schiff runterlassen?«

»Netter Versuch«, gab ihre Mutter zurück. »Nein, Kim, es geht um dein Verhalten gegenüber Mila. Ich denke, wir hatten eine ziemlich klare Abmachung, oder?« Kim schluckte, doch der urplötzlich in ihrem Hals entstandene Knubbel wollte sich da nicht wegbewegen. Katharina wartete nicht auf Antwort, sondern fuhr fort: »Der Deal war, du arbeitest mit ihr zusammen, oder ein Mathecamp ersetzt das Fußballcamp. Nach allem, was ich höre, arbeitest du aber gegen sie statt mit ihr. Du machst keine Hausaufgaben, du bist feindselig und sogar ausgesprochen fies zu ihr.«

Kim war stehen geblieben, und ihr geschockter Gesichtsausdruck spiegelte sich in Legos Augen.

»Alles okay?«, flüsterte er besorgt.

Kim starrte durch ihn durch und merkte, wie der Schock sich langsam, aber sicher in Wut verwandelte. Mila hatte ihre Eltern angerufen und gepetzt. Das war ja nun wirklich das Allerletzte. Sie hatte doch ohnehin schon gewonnen! Was wollte sie denn *noch* außer Kims Mitarbeit? Ihre Freundschaft würde sie auf diese Art bestimmt nicht gewinnen, das musste ihr doch klar sein!

»Sagt wer?«, antwortete Kim, als sie ihre Stimme wiedergefunden hatte.

»Das spielt ja wohl keine Rolle«, erklärte Katharina kühl. »Aber ich denke, du weißt, dass ich es nicht eben erfunden habe. Ehrlich gesagt ist die ganze Sache ziemlich enttäuschend. Ich hatte gehofft, du würdest dich erwachsener verhalten. Wenn nicht aus Gründen der Vernunft, dann wenigstens aus Angst, du müsstest das Camp abbrechen.«

Eine große, kalte Faust griff nach Kims Herz und drückte zu.

»Aber ... aber du hast doch schon dafür bezahlt!«, krächzte sie heiser, weil es das Einzige war, was ihr einfiel.

»Du denkst, das würde mich davon abhalten, dich rauszunehmen, wenn es so ausgemacht war?« Katharinas Stimme klang ehrlich verblüfft, und Kim wusste auch, warum. Ihre Mom war der konsequenteste Mensch, den man sich vorstellen konnte. Sie war die einzige Mutter, die es tatsächlich so meinte, wenn sie sagte: »Hör damit auf, oder wir gehen nach Hause.«

»Nein«, sagte Kim also tonlos. »Nicht wirklich.« Da nun sowieso schon alles egal war, wandte sie sich zu Lego, der an ihren Lippen hing und offensichtlich versuchte, mitzukriegen, was los war. »Meine Mutter nimmt mich aus dem Camp«, sagte sie, und als sie es aussprach, vergrößerte sich der Klumpen in ihrem Hals, und sie spürte Tränen aufsteigen. Das war alles so ungerecht!

»Was?« Legos Stimme war so voll ehrlichen Entsetzens – und so schön laut! –, dass trotz allem ein Lächeln über Kims Gesicht huschte. Besser hätte sie es nicht inszenieren können, wenn sie eine Stunde mit ihm geprobt hätte. »Das kann sie doch nicht machen!«, rief er. »Wir brauchen dich! Du bist unser Superstar! Und außerdem liebe ich deine Müsliriegel!«

Kim kannte ihre Mutter gut genug, um das Lächeln in ihrer Stimme zu hören, das Legos Ausbruch bewirkt hatte.

»Da hast du ja einen sehr leidenschaftlichen Unterstützer«, meinte Katharina. »Richte ihm von mir aus, er kann sich entspannen. Vorerst.«

»Meine Mutter sagt, du kannst dich entspannen«, sagte Kim zu Lego. »Vorerst.« Erst als sie es ausgesprochen hatte, wurde ihr die Bedeutung der Worte bewusst. »Du nimmst mich also doch nicht aus dem Camp?«, fragte sie und hielt die Luft an, um nicht vorzeitig erleichtert aufzuatmen.

»Du bleibst dem Camp erhalten, wenn du dich ab jetzt vorbildlich benimmst.«

»Ich bleibe dem Camp erhalten, wenn ich mich ab jetzt vorbildlich benehme«, sagte Kim zu Lego.

»Sag deiner Mutter, es ist für mich nur schwer vorstellbar, dass du dich jemals anders als vorbildlich benimmst«, erklärte Lego laut, deutlich und mit großem Ernst.

»Lego sagt«, begann Kim, doch ihre Mutter unterbrach sie mit demselben Lächeln in der Stimme wie vorhin, allerdings in erhöhter Lautstärke. »Ich habe ihn gehört. Der junge Mann kennt dich wohl noch nicht so gut.«

»Meine Mutter sagt –«

»Ich hab sie gehört. Sag deiner Mutter ...«

Kim hielt ihm das Handy so hin, dass er direkt hineinsprechen konnte. »Ich kenne Ihre Tochter noch nicht sehr lange«, sagte Lego, ohne zu zögern. »Aber ich habe tief in ihre Seele geblickt, und sie ist ohne Fehl und Tadel.«

Kim nahm das Handy wieder an ihr Ohr und hörte ihre Mutter laut herauslachen. »Ein Poet also«, meinte sie. »Nun, ich hoffe, er behält recht und du hast den guten Willen, seine Meinung von dir zu bestätigen.«

Kim nickte.

»Sie nickt!«, rief Lego in Richtung Handy. »Dann heißt das, Kim darf bleiben?«

»Vorerst«, wiederholte Kims Mutter das kleine, einschränkende Wort so laut, dass Kim das Handy von ihrem Ohr weghielt.

»Wollt ihr zwei euch noch ein bisschen unterhalten?«, fragte Kim. »Oder war's das?« Es war vielleicht nicht der perfekte Zeitpunkt für Sarkasmus, aber sie konnte sich nicht beherrschen.

»Von mir aus ist alles gesagt«, antwortete Lego grinsend, und Kim lächelte zurück. Einen besseren Kumpel als Lego konnte man sich wirklich nicht wünschen.

»Ich denke auch, das war's«, bestätigte Katharina. Das Lächeln schlich sich erneut in ihre Stimme, als sie hinzufügte: »Liebe Grüße an deinen Freund. Er gefällt mir außerordentlich. Ich hoffe, ich lerne ihn mal kennen.«

Kim wusste nicht, was sie darauf sagen sollte. Das Camp war in zehn Tagen zu Ende, und sie hatte mit Lego nicht darüber gesprochen, ob und wie sie sich danach noch sehen würden. Aber warum eigentlich nicht?

»Ich hab dich lieb, Kimmo-Maus«, sagte Katharina und betonte dabei jede einzelne Silbe.

Kim versteifte sich einen Augenblick. Zum Glück fuhr ihre Mutter – immer noch mit der Lächelstimme – fort: »Kein Stress, darauf musst du jetzt definitiv *nicht* antworten.«

Kim entspannte sich und atmete erleichtert aus. Ihre Mutter lachte. »Ich verlass mich auf dich, Kim. Okay?«

»Okay«, sagte Kim.

»Wir sind bald wieder da.«

»Okay«, wiederholte Kim, und ihre Mutter lachte erneut. Kim hatte den Verdacht, dass sie ebenfalls froh war, diese Unterhaltung hinter sich zu haben. »Bis demnächst, Schatz.«

»Okay«, sagte Kim ein drittes Mal und wartete, bis ihre Mutter das Gespräch beendete. Dann steckte sie ihr Handy ein und lächelte Lego zu. »Danke«, sagte sie. »Ich glaube, das hat grade sehr geholfen.«

»Was soll ich machen?«, antwortete Lego mit einem breiten Grinsen. »Du weißt ja, ich versuche, dagegen anzukämpfen, aber ich bin einfach so verdammt süß.«

»Du bist eine verdammte Knalltüte«, gab Kim zurück und stieß die Glastür zum Parkplatz auf. »Und eine verdammte Nervensäge.«

»Und süß«, fügte Lego unbeeindruckt hinzu. »Und du reiß dich gefälligst zusammen, egal, worum es hier eben ging.«

Offenbar war der erste Teil des Gesprächs zwischen ihr und Katharina nicht laut genug für Lego gewesen. Und er fragte auch nicht nach.

»Du hast mir eben einen schönen Schrecken eingejagt«, fuhr er fort. »Niemand verwandelt meine Kopfbälle so wie du.«

»Und niemand versaut meine langen Pässe so wie du«, gab Kim zurück.

»Sei einfach nur dein charmantes, unwiderstehliches Selbst«, erklärte Lego. »Dann wird alles gut.«

Genau das hatte Kim vor. Sie würde mit Mila zusammenarbeiten. Sie würde akzeptieren, dass Danny als Nachhilfelehrer keine Option war. Sie würde alles tun, was nötig war, um das Camp bis zum Ende mitmachen zu können. Und dann würde sie einen Weg finden, sich an Mila zu rächen.

12. D! D! D!

Mila hatte an diesem Tag erst später Zeit, und Kim war nach oben gegangen, um zu duschen und sich umzuziehen. Als sie die Treppe wieder hinunterkam, checkte sie ihr Handy. Da war eine Nachricht von Lolo, die eben erst gekommen sein konnte.

> »Check! Facebook! D! D! D! D!« 😱

»D« war natürlich Code für Danny, und Kim hatte eigentlich vorgehabt, in den paar Minuten, die ihr noch bis zur verabredeten Zeit blieben, schnell etwas von dem Karottenkuchen zu essen, den Toby gebacken hatte, und Facebook zu checken, aber natürlich war Mila wieder mal zu früh. Verdammt!

»Wow«, hörte sie die Stimme ihrer Nachhilfelehrerin aus dem Wohnzimmer. »Dass mir das bisher gar nicht aufgefallen ist! Meine Mutter sammelt genau dasselbe Porzellan. Ich wollte ihr etwas davon zum Geburtstag schenken, aber die Teile sind ja mittlerweile absurd teuer. Für die Salz- und Pfefferstreuer würde Mom vermutlich morden!«

Kim war stehen geblieben und lauschte. Oma Bines Lachen klang ein bisschen ratlos. »Es war das Alltagsgeschirr meiner Großmutter. Meine Mutter hat es auch noch benutzt. Es war das ›Geschirr zum Kaputtmachen‹ so hat sie immer gesagt. Wenn wir Besuch hatten, haben wir stattdessen das feine Porzellan rausgeholt, das mit den Streublümchen.«

»Meine Oma versteht auch nicht, was plötzlich alle an dem Geschirr finden.« Kim konnte hören, dass Mila lächelte. »Aber die Fünfzigerjahre sind in. Es ist so schön retro.«

»*Retro*«, wiederholte Oma Bine nachdenklich. »Das ist eigentlich auch nur ein cooles Wort für alt. Ich glaube, ich bin ab jetzt auch *retro*.«

Mila lachte. »Vielleicht«, gab sie zurück. »Aber alt sind Sie bestimmt nicht. Sie sind mit Sicherheit die jüngste Großmutter, die ich kenne.«

Schleimerin, dachte Kim ärgerlich, obwohl sie selbst ganz genauso über Oma Bine dachte. *Will sie etwa meine ganze Familie auf ihre Seite ziehen? So hat sie es bestimmt mit Toby auch gemacht. Und wenn Toby wirklich etwas an ihr findet?,* fragte dann eine ganz leise kleine Stimme in ihrem Inneren. Aber Kim schüttelte das sofort wieder ab. Was sollte Toby wohl an Mila finden? Klug war er selbst, und sonst hatte sie ja wohl kaum etwas Besonderes zu bieten.

»Sie sagen ja immer noch *Sie* zu mir«, sagte Oma Bine gerade. »Das müssen wir ändern. Schon allein, damit ich mich nicht so *retro* fühle.«

Wieder lachte Mila auf, bevor sie antwortete: »Dafür will ich auf keinen Fall verantwortlich sein.«

Da haben wir es, dachte Kim. *Wenn ich jetzt nicht runtergehe, schließen die beiden noch Blutsbrüderschaft.*

Als Kim ins Wohnzimmer kam, schüttelten ihre Nachhilfelehrerin und ihre Großmutter einander gerade die Hände, und Oma Bine sagte: »Sabine, aber alle sagen Bine zu mir.«

»Mila«, erwiderte Mila. »Und alle sagen Mila zu mir.«

Oma Bine lachte und wollte gerade etwas entgegnen, als Kim dazukam.

»Hallo«, sagte Kim. Bevor Mila zurückgrüßen konnte, fügte sie hinzu: »Können wir gleich anfangen?«

Mila hob die Augenbrauen, antwortete aber nur gelassen: »Volle Motivation. So mag ich das.«

Aber Kim hatte schon wieder umgedreht und war unterwegs hinauf in ihr Zimmer. *Von wegen Motivation*, dachte sie. *Je schneller es anfängt, desto schneller ist es auch wieder vorbei.*

Mila stieg hinter ihr die Treppe hinauf und folgte ihr in ihr Zimmer. Tags zuvor hatte Kim alle Lego-Figuren, die sie seit Beginn des Camps geschenkt bekommen hatte, auf ihrem Fensterbrett aufgereiht. Nur die Mini-Polly fehlte, ausgerechnet ihre Lieblingsfigur. Sie musste noch in ihrer Sporttasche oder in ihrem Spind sein.

Mila starrte einen Augenblick die witzigen kunterbunten Figuren an und meinte dann: »Ich hätte nicht gedacht, dass du für so was die Geduld hast!«

»Hab ich auch nicht«, gab Kim zurück. »Sind Geschenke. Von einem Jungen im Camp.« Sofort bedauerte sie wieder, so viel preisgegeben zu haben. Aber der Stolz auf Legos Freundschaftspräsente war einen Moment lang stärker gewesen als ihr Bedürfnis, Mila ihre Abneigung zu demonstrieren.

»Wow«, sagte Mila sichtlich beeindruckt. »Der muss dich wirklich gernhaben.«

»Wir sind nur Freunde«, schoss Kim zurück. »Können wir jetzt endlich Mathe machen?«

Mila sah sie einen Moment lang an, als würde sie mit dem Gedanken spielen, etwas zu sagen. Doch dann überlegte sie es sich anders und meinte nur: »Nichts lieber als das.«

Es war die erste Mathe-Nachhilfestunde, in der Kim sich nicht völlig dagegen sträubte, etwas zu lernen, und sie musste zugeben, dass Mila gut erklären konnte.

Als sie eine zuvor als »unlösbar« abgehakte Aufgabe komplett richtig gerechnet hatte, geschah es zum zweiten Mal an diesem Tag, dass sie ihre Abwehr gegenüber Mila ein wenig vernachlässigte.

»Das ist völlig richtig«, hatte Mila mit einem Lächeln gesagt.

»Yay!«, hatte Kim gejubelt und unwillkürlich ihre Hand hochgerissen, mit der Handfläche zu Mila. Die schlug ein, bevor Kim es sich wieder anders überlegen konnte, und es war nicht die Spur von Triumph aus ihrer Stimme herauszuhören, als sie sagte: »Es macht gleich mehr Spaß, wenn man es versteht.« Ohne Kim die Möglichkeit zu geben, diesen doppelten Erfolg wieder schlechtzumachen, stand sie auf. »Sorry, ich brauche einen kurzen Boxenstopp.«

»Kein Problem.«

Mila verschwand, und Kim nutzte die paar Minuten Freiheit, um Facebook zu checken. Nicht über ihr »normales« Facebook-Profil, denn die »echte« Kim war mit ihrer Mutter und ihrem Vater »befreundet«. Nein, sie hatte ein zweites Profil, das nur einem Zweck diente: Danny zu stalken. Lolo war die Einzige, die es kannte. Auf ihrem Profilbild trug Kim eine riesige Sonnenbrille und war stark geschminkt. Es war bei einem dieser Make-up-Experimente entstanden, die Lolo an ihr durchgeführt hatte. Sie nannte sich KayCee (die englischen Anfangsbuchstaben ihres Namens in ihrer persönlichen Lautschrift) und war mit Danny befreundet.

Vermutlich hätte er auch eine Freundschaftsanfrage von Kim Conrads bestätigt, aber Kim wollte niemandem aus seinem Freundeskreis die Gelegenheit geben, Witze darüber zu machen, dass »sein Fanclub immer jünger werde« oder Ähnliches.

Und schon gar nicht wollte sie von einem ihrer gleichaltrigen Facebook-Freunde alberne, unreife Kommentare zu hören oder zu lesen kriegen.

Sie hatte zwei Tage lang fieberhaft darauf gewartet, dass Danny auf ihre Anfrage reagierte. Als die Bestätigung endlich kam, hatte sie Lolo zur Feier des Tages auf ein Eis eingeladen. Danny hatte durch seine vielen sportlichen Aktivitäten eine Unzahl an Kontakten, und bei über tausend »Freunden« nimmt man es mit einer weiteren Anfrage nicht so genau. Damit hatte Kim Zugang zu seiner Fotogalerie und konnte sich selbst damit quälen, nach Bildern zu suchen, auf denen er mit Mädchen zu sehen war. Am häufigsten tauchte Vero auf, sie war aber bei Weitem nicht die Einzige. Allerdings postete er niemals richtig eindeutige Bilder, auf denen er in einer Umarmung oder beim Küssen zu sehen war, was Kim Grund zu der Annahme gab, dass er sich noch nicht festgelegt hatte. Nicht umsonst hatte Dannys Beziehungsstatus immer »Es ist kompliziert« gelautet, seit Kim begonnen hatte, sich für ihn zu interessieren. Und das hatte Kims Überzeugung nach auch einen tieferen Sinn: Er konnte die Richtige noch nicht gefunden haben, weil *sie* die Richtige war. Und sie brauchte nur eine einzige Gelegenheit, um ihm das zu beweisen.

Hektisch scrollte Kim über Dannys Seite, aber sie konnte nichts Außergewöhnliches finden. Ein neues Foto von ihm in Bademeistermontur, souverän das Kinderbecken überblickend. Kim verharrte einen Augenblick und bewunderte Dannys Sommerbräune, die einen sexy Kontrast zu dem weißen T-Shirt und den weißen Shorts schaffte. Er trug supercoole Sonnenbrillen, was zwar logisch war, aber leider verhinderte, dass man in seinen unglaublichen grünen Augen versinken konnte. Sie kommentierte mit »Save me!« und einem Herzchen daneben. Sollte er nur ins Grübeln kommen, wer KayCee war. Irgendwann würden sie beide darüber lachen, wie ihre Beziehung begonnen hatte. Vielleicht würden sie es noch ihren Enkeln erzählen. Wenn man den romantischen Filmen glaubte, von denen Lolos Mom eine ganze Sammlung hatte und die Lolo und sie schon fast durchhatten, dann passierten solche Geschichten ständig. Erste Lieben, die zu großen Lieben wurde. Kim schloss die Augen. Danny und sie, an einem weißen Sandstrand, Hand in Hand ...

Vom Gästebad im Erdgeschoss klang gedämpft das Geräusch der WC-Spülung. Kim wollte gerade aufgeben und Lolo noch schnell eine Million Fragezeichen schicken, als sie es endlich sah. Dannys Beziehungsstatus. Da stand es, eindeutig, schwarz auf weiß. Zweifelsfrei. »Beziehungsstatus: SINGLE«. Kim unterdrückte einen Jubelschrei, Milas Schritte waren schon vom Flur her zu hören.

Sie schob den Laptop hastig von sich und klappte ihn zu.

»Hey«, sagte Mila, als sie wieder hereinkam. »Du bist ja immer noch ganz happy.«

Kim hatte ihre Gesichtsmuskeln eindeutig nicht unter Kontrolle, es war ihr also nur recht, dass Mila ihr Strahlen dem kleinen Mathe-Zwischenerfolg zuschrieb.

»Ja«, meinte sie und nickte. »Bin ich.«

Mila setzte sich und sah Kim erwartungsvoll an. »Hast du die Testaufgaben ausgedruckt?«

»Oh, Kacke«, sagte Kim. »Hab ich vergessen.« Sie stand auf, so unauffällig wie möglich ihr Handy in die Gesäßtasche ihrer Jeans schiebend. »Jetzt muss ich mal. Sorry.« Gleiches Recht für alle!

»Kein Problem«, wiederholte Mila lächelnd die Antwort ihrer Schülerin von vorhin.

Kim musste unbedingt *sofort* Lolo schreiben. Sie war so aufgeregt, sie konnte sich jetzt sowieso nicht konzentrieren.

»Ich lade inzwischen schnell mit deinem Laptop die Aufgaben runter, okay?«, hörte sie Milas Stimme, die ihr nachrief.

»Ja, ja«, antwortete Kim zerstreut. Sie war schon dabei, die Nachricht an Lolo zu tippen, und *nichts* war in diesem Moment wichtiger.

> SINGLE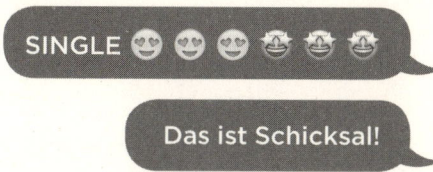

> Das ist Schicksal!

Kim knallte lautstark die Badezimmertür hinter sich zu.

> Jetzt muss er dich nur noch bemerken. 😂

> Nicht witzig 👍

> Sorry

Lolo hatte wieder einmal die unsichtbare Grenze überschritten. Eine realistische Einschätzung war in diesem Moment ebenso wenig gefragt wie Ironie. Aber schon war die beste Freundin wieder auf Schiene:

> Wenn das Schicksal dir schon so weit entgegenkommt, dann wird es dir auch noch die richtige Gelegenheit servieren.

>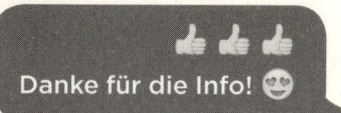
> Danke für die Info! 😊

> Dafür sind beste Freundinnen doch da. 👧🏻👧🏾

> Und jetzt rate mal, wer bei der Miss-Bikini-Wahl im Zuschauerraum saß?

Herr und Frau Löffler.

? ? ?

Die Eltern von Alex. Aus der Parallelklasse.

Alex, der Küsserkönig? 😂 😂 😂

Isnichtwahr!

Im nächsten Augenblick fiel ihr ein, was das bedeuten konnte.

Kacke! Die werden dich doch nicht bei deinen Eltern verpetzen?

Werden sie nicht. Alex hat es ihnen ausgeredet. 🤍 🤍 🤍

Der Kussinator ist ein Ritter?

Ich glaube, er war damals nur nervös.

Kein Wunder, er ist ein kleiner Junge, und du bist, na ja ... Miss Bikini.

Er ist nur einen Monat jünger als ich. Und er mag mich.

> Na klar mag er dich. DU BIST MISS BIKINI.

> Nein, ich meine, er mag MICH.

Kim wollte augenblicklich zurückschreiben, hielt dann inne und ging die Unterhaltung mit ihrer besten Freundin noch mal durch. Konnte es sein, dass sie dabei war, sich mit Lolo zu streiten? Über einen Dreizehnjährigen?

Lolo schien etwas Ähnliches zu denken.

> Wir sind natürlich nur Freunde. Außerdem darf er mich besuchen kommen. Ich habe ja Beach-Verbot. Also hänge ich mit ihm am Pool ab. Unter lauter Omis.

> Dann wird dein erster richtiger Kuss wohl noch warten müssen.

Lolo antwortete nicht gleich, und Kim hörte vom Flur Milas Stimme: »Kim? Kommst du irgendwann wieder?«

> Muss Schluss machen. Nachhilfe

Wie nannte man eigentlich Smileys, die nicht lächelten? Sie musste Lego fragen, der hatte immer die besten Antworten auf solche Fragen.

Lolo hatte inzwischen den grünen Smiley geschickt, dem so richtig übel ist.

Ciao, Süße.

Talk soon!

13. Lass mal das Universum

Kim betätigte die Spülung, wusch sich die Hände, steckte das Handy in ihre Hosentasche und lief zurück in ihr Zimmer, wo ihr Milas Blick über der großen Hornbrille begegnete, die auf ihrer Nase nach vorn gerutscht war.

»Kim, du hattest Facebook offen, ich konnte also nicht anders als sehen, dass du … na ja, dass du offenbar ein zweites Profil hast.«

Kim errötete. »Du spionierst mir also nach!«, fauchte sie, war mit zwei Schritten an ihrem Schreibtisch und klappte wütend den Laptop zu.

»Ich hatte dich gefragt, ob ich den Laptop benutzen darf«, sagte Mila ruhig. »Ich verstehe, dass dir das jetzt unangenehm ist. Aber das ist nicht meine Schuld.«

Kim knirschte mit den Zähnen und sagte gar nichts. Ihre Mutter hatte sie auf Facebook mit Mila verkuppelt, also kannte die ihr »echtes« Profil. Sie selbst hatte auf Milas Seite noch keine Zeit verschwendet. Wahrscheinlich waren dort Fotos zu finden, wie sie über ihren Büchern saß. Und Zitate von Albert Einstein.

»Dann ist Danny also der Nachhilfelehrer, den du wolltest«, stellte Mila sachlich fest. »Ich kenne ihn von einem Wettbewerb.« Sie zögerte und fügte dann hinzu: »Es geht mich vielleicht nichts an, aber denkst du nicht, dass er zu alt für dich ist? Und dass es ein bisschen kindisch ist, ihn mit einem Fake-Profil zu stalken?«

»Du hast völlig recht«, gab Kim eisig zurück. »Es geht dich überhaupt nichts an.«

Mila nickte, als wäre das genau die Antwort, die sie erwartet hatte. Sie biss sich auf die Lippen, wie um sich selbst daran zu hindern, etwas zu sagen, das ihr auf der Zunge brannte. »Ist dein Laptop mit einem Drucker verbunden?«, fragte sie dann in einem neutralen Ton, als hätte die peinliche Unterhaltung von eben nie stattgefunden.

Nach ein paar Sekunden überwand Kim sich zu einer Antwort. »Im Arbeitszimmer«, sagte sie. Mila nickte, klappte den Laptop wieder auf und tippte auf »Drucken«. Kim machte keine Anstalten, sich vom Fleck zu rühren.

»Zwei Türen weiter«, fügte sie trotzig hinzu.

Um Milas Mundwinkel zuckte es, als wäre sie in Versuchung, loszulachen. Sie stand von ihrem Stuhl auf. »Dann hole ich mal die Arbeitsblätter.«

Kim stand immer noch vor ihrem Schreibtisch, die Hand auf dem Laptop. Sie zitterte, so wütend war sie. Oder war es, weil sie sich so schämte? Das war wieder die kleine Stimme, die das fragte. *Es gibt nichts, wofür ich mich schämen müsste*, fauchte Kim die kleine Stimme an. *Gar nichts! Ich bin alt genug! Was weiß Mila schon! Danny ist solo, und der Sommer ist noch lange nicht zu Ende!* Sie ärgerte sich bloß über sich selbst, dass sie so abgelenkt gewesen war und Mila erlaubt hatte, ihren Computer zu benutzen!

Plötzlich hörte sie Stimmen vom Flur.

»Verdammt!«, fluchte sie und ärgerte sich umgehend erneut über sich selbst. Toby war zu Hause, das hatte sie ganz vergessen. Hätte sie die Blätter doch selbst geholt! Nun hatte sie Mila, diese Schlange, auch noch Gelegenheit gegeben, sich wieder an Toby ranzumachen. Kim schlich zur Tür, die einen Spaltbreit geöffnet war, und lugte hinaus. Da standen die beiden, zwischen Arbeitszimmer und Tobys Zimmer, und unterhielten sich mit gedämpften Stimmen, damit sie, Kim, nur ja nichts verstehen konnte. Und als wäre das nicht ärgerlich genug, kam eben noch Polly dazu und legte sich zu den Füßen der beiden auf den Boden. Sie lag völlig entspannt auf der Seite, wie sie es bei Menschen machte, die ihr völlig vertraut waren. Mila ließ sich sofort auf ein Knie hinunter und begann, Pollys wolligen Bauch zu kraulen. Toby hockte sich ebenfalls hin, und so lag der Hund erneut hingegossen zwischen Toby und Mila, wie er sonst nur zwischen Toby und Kim lag. Kims Kehle fühlte sich plötzlich an wie zugeschnürt. Sie schluckte. Entschlossen drückte sie die Klinke fest hinunter, als würde sie die Tür eben erst aufmachen.

»Meine Mathestunde ist in zehn Minuten aus«, erklärte sie, als Mila und Toby sich gleichzeitig nach ihr umsahen. »Also jedenfalls das, was eigentlich meine Mathestunde sein sollte.«

Ihr Bruder rollte mit den Augen. »Könntest du vielleicht noch ein bisschen nerviger sein, Kimmo?«, fragte er und stand auf. »Aber ich muss sowieso los. Im Café ist die Hölle los, die brauchen Verstärkung.« Er warf seiner Schwester einen etwas abgekämpften Blick zu. »Wir sehen uns später.«

Kim nickte in Tobys Richtung, warf dann einen Blick auf ihr Handy und meinte mit erhobenen Augenbrauen zu Mila: »Noch neun Minuten Mathestunde.«

Mila stand ebenfalls auf, schenkte ihr ein freundliches Lächeln und meinte: »Weißt du was, Kim? Die neun Minuten bringen ja doch nichts mehr. Ich komme morgen dafür eine halbe Stunde früher, okay?«

Kim hatte schon den Mund offen, um zu protestieren, aber Toby warf ihr einen warnenden Blick zu. Morgen war Samstag, also kein Camp. Mila würde um neun Uhr dreißig hier sein statt erst um zehn, und es gab absolut keinen Grund, etwas dagegen zu sagen.

»Kann ich dich irgendwo absetzen?«, fragte Toby zu Mila gewandt. »Mit dem Mofa?«

»Das wär cool.«

Ohne Kim weiter zu beachten, drehten die beiden sich wie auf Kommando um, und Augenblicke später konnte man ihre plaudernden Stimmen von der Treppe hören. Polly lag immer noch auf der Seite, hatte nur den Kopf gehoben und lauschte auch den Stimmen von Mila und Toby. Sie wirkte, als würde sie ganz langsam aus einem Traum aufwachen. Kim ging es so ähnlich, nur dass ihr Traum so was wie ein Albtraum war. Anstatt die beiden zu trennen, hatte sie es nun geschafft, dass Mila auf Tobys Mofa mitfuhr, ihre Arme um seine Mitte geschlungen und ihren Kopf an seine Schulter gelehnt. Das durfte ja nicht wahr sein!

Und wenn Toby sie wirklich mag?, fragte die lästige kleine Stimme wieder. *Dann wird es umso mehr höchste Zeit, ihm Nana und Suki vorzustellen*, schnappte Kim zurück. *Mila ist seit ewigen Zeiten das erste Mädchen in seiner Nähe. Ein Verhungernder isst auch das, was man ihm vorsetzt, und wartet nicht, bis es sein Lieblingsessen gibt. Ein Verhungernder weiß vielleicht gar nicht mehr, was sein Lieblingsessen ist, er muss erst von Neuem draufkommen. Aber wie sollte er das, wenn es nur eine einzige Speise auf dem Büfett gab?*

Kim war sehr zufrieden mit ihrer Argumentation. Außerdem war das Mädchen in ihrem Traum eindeutig blond gewesen, während Milas Haare eine langweilige mausbraune Farbe hatten – Locken hin oder her.

Und meine Träume haben *immer* recht, sagte sie sich. Ich muss einfach nur dafür sorgen, dass Toby so bald wie möglich in Kontakt mit dem richtigen Büfett kommt. Bei der Vorstellung wie Nana und Suki sich, um Tobys Gunst wetteifernd, auf einem langen Tisch rekelten, wanderten ihre Mundwinkel nach oben. Es tat ihr nur leid, dass eine der beiden naturgemäß enttäuscht werden musste. Aber das war nun mal nicht zu ändern. Oma Bine sagte in solchen Fällen immer: »Lass mal das Universum.«

Kim war schon im Bett, als Toby an ihre Tür klopfte.

»Komm rein.« Sie wusste, dass nur er es sein konnte, denn Oma Bine hatte vor ein paar Stunden das Haus in Richtung Steppkurs verlassen, einen silbernen Satin-Jogginganzug mit goldfarbenen Paspeln tragend.

»Lass dich nicht auf Streitereien mit den anderen Kindern ein!«, hatte Kim ihr noch geraten. »Auch nicht mit den Kampfschnepfen.«

»Leichter gesagt als getan«, hatte ihre Großmutter naserümpfend geantwortet. »Eine Frau wie ich wird immer Neid und Missgunst auf sich ziehen.«

Jedenfalls war Kim allein und guter Stimmung, denn sie hatte die letzte halbe Stunde damit verbracht, mit Lego Nachrichten auszutauschen, und wie immer hatte er es geschafft, sie zum Lachen zu bringen. Jetzt allerdings bekam sie ein mulmiges Gefühl in der Magengrube, als sie den Blick ihres Bruders sah.

Was denn jetzt wieder?, dachte sie und rückte ein wenig, damit Toby sich auf den Rand ihres Bettes setzen konnte.

Je unangenehmer ein Thema war, desto direkter kam Toby normalerweise zur Sache, denn umso schneller konnte er es wieder beiseiteschieben. Dieses Thema schien ihm *sehr* unangenehm zu sein.

»Ein zweiter Facebook-Account, Kim?«, fragte er nämlich ohne Umschweife. »Ehrlich? Und du stalkst ältere Jungs?«

Kim schoss augenblicklich das Blut in den Kopf. »Ich stalke überhaupt niemanden!«, entgegnete sie hitzig. »Aber unsere Eltern müssen schließlich nicht *alles* wissen, oder?«

Damit hatte Kim einen Nerv getroffen, denn ihre Eltern waren nie so ganz mit Tobys zurückhaltender Art zurechtgekommen. Er wollte nicht über alles reden (passenderweise hatte er auch sehr spät zu sprechen begonnen, obwohl er längst alles zu verstehen schien), hatte eine Neigung zum Grübeln und war generell das komplette Gegenteil seines Vaters, dem er aber optisch sehr ähnelte. Felix konnte sich trotz (oder gerade wegen) seiner langjährigen Therapieerfahrung nicht mit dem »fremden« Naturell seines Sohnes abfinden. Litt Toby unter vorgeburtlichem Stress-Syndrom? Unter einer Form von Autismus? Unter frühkindlicher Depression? Kims Bruder war noch vor ihrer Geburt auf alles getestet worden, was ihren Eltern in den Sinn gekommen oder von Kollegen angeraten worden war. Am Ende stellte sich heraus, dass Toby einfach nicht so gern redete, Punkt. Außer natürlich über mich, dachte Kim wütend. Mit *Mila*.

»War ja klar, dass Mila dir das brühwarm erzählt«, fauchte Kim. »Die soll sich mal ein eigenes Leben besorgen!«

»Mila macht sich doch bloß Sorgen um dich«, sagte Toby. »Ihre Schwester hat sich wohl mal mit einem älteren Jungen in Schwierigkeiten gebracht, und sie will nicht, dass dir auch so was passiert.«

»Wie gut, dass sie da war, um mich bei meinem Bruder zu verpetzen«, giftete Kim. »Es könnte ja sonst was passieren. Dass ich ein *Privatleben* habe, zum Beispiel.«

Um Tobys Mundwinkel zuckte es. »Na ja«, sagte er. »Du bist dreizehn, also übertreiben musst du es noch nicht mit dem Privatleben.«

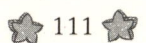

»Sagt der Junge, der mit elf lieber in den Schachklub ging, als beim Familienausflug dabei zu sein«, gab Kim ansatzlos zurück. »Und außerdem bin ich fast vierzehn.«

»Es war nur *Schach*«, sagte Toby.

Kim zuckte mit den Schultern. »Die Geschmäcker sind nun mal verschieden«, meinte sie. »Fest steht, ich mag es genauso wenig wie du, dass man mir nachschnüffelt. Selbst wenn die Motive noch so edelmütig sind.« Kim war überzeugt, dass Milas Motiv kein bisschen edelmütig war und sie sich nur an Toby ranmachen wollte. Aber sie kannte ihren Bruder. Er redete nie schlecht über andere, und er mochte es auch nicht, wenn sie es tat. Um ihn auf ihre Seite zu ziehen, musste sie also die Taktik wechseln. »Ich versteh überhaupt nicht, warum du zu Mila mehr Vertrauen hast als zu mir!«, fuhr Kim mit großen, traurigen Augen fort. »Sie hat das völlig falsch interpretiert. Wenn sie sich die Mühe gemacht hätte, mit mir zu sprechen, hätte ich ihr das auch erklären können. Aber nein, sie musste ja gleich zu dir rennen.« Kim dachte einen Moment lang ganz fest an den Hamster namens Coco, der eines Morgens tot in seinem Gehege gelegen hatte, und schon glänzten Tränen in ihren Augen. »Und du glaubst ihr auch noch!«, fügte sie schniefend hinzu. »Hast du denn gar kein Vertrauen zu mir?« Das war zwar ziemlich dick aufgetragen, zumal Kim das Vertrauen ihres Bruders eben erst mit der Online-Profil-Sache enttäuscht hatte, aber Toby war sehr empfänglich für Schuldgefühle.

»Okay, okay, okay«, rief er bestürzt. »Du hast ja recht. Aber man macht sich dann eben doch Sorgen. Tut mir leid, dass ich nicht mehr Vertrauen zu dir hatte.«

»Ich versteh das ja«, gab Kim nun zurück und klang dabei wesentlich versöhnlicher, als sie empfand. »Mila hat zwei und zwei zusammengezählt und fünf rausgekriegt.« Sie grinste. »Das kommt offenbar sogar bei Mathegenies vor. Die Sache hat aber auch was Gutes: Immerhin würden wir sonst nicht gemütlich in meinem Zimmer sitzen und plaudern.«

Kim konnte stolz auf sich sein. Ein gefühlvoller, gut vorbereiteter Pass von der gekränkten kleinen Schwester zur verständnisvollen kleinen Schwester. Im Laufen abgegeben an die eben eingewechselte Geheimwaffe, die vernachlässigte kleine Schwester, von der Tobys Abwehr völlig überrumpelt wurde. Der Treffer war ansatzlos und unhaltbar.

»Ich weiß, wir hatten gesagt, dass wir in den Ferien öfter mal was unternehmen wollen.« Tobys Blick war schuldbewusst, und seiner Stimme konnte man anhören, wie echt sein Bedauern war. »Aber bis jetzt musste ich am Wochenende immer arbeiten, und wenn ich freihatte, warst du im Camp, oder Mila war gerade da.«

Mila ist immer gerade da, wenn man sie nicht brauchen kann, dachte Kim. *Und sie ist eine verdammte Petze.* Laut sagte sie nur: »Das ist eben höhere Gewalt«, und zuckte mit den Schultern. »Oh!«, machte sie dann, als sei ihr eben eine ganz großartige Idee gekommen, und strahlte ihren Bruder an. »Ich weiß, wie du es wiedergutmachen kannst!«

Eigentlich gab es nicht wirklich etwas, das wiedergutgemacht werden musste, wenn man lange genug darüber nachdachte. Aber so viel Zeit ließ Kim ihrem Bruder nicht. »Wir machen eine Camp-Abschiedsparty im Café am Park am Samstag nach dem letzten Camptag. Bringst du mich hin? Es wird sicher lustig, und ich kann dir alle meine neuen Freunde vorstellen.«

Toby lächelte gutmütig. »Ich kann doch unmöglich meine kleine Schwester allein auf eine Fete mit wilden Fußballjungs gehen lassen. Klar komm ich mit.«

Als Toby gegangen war, lag Kim auf dem Rücken und lächelte zufrieden in die Dunkelheit, die Hände hinter dem Nacken verschränkt. Nun war Mila doch noch für etwas gut gewesen. Ziemlich ironisch vom Universum, die Petze zu bestrafen, indem es dafür sorgte, dass Toby nun ihretwegen Nana und Suki kennenlernen würde. Kims Handy vibrierte, und sie warf einen Blick auf das Display.

> Morgen um 18:00 vor dem Stadion?
> Bei der großen Uhr? 😄 ⏰

> 👍

Kim hatte ein gutes Gefühl. Der Wind hatte sich gedreht. Sie freute sich auf das Treffen mit Lego und auf das Match. Lolo hatte sie davon nichts erzählt, ebenso wenig von den bunten Lego-Figuren, die sie auf ihrem Fensterbrett sammelte und die das Erste waren, worauf ihr Blick nach dem Aufwachen immer fiel. Und dann musste sie jedes Mal lächeln. Lolo würde das nicht verstehen. Sie würde denken, da stecke was Romantisches dahinter. Sie würde *auch* denken, gemeinsam zu einem Fußballmatch zu gehen, sei ein Date. Sie würde Witze darüber machen, dass Lego gleich alt war wie Kim (genau genommen war er fast ein Jahr älter, aber das galt immer noch als »gleich alt«) und dass es keinen Sinn machte, Zeit mit gleichaltrigen Jungs zu verplempern. Aber egal. Lolo musste nicht alles wissen. Morgen würde jedenfalls ein guter Tag werden. Und nicht nur morgen. Das Universum war ab jetzt auf ihrer Seite, da war Kim ganz sicher.

Immerhin war Toby schon auf dem Weg ins Café, als Mila um neun Uhr sechsundzwanzig an der Tür klingelte. Kim rollte nur mit den Augen und machte keine Anstalten, vom Frühstückstisch aufzustehen.

»Sie ist zu früh!«, erklärte sie mit Nachdruck, als Oma Bine ihr einen fragenden Blick zuwarf, und biss von ihrem Marmeladenbrot ab.

Nun war es an Oma Bine, mit den Augen zu rollen – sie war darin Meisterin, und Kim hatte es von ihr gelernt. »Sie ist *pünktlich*«, erklärte Kims Großmutter und stand auf. »Und dafür werden wir sie bestimmt nicht bestrafen. Ich jedenfalls nicht.« Kim hielt dies für den geeigneten Augenblick, die Augen so weit nach oben zu drehen, dass ihr schwindlig wurde. Oma Bine schüttelte den Kopf – ein rares Zeichen der Missbilligung – und ging, um Mila aufzumachen. In der Wohnzimmertür drehte sie sich noch mal um und meinte: »Ich geh dann gleich zu mir rüber. Mein Garten braucht Zuspruch. Polly nehme ich mit raus, okay?« Noch bevor Kim etwas antworten konnte, fügte ihre Oma rasch, wie einen Nachgedanken, hinzu: »Und Kim. Lass das arme Mädel leben. Sie gibt sich wirklich Mühe.«

Kim war zu verblüfft über Oma Bines Bemerkung, um sofort zu antworten, und im nächsten Augenblick hatte ihre Großmutter sich schon abgewandt. Es war typisch für sie, dass sie einem Streitgespräch aus dem Weg ging, aber untypisch, dass sie so was wie Kritik einem ihrer Enkel gegenüber hören ließ. Noch untypischer, dass sie gegen Kim Partei ergriff.

Nicht gegen dich, flüsterte die lästige kleine Stimme. *Sondern für Mila. Was denkst du wohl, warum sie so was Untypisches tut?*

Weil Mila eine Schlange ist, antwortete Kim ärgerlich ihrer inneren Stimme und verdrängte die Erinnerung an den geschockten Blick von Oma Bine, als sie ihr Gespräch mit Mila neulich mitgehört hatte. *Und weil sie sich große Mühe gibt, meine ganze Familie auf ihre Seite zu ziehen.*

Weswegen es auch allerhöchste Zeit war, etwas gegen sie zu unternehmen.

»Hey, Kim.« Mila stand in der Tür, in Shorts und dem unvermeidlichen grauen Riesensweater, die ebenso unvermeidliche große Brille im Gesicht, und versuchte offenbar, Kims Gesichtsausdruck zu interpretieren. Mit einem kleinen Lachen fragte sie: »Na, gut geschlafen? Bereit, es mit Mathe aufzunehmen?«

»Ich bin sogar bereit, es mit dir aufzunehmen«, antwortete Kim trocken. »Obwohl du mich bei meinem Bruder verpetzt hast. Finde ich sehr erwachsen. Du hast bestimmt viele Freunde.«

Mila schluckte. »Ganz ehrlich, Kim«, sagte sie. »Ich habe es ihm nicht leichtfertig erzählt und auch nicht, um mich wichtigzumachen, oder was immer du sonst von mir denkst.«

»Natürlich nicht«, erwiderte Kim mit einem Lächeln. »Du hast es ihm nur erzählt, weil du dir solche Sorgen um mich machst.«

»Ja«, sagte Mila. »Ganz genau. Als meine Schwester dreizehn war –«

»Weißt du was«, unterbrach Kim, »deine Schwester interessiert mich nicht die Bohne. Mein Bruder und meine Oma fallen vielleicht auf deine Masche rein, aber bei mir klappt das nicht. Lass uns einfach Mathe machen, denn deshalb bist du ja da.« Sie setzte wieder ihr Lächeln auf. »Oder etwa nicht?«

Mila sah Kim in die Augen, und Kim starrte zurück.

»Genau«, sagte Mila schließlich, ohne Kims letzte Frage direkt zu beantworten. Das Lächeln war aus ihrem Gesicht verschwunden, was Kim nicht entging. »Ganz wie du willst.« Das ältere Mädchen ließ seinen Rucksack zu Boden gleiten. Einen Augenblick lang schien Mila mit sich zu kämpfen, dann zog sie den Sweater über den Kopf und stopfte ihn in den Rucksack. »Sonst beschwerst du dich am Ende noch zurecht über Geruchsbelästigung«, sagte sie mit einem halben Grinsen, aber ohne echte Fröhlichkeit zu Kim, die sich, statt zu antworten, abwandte und ihren Frühstücksteller in die Küche trug.

Mila seufzte. »Ich gehe mal eben noch für durchtriebene Mathelehrerinnen«, sagte sie zu Kims Rücken, und als die sich umdrehte, war Mila aus dem Wohnzimmer verschwunden. Kim wehrte sich ein paar Sekunden lang gegen den Impuls, die Bemerkung witzig zu finden. Wahrscheinlich *macht* sie jetzt einen auf witzig, sagte Kim sich grimmig. Oder was sie dafür hält. Um bei mir zu punkten. Aber Fehlanzeige. So witzig kann sie gar nicht sein, dass ich ihr verzeihe.

Irgendwie machte es Kim sogar noch wütender, dass Mila sie beinahe zum Lachen gebracht hätte, auch wenn sie selbst nicht so richtig wusste, warum.

Milas Rucksack lehnte an der Seitenwand der Vitrine, in der Mom ihr pastellfarbenes Fünfzigerjahreporzellan aufbewahrte, oder eher: ausstellte. Der Rucksack hatte exakt dasselbe Blau wie einer der beiden Streuer aus dem Salz-und-Pfeffer-Set, dem Mila gestern so viel Aufmerksamkeit geschenkt hatte. Einen Augenblick lang starrte Kim auf das Porzellan. »*Die Teile sind ja mittlerweile absurd teuer*«, hörte sie Milas Stimme. »*Für die Salz- und Pfefferstreuer würde Mom vermutlich morden.*«

Was Kim in den nächsten Sekunden tat, geschah irgendwie automatisch, und es geschah so schnell, als würde sie einem Skript folgen, das sie auswendig gelernt hatte.

Sie drückte auf den Schnappverschluss von Milas Rucksack, lockerte die Kordel und zog den grauen Sweater heraus. Dann öffnete sie die Glastür der Vitrine, griff sich den Salz- und den Pfefferstreuer, steckte ein Porzellanteil in jeden der Ärmel des Pullis und knautschte den dann wieder so zusammen, dass die beiden zerbrechlichen Gegenstände nicht herausfallen konnten, es sei denn, der Sweater würde komplett auseinandergenommen. Heute waren über dreißig Grad angesagt – dass Mila in den nächsten Stunden das Bedürfnis haben würde, etwas überzuziehen, war unwahrscheinlich.

Hastig begann Kim, pastellfarbene Mokkatassen und Eierbecher in der Vitrine so zu verschieben, dass die fehlenden Gegenstände nicht gleich auffielen. Das Geräusch der WC-Spülung ließ sie zusammenzucken und beinahe eine zierliche lindgrüne Vase umwerfen. Sie konnte sie eben noch auffangen.

»Fußballerreflexe«, murmelte sie und schloss die Vitrine leise wieder. Als Mila ein paar Augenblicke später erneut in der Tür stand, scrollte Kim, lässig an den Esstisch gelehnt, durch ihren Instagram-Feed.

»Wollen wir?«, fragte Mila.

Kim blickte auf, als würde sie ihre Lehrerin eben erst bemerken. Sie nickte, wartete dann aber noch mit angehaltenem Atem, bis Mila ihren Rucksack vom Boden aufgehoben hatte. Weder schien sie einen Unterschied im Gewicht zu bemerken, noch machte sie Anstalten, den Rucksack zu öffnen.

Kim atmete auf. Sie war jetzt wieder ganz ruhig. Irgendwo tief drinnen war das kleine Stimmchen völlig außer sich. *Wer ist hier die Schlange?*, tobte es und bemühte sich verzweifelt um Kims Aufmerksamkeit. *Sie hat angefangen*, zischte Kim innerlich, *nun soll sie auch auslöffeln, was sie sich eingebrockt hat!* Und damit knallte Kim auch die allerletzte Tür zu, gegen die die Stimme nun vergebens trommelte. Aber Kims Ohren weigerten sich, auch nur ein Echo davon wahrzunehmen.

»Na, das wird ja schon«, sagte Mila mit dem Anflug eines Lächelns, als sie nach eineinhalb Stunden, in denen Kim sich so gut wie möglich konzentriert hatte, ihre Unterlagen auf einen Stapel zusammenklopfte und nach ihrem Rucksack griff. »Wenn das so weitergeht, schicken wir dich nächstes Jahr mit dem Streberteam zur Matheolympiade.«

Erst antwortete Kim nicht, das Kinn wie üblich in Milas Gegenwart trotzig vorgeschoben. Aber als das ältere Mädchen Anstalten machte, den grauen Pulli aus dem Rucksack zu nehmen, rief Kim hastig: »Du kannst die Sachen doch ruhig hierlassen. Wir brauchen sie ohnehin am Montag wieder, und mich stören sie nicht.«

»Da hast du eigentlich recht«, meinte Mila und lächelte Kim an. »Danke, lieb von dir.«

Kim zwang sich ebenfalls zu einem Lächeln. Mila schien zu glauben, dass Kim ihr verziehen und endlich klein beigegeben hatte.

Just diesen Moment wählte Oma Bine, um den Kopf zur Tür hereinzustecken. »Na, Mädels, ihr macht ja heute lange.«

»Ich war unterfordert«, gab Kim mit einem strahlenden Lächeln zurück. »Eine Stunde Mathe ist einfach zu wenig.«

Oma Bine und Mila lachten, und Kim lachte mit.

Ihre Großmutter strahlte richtig. »Das freut mich ja, dass ihr euch nun doch zusammenrauft. Wär ja auch gelacht! Zwei so liebe Mädchen.«

Aus dem Augenwinkel sah Kim mit Erleichterung, wie Mila die Kordel an ihrem Rucksack wieder zuzog.

Es war perfekt, dass Oma Bine gerade jetzt hereingeplatzt war und gesehen hatte, wie gut sie sich mit Mila ganz offensichtlich verstand. Besser hätte Kim es nicht inszenieren können. Sie musste unbedingt dafür sorgen, dass Oma Bine den »Diebstahl« entdeckte. Sie würde sich augenblicklich an das erinnern, was Mila über den Preis und den Seltenheitswert des Porzellans gesagt hatte. Und auch wenn sie Mila mochte, würde sie doch viel eher bereit sein, in der Lehrerin ihrer Enkeltochter eine Diebin zu sehen als in ihrer Enkeltochter eine fiese Betrügerin und Verleumderin.

Genau das ist es nämlich, was du bist, sagte die innere Stimme, die sich irgendwie durch die schalldichte Tür gearbeitet hatte. *Kriegst du eigentlich noch mit, was du hier tust? Kannst du dich selbst dabei noch leiden?*

Der Zweck heiligt die Mittel, dachte Kim grimmig und drängte die nervige kleine Stimme wieder weit, weit zurück. Sie knallte die imaginäre Türe in ihrem Kopf fest zu und drehte den imaginären Schlüssel dreimal um.

»Ich fahre nur schnell zum Einkaufen«, sagte Oma Bine, zu Kim gewandt. »Toby schafft es heute nicht. Er hat einen Stunt-Job über diese Agentur gekriegt, und er hat geschworen, dass es nicht wirklich gefährlich ist.« Beinahe hätte Kim gesagt, dass sie ja *doch* nicht damit übertrieben hatte, ihren Bruder auf Quickdate als Stuntman zu beschreiben. Gerade rechtzeitig fiel ihr ein, dass Mila ja auch noch da war. In dem Sekundenbruchteil, den ihr Blick Milas Gesicht streifte, war Kim so, als hätte das Mädchen im selben Moment ebenfalls etwas sagen wollen und sich genau wie sie selbst gerade noch beherrscht. Aber sie konnte sich auch geirrt haben.

»Ich muss dann auch los«, sagte Mila nur. »Könnten Sie mich vielleicht an der U-Bahn absetzen?«

»Könntest *du* mich an der U-Bahn absetzen«, korrigierte Oma Bine streng. »Sonst fühle ich mich gleich aber so was von retro.«

»Sorry.« Mila lächelte unter ihrer Riesenbrille hervor, und Kim konnte nicht anders als bemerken, dass sie ein sehr hübsches Lächeln hatte. Ebenmäßige weiße Zähne, schöne Lippen. Komisch, dass ihr das noch nie vorher aufgefallen war.

Vielleicht weil du ihr nicht besonders viel Anlass zum Lächeln gegeben hast? Die Stimme spukte immer noch in Kims Kopf herum, vermutlich hatte sie gelernt, sich durch Schlüssellöcher zu schlängeln.

Kaa, die Schlange, lächelt auch freundlich, erklärte sie der Stimme. *Bevor sie ihr Opfer in Trance versetzt und es dann auffrisst. Ich lass mich von der da nicht täuschen.*

»Also wenn ich dich duze, nimmst du mich mit?«, hörte sie Mila eben sagen.

»Ja, aber nur dann!«, antwortete Oma Bine und winkte ihrer Enkelin mit den Fingern zu. »Bis nachher, Schatz. Für Polly ist es schon zu heiß draußen. Sie liegt im Wohnzimmer.«

»Ist gut.«

»Oh, und wenn du später mit ihr zum Bach gehst« – der Weg am Bach entlang war der schattigste Spazierweg und daher die erste Wahl an heißen Tagen –, »bleib auf unserer Seite, auf der anderen wird irgendwas am Kanalzugang gemacht, und rund um die Öffnung haben sie Absperrband gespannt ...« Oma Bine rollte mit den Augen, Kim lachte, und Mila sah verwirrt von einer zur anderen.

»Das erklär ich dir im Auto, Mädchen. Unser Hund ist verhaltenskreativ, wie Kims Mutter zu sagen pflegt.«

»Das sagt meine Mutter auch«, meinte Mila grinsend.

»Über euren Hund?«, fragte Oma Bine.

 121

»Nein. Über mich.«

Kim lachte, bevor sie es noch richtig realisierte.

»Sie hat denselben trockenen Humor wie Toby«, sagte Oma Bine lächelnd zu Kim, »findest du nicht?«

Kim konnte sich vor der Antwort drücken, denn Mila sah in diesem Moment auf ihr Handy und meinte: »Ich will echt nicht hetzen, aber ich müsste jetzt wirklich los ...«

»Kein Problem, kein Problem«, rief Oma Bine überschwänglich. »Ich plappere immer zu viel ...«

»Nein, gar nicht.« Mila errötete. »Das wollte ich damit bestimmt nicht –«

»Natürlich nicht«, unterbrach Kims Großmutter. »Aber deswegen ist es nicht weniger wahr! Bis nachher, Kimmo-Maus!«

15. Date Night

Kim drückte die Tür hinter den beiden zu, lehnte sich daran und atmete tief durch. Der Rucksack war weg, und Mila war weg, mit etwas Glück für immer. Kim hatte den einzigen Ausweg gefunden, den es gab. Was hätte sie sonst tun sollen? »Es ist ja nicht nur wegen Danny«, sagte sie laut, wie um sich selbst zu überzeugen. Nein, es war *überhaupt* nicht nur wegen Danny! Mila hatte sie zweimal verpetzt, nämlich bei ihrer Mutter und bei Toby. Und dann tat sie wieder so, als sei sie die supernette große Schwester. Außerdem versuchte sie, sich an Toby heranzumachen, und ihr Bruder hatte ja wohl wirklich was Besseres verdient. Wenn sich sonst keiner um sein Wohlergehen sorgte, musste das eben die kleine Schwester übernehmen. Koste es, was es wolle.

Kims Handy brummte, sie nahm es aus der Hosentasche und grinste.

Ich wette 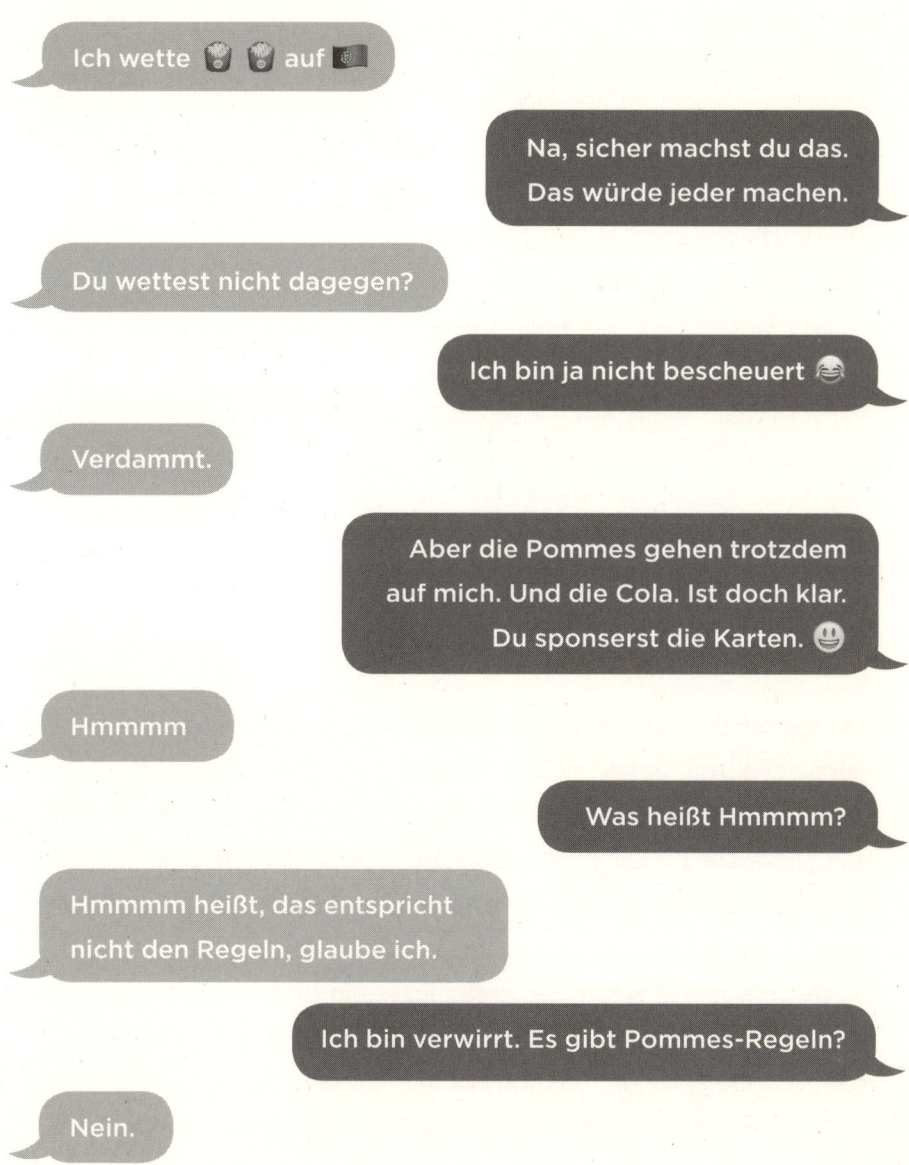 auf

Na, sicher machst du das.
Das würde jeder machen.

Du wettest nicht dagegen?

Ich bin ja nicht bescheuert 😂

Verdammt.

Aber die Pommes gehen trotzdem
auf mich. Und die Cola. Ist doch klar.
Du sponserst die Karten. 😀

Hmmmm

Was heißt Hmmmm?

Hmmmm heißt, das entspricht
nicht den Regeln, glaube ich.

Ich bin verwirrt. Es gibt Pommes-Regeln?

Nein.

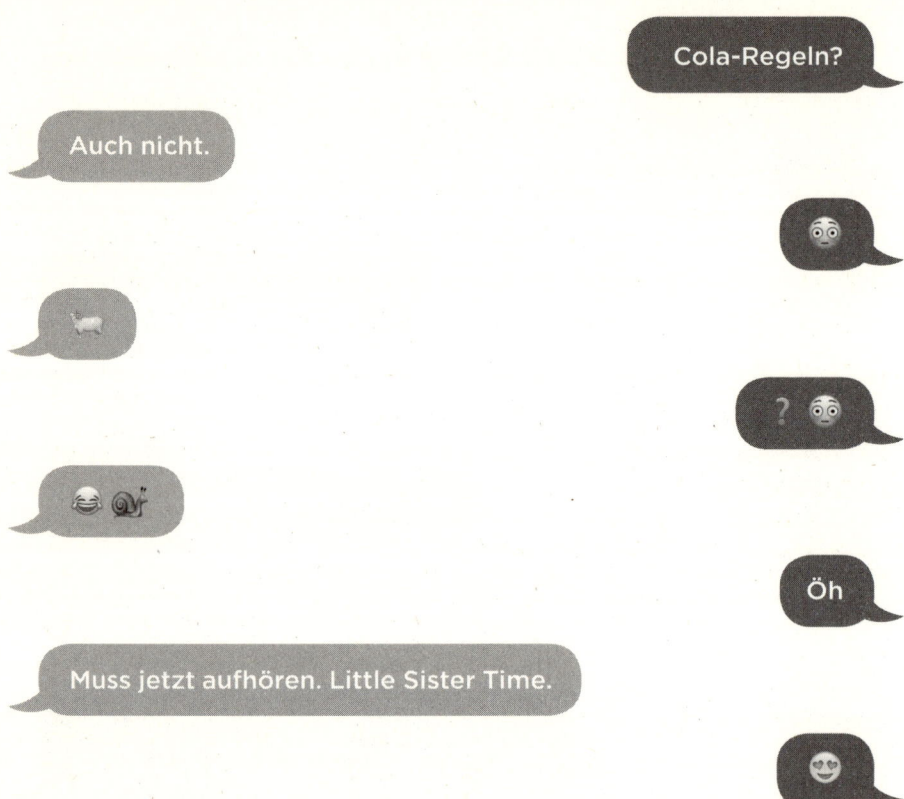

Kim spürte ein Ziehen in der Herzgegend. Genauso hatte Toby das immer genannt, wenn er Zeit mit ihr verbracht hatte. *Little Sister Time.* Das waren ihre ersten englischen Worte gewesen. Lego schien auch ein toller großer Bruder zu sein. Kim fiel ein, dass sie ihn nie nach dem Namen seiner Schwester gefragt hatte, und schämte sich plötzlich deswegen. Sie hatte ihm von Toby erzählt und von ihren Eltern, von ihrer Nachhilfelehrerin, von Lolo und von ihren Plänen, was Nana und Suki anging. Wenn sie so überlegte, hatte Lego viel mehr zugehört als sie. Das musste sich ändern, beschloss sie. Lego war ein echt guter Freund, und sie wollte eine richtig gute Freundin sein.

Oma Bine kam mit einem Einkaufskorb voll von Kims heiß geliebten Avocados, ihren Lieblingsbagels (Italian – mit getrockneten Tomaten), Lieblingssmoothies (Hauptsache, was mit Mango) und Lieblingsmuffins (Banane-Cranberry), und Oma und Enkelin veranstalteten im Garten ein Picknick. Es war der bisher heißeste Tag des Sommers, aber im Schatten der Kastanie konnte man es gut aushalten. Polly war derselben Meinung. Sie legte sich ins kühle Gras dicht am Stamm des Baums und bewegte sich nur, wenn eine Ameise auf ihr krabbelte.

Danach zog Oma Bine sich in ihre Gemächer zurück, um Yoga zu machen und ein Alte-Leute-Schläfchen (wie sie es nannte) zu halten. Polly trottete hinter ihr her – Oma Bines Teil des Hauses war der kühlste.

Kim verbrachte den Rest des Nachmittags damit, ihre Plus-Minus-Vergleichsliste zu aktualisieren, aber wie erwartet brachte das keine Klarheit. Kaum bekam Kim mit, dass Nana sich für Island interessierte, ebenso wie Toby, erzählte Suki ihr, dass sie im Keller ihrer Oma eine Sammlung alter Platten ihres verstorbenen Opas entdeckt hatte – was Toby natürlich superspannend fände. Es war wirklich wie verhext. Aber umso besser für Toby, er konnte zwischen zwei Traumfrauen wählen. Nana war großartig. Suki war großartig. Das Einzige, was nicht großartig war: die Tatsache, dass nur eine Tobys Freundin werden konnte.

Jedes Mal, wenn der blaue Rucksack sich in ihre Wahrnehmung drängen wollte, lenkte Kim sich mit irgendetwas ab und zählte die Minuten, bis es in St. Petersburg, Florida, endlich Morgen war und sie damit rechnen konnte, dass Lolo aufstand. Als ihre Freundin sich dann endlich wirklich meldete, verlief die Unterhaltung allerdings etwas enttäuschend.

> Ich habe nicht lang Zeit

> Ich dachte, du bist grounded.

> Ja, aber es kommt Besuch zum Brunch, und ich muss mich fertig machen.

> Eine von den geföhnten Golfladys?

Kim kannte die Freundinnen von Lolos Oma von vorangegangenen Besuchen. Alle sahen immer aus wie aus dem Ei gepellt – nach dem Golf ebenso wie vor dem Golf. Faltenlose karierte Golfhosen, taillierte pastellfarbene Poloshirts, die nie mit Schweiß in Kontakt zu kommen schienen, was bei dem Klima in Florida so etwas wie ein physiologisches Wunder war. Die Mädels hatten den Verdacht, dass die Damen vom klimatisierten Auto ins klimatisierte Clubhaus huschten, dort einen leichten, gesunden, zuckerarmen, fettfreien Lunch genossen und dann wieder, ohne die Kühlkette jeweils länger als ein paar Sekunden zu unterbrechen, in ihre Villen zurückkehrten.

> 😂 Nein, eine befreundete Familie. Hast du heute was vor?

Kim zögerte. Es war das erste Mal, dass sie Lolo etwas vorenthielt, und sie fühlte sich nicht wohl dabei. Aber dass sie mit Lego zu dem Spiel ging, würde ihre Freundin nicht verstehen. Junge + Mädchen + Location = Date – diese Gleichung war unabänderlich in Lolos Gehirn eingebrannt. Kim entschied sich für eine unvollständige Wahrheit.

> Nichts Aufregendes natürlich, du bist ja nicht hier. Bloß Ländermatch gucken.

> 🙄 Das mit dem Fußball werd ich nie kapieren.

> Ich das mit dem Lockenstab auch nie.

> 😂

> 😂

> Ich vermiss dich

> Und ich dich erst! 🤍

> 🩶

> 👱‍♀️ 🤍 👩‍🦱

> 👱‍♀️ 🩶 👩‍🦱

Kim seufzte.

> Ich muss dann leider wirklich

Kim schickte einen weinenden Smiley. »Weinen« und »Smiley« ging wirklich nicht zusammen. Sie hatte vergessen, Lego zu fragen, wie er stattdessen sagen würde. Das musste sie heute Abend nachholen.

»Erzähl noch schnell vom Kussinator«, tippte sie dann hastig.

Die beiden blauen Häkchen unter ihrer Nachricht bestätigten zwar, dass Lolo sie noch gelesen hatte, aber sie schien keine Zeit mehr für eine Antwort zu haben. Nachdem sie ein paar Minuten lang vergeblich gewartet hatte, legte Kim ihr Handy mit einem Seufzer weg und ließ sich rücklings auf ihr Bett fallen. Sie vermisste Lolo wirklich sehr. Und sie vermisste Toby, den sie bis jetzt in diesem Sommer auch viel weniger zu Gesicht bekam, als sie gehofft hatte. Sie vermisste ihren Dad, der es immer schaffte, sie zum Lachen zu bringen. Ja, er behandelte sie manchmal immer noch, als wäre sie vier und nicht fast vierzehn. Aber es hatte auch sein Gutes, vier zu sein. Hin und wieder.

Und sie vermisste ihre Mom. Kim gab es nicht einmal vor sich selbst gern zu, aber Katharina war für sie der Kompass und der Fels in der Brandung. Wollte sie Bestätigung oder Ablenkung, ging sie zu ihrem Vater oder ihrer Großmutter. Wollte sie Ehrlichkeit und jemanden, der bei aller Liebe zu ihr völlig unbestechlich war und kreative – wenn auch manchmal unbequeme – Lösungen für die schwierigsten Probleme fand, ging sie zu ihrer Mutter. Nur in letzter Zeit nicht. In letzter Zeit schien ihre Mutter ständig die Autoritätsperson hervorzukehren, und das ging Kim enorm auf die Nerven.

»Töchter machen entweder dieselben Fehler wie ihre Mütter«, hatte Oma Bine gemeint, »oder das genaue Gegenteil. Das heißt aber nicht, dass es dann nicht auch Fehler sind.«

Oma Bine war eine Hippie-Mutter gewesen, die ihren Kindern kaum etwas verboten hatte und der Ansicht gewesen war, sie müssten ihre eigenen Fehler machen, und zwar *besonders* in der Pubertät.

»Ein paar Grenzen mehr hätten wohl nicht geschadet«, hatte Katharina gesagt, als das Thema mal zur Sprache kam.

»Sieh dich an«, war umgehend Oma Bines Konter gekommen. »Du bist selbstbewusst, erfolgreich, hast einen super Mann, genug Geld und großartige Kinder. Irgendwas muss ich wohl richtig gemacht haben.«

»Du hast sogar sehr viel richtig gemacht«, hatte Kims Mom mit einem kleinen Lächeln gesagt. »Du warst eine tolle große Schwester, Freundin und Spielgefährtin für mich.«

Oma Bine hatte Kim angesehen und gemeint: »Das klingt vielleicht wie Anerkennung, aber irgendwo ist ein Vorwurf versteckt, wetten?«

»Kein Vorwurf«, hatte Katharina widersprochen. »Das Wichtigste ist immer genug Liebe. Ich hätte dir wohl kaum meine Kinder anvertraut, wenn ich nicht überzeugt gewesen wäre, dass sie bei dir in den liebevollsten Händen sind. Aber trotzdem sieht meine Beschreibung des Jobs ›Mutter‹ anders aus als deine.«

Es gab viele Tage, an denen Kim sich ihre Großmutter als Mutter wünschte. Aber wenn sie wirklich in der Klemme steckte, suchte sie Antworten bei Katharina. Sie musste lächeln, als sie an das Ende ihres ansonsten so unerfreulichen Telefonats mit ihrer Mutter dachte. Lego hatte ihr »außerordentlich« gut gefallen, und das wollte schon was heißen. Sogar kennenlernen wollte Katharina ihn. Und warum auch nicht? Lego und sie waren so gute Freunde geworden, warum sollte das nach dem Camp einfach vorbei sein? Sie wohnten nicht gerade um die Ecke voneinander, aber immerhin in derselben Stadt. Man konnte sich ja mal zum Kicken treffen oder gemeinsam ins Kino gehen. Natürlich nur, wenn Danny einverstanden war, korrigierte Kim ihren Gedankengang. Sie schloss die Augen und begann, ihrer Fantasie freien Lauf zu lassen. Wenn Danny erst erkannt hatte, dass er immer nur auf sie gewartet hatte und sie füreinander bestimmt waren, dann würde er es vielleicht nicht so gern sehen, dass sie sich mit anderen Jungs traf. Er würde sie mit seinen unglaublich grünen Augen unter den dunklen Wimpern hervor ansehen und sagen: »Und ich muss mir wirklich keine Sorgen machen, meine Süße?«

»Niemals«, würde sie zurückflüstern. »Lego und ich sind nur Freunde. Aber du … du bist mein Traummann.«

»Ich vertraue dir«, flüsterte der Traummann zurück. »Aber komm bald wieder.«

»Bald«, sagte sie und lächelte und versank in diesen grünen Augen.

»Kim! Hey, mein Schatz!«

»Ja, Danny …«, wollte Kim murmeln, aber es hörte sich mehr so an wie ein Grunzen. Dannys Gesicht war verschwunden, kein Wunder, sie hatte ihn ja eben angegrunzt! Kim versuchte erneut zu sprechen, aber …

»Kim! Wach auf, Süße!«

Das war nicht Dannys Stimme und das Haarige an ihren Beinen, war das etwa …? Kim riss die Augen auf und starrte in Oma Bines Gesicht, das über sie gebeugt war. Polly hatte es sich am unteren Ende des Bettes gemütlich gemacht und begann eben, liebevoll Kims Füße abzuschlecken.

»Ich dachte, du triffst dich mit dem netten Jungen?«, fragte Oma Bine. »Lego? Ist heute nicht das Spiel? Solltest du dich nicht fertig machen?«

»Das Spiel«, sagte Kim und versuchte, von ihrem Traum ins Hier und Jetzt zu finden. »Ja. Richtig. Wie spät ist es?«

»Kurz nach fünf.«

»Oh, Shit.« Kim entzog Polly ihre mittlerweile sauber geschleckten Füße, sprang auf und sah an sich hinunter. Sie trug Shorts und ein lila Top, das war ein völlig akzeptables Outfit für ein Fußballmatch.

»Ich putz mir schnell die Zähne«, rief Kim und lief ins Bad.

»Soll ich dich fahren?«, fragte Oma Bine etwas widerstrebend. »Es wird aber etwas knapp, um halb sechs hab ich so ein Online-Ding –«

»Kein Stress«, unterbrach Kim. »Ich schaff das locker mit der U-Bahn.« Oma Bine hatte ständig irgendein »Online-Ding« am Laufen – einen Kurs, ein Webinar, ein Trekkie-Get-together. Kim fand es richtig gut, dass das Leben ihrer Großmutter so ausgefüllt war, und wollte nicht, dass sie ihretwegen auf etwas verzichtete. Und mit dem Auto zum Stadion zu fahren war sowieso keine gute Idee, vor allem nicht, wenn man knapp dran war. Sie hatte schon gehört, dass Fans bis nach dem Anpfiff im Stau vor der Parkgarage standen.

»Bist du sicher?« Oma Bine stand in der Badezimmertür, und Kim traf im Spiegel auf ihren zweifelnden Blick.

»Ganpf ficher«, bestätigte Kim mit Zahnpastaschaum vor dem Mund und spuckte dann aus. »Mach dir keine Gedanken.«

»Und Legos Vater bringt dich nach Hause?«

»Genau. Du musst dir echt keine Sorgen machen. Autsch.« Kim hatte beschlossen, sich doch noch schnell ein wenig die Wimpern zu tuschen und war sich vor lauter Hektik mit dem Bürstchen ins Auge gefahren. »Ich sag's ja, diese Schminkerei ist nichts für mich. Wahrscheinlich ist die Notaufnahme in sämtlichen Krankenhäusern tagtäglich mit Leuten überfüllt, die sich mit Mascara ein Auge ausgestochen haben.«

»Wahrscheinlich.« Oma Bine lachte. »Auf der Packung sollte ein Warnschild angebracht sein: *Kann bei unsachgemäßer Handhabung Einäugigkeit verursachen.*«

Kim grinste und verteilte noch etwas Gloss auf ihren Lippen.

»*Du* machst dich ja hübsch heute.«

»Ach was, Wimperntusche und Lipgloss kann man ja kaum großes Make-up nennen.«

»Soviel ich weiß, sind das die einzigen Schminksachen, die du besitzt.«

Kim hatte Glück mit ihrer Haut, die auch mit Beginn der Pubertät klar geblieben war. Sie besaß einen Stift zum Abdecken von Ausnahmepickeln, aber abgesehen davon hatte ihre Großmutter recht. Sie lachte. »Auch wieder wahr.« Mit ein paar Bürstenstrichen war ihr langes, glänzendes Haar ausgehbereit, und sie sauste zurück in ihr Zimmer, um ihre kleine Umhängetasche mit etwas Geld, Handy, Kaugummi, Hausschlüsseln und Fahrscheinen auszustatten.

Seit Oma Bine Kim geweckt hatte, waren zehn Minuten vergangen, und sie würde bestimmt pünktlich am Treffpunkt sein.

Oma Bine begleitete sie bis zur Haustür, gab ihr einen Kuss und meinte: »Na, dann geh ich jetzt rüber zu mir an meinen Laptop. Viel Spaß bei eurem kleinen Date wünsch ich euch. Komm, Polly.«

Kim überlegte kurz, eine Diskussion darüber zu eröffnen, dass die Verabredung mit Lego erstens kein »Date« war und zweitens die Formulierung »euer kleines Date« klang, als wäre sie höchstens sechs und würde sich mit einem ihrer »kleinen Freunde« auf dem Spielplatz treffen.

Aber sie war spät dran, und Oma Bine hatte es sicher nicht so herablassend gemeint, also rief sie nur über die Schulter zurück: »Tschüs, Oma!«, und rannte los, um den nächsten Bus und danach noch die U-Bahn zu erwischen.

Als sie um die Ecke bog, sah sie eben ihren Bus in die Haltestelle einfahren.

»Shit«, fluchte Kim und legte einen Sprint hin, der ihr bei einer Leichtathletikkonkurrenz sicher Ehre gemacht hätte. Die Bremslichter des Busses erloschen dennoch, eine Sekunde bevor sie ihn erreichte, und im nächsten Augenblick fuhr er wieder los.

»Verdammt noch mal«, rief Kim ihm wütend nach. Am Wochenende fuhren die Busse in größeren Abständen, der nächste kam erst in fünfzehn Minuten, und wenn sie danach nicht Riesenglück mit der U-Bahn hatte, würde sie sich wahrscheinlich doch noch verspäten.

> Bus ist mir vor der Nase weggefahren

Das klang irgendwie, als wäre der Bus schuld und nicht sie.

> Eventuell verspäte ich mich etwas.

Legos Antwort kam umgehend.

> Keine Panik. Wir haben genug Zeit. Nur von meiner Salzbrezel kriegst du nun wahrscheinlich nichts mehr ab.

Kim schickte einen sehr verzweifelten Smiley und merkte plötzlich, dass sie Hunger hatte. Sie hätte vorher noch was essen sollen, das Picknickmittagessen war ja doch schon eine Weile her. Mit einem Seufzer ließ sie sich auf der Bank an der Bushaltestelle nieder, als eine Mitteilung auf ihrem Handy auftauchte.

@DannyD hat ein live Video gestartet.
Sieh es dir an, bevor es vorbei ist!

Hastig öffnete sie Instagram und fand Dannys Video. Da war er, ganz nahe, fast als wollte er Kim über ihr Handy entgegenkommen. Er war einfach der attraktivste Junge, den Kim je gesehen hatte. Hinter ihm war blauer Himmel zu sehen und, wenn er sich bewegte, etwas Wiese und ein Teil des hohen Sprungturms in dem Freibad, in dem er arbeitete. Er blickte ernst in die Kamera und sagte gar nichts, dann verschwand plötzlich sein Gesicht hinter einem weißen Karton, auf dem stand: HEUTE! Der Karton wurde weggezogen, Dannys Gesicht tauchte wieder auf, immer noch todernst. Der nächste weiße Karton erschien und verdeckte sein Gesicht: AB 19 UHR.

Karton weg, ernstes Gesicht, nächster Karton: IM *FIZZERS*. Karton weg, ernstes Gesicht, nächster Karton: BIRTHDAY. Karton weg, ernstes Gesicht, nächster Karton: PARTY! Auch dieser Karton verschwand, und Dannys Gesicht erschien wieder, davor seine Faust, der Daumen zeigte nach oben, seine Augen wurden schmal bei einem winzigen Lächeln, das ihn den rechten Mundwinkel ganz leicht nach oben ziehen ließ. Kim schmolz bei diesem Lächeln wie Eis in der Sonne. Es war, als würde er sie direkt ansehen, als hätte er das Video nur für sie gedreht. Sie sah es sich noch einmal an, dann noch einmal, nur wegen des Lächelns. Denn ihr Entschluss war längst gefasst. Das war Schicksal. Das war das Universum, das ihr endlich, endlich die Chance gab, auf die sie schon so lange gewartet hatte. Danny war solo, zum ersten Mal, seit sie ihn aus der Ferne anhimmelte. Kim stand auf, den Finger immer noch auf dem Display ihres Handys, das Lächeln von Danny festhaltend. Sie hatte eben noch von ihm geträumt! Und wäre sie nicht eingeschlafen, hätte sie den Bus nicht verpasst und vielleicht gar nicht auf ihr Handy gesehen. Noch mehr Fingerzeige des Schicksals. Sie kannte das *Fizzers* zwar nur vom Hörensagen, aber sie wusste genau, wo es war. Toby war dort schon für einen Freund eingesprungen, als Barmann. Es war eines der Lokale, die auf ihrer und Lolos Liste standen und in das *alle*, die ein bis drei Klassen über ihnen waren, regelmäßig gingen. Kim begann zu laufen. Eigentlich hatte sie geplant, das erste Mal »richtig« mit Lolo zusammen auszugehen. Die Details hatten sie sich schon ausgedacht – Kim würde bei Lolo übernachten, wenn deren Eltern eingeladen oder, noch besser, in ihrem Wochenendhaus waren. Wenn sie den beiden Elternpaaren das Selfie schickten, das sie vorsorglich am Nachmittag gemacht hatten und auf dem sie in ihren Einhornpyjamas nebeneinander in Lolos riesigem Bett lagen, würden sie in Wirklichkeit schon längst geschminkt und gestylt in einem der Nachtlokale abtanzen, die auf ihrer Wunschliste standen. Das war der Plan gewesen. Aber nun kam es ganz anders, denn das Universum hatte gesprochen. Kim war atemlos zu Hause angekommen und drehte, so leise sie konnte, den Schlüssel im Schloss um. Polly war zum Glück kein besonders guter Wachhund. Mal bellte sie bei jedem Kinderwagen, der vorbeigefahren wurde, dann wieder verschlief sie sogar die Türklingel. Ihrem Bellen wurde also im Conrads-Haushalt keine übertriebene Bedeutung beigemessen. Oma Bine war wesentlich hellhöriger, aber auch ihretwegen hätte Kim nicht so vorsichtig sein müssen: Was auch immer ihre Großmutter für ein »Online-Ding« hatte, es war wohl ziemlich unterhaltsam, denn Kim hörte sie laut lachen. Sie war abgelenkt.

Kim huschte durch den Vorraum, die Treppe hinauf in ihr Zimmer und holte von dort ihren Laptop. Dann ging es weiter ins Bad ihrer Eltern. Katharina hatte zwar einen guten Teil ihrer Schminksachen mit auf die Kreuzfahrt genommen, aber es war immer noch genug von dem da, was Kim brauchte, um sich so zu verändern, dass niemand sie nach ihrem Altersnachweis fragte – hoffentlich. Jetzt wäre einer dieser gefälschten Ausweise praktisch, von denen Lolo neulich gesprochen hatte – ohne den musste das Make-up umso überzeugender sein. Zum Glück gab es Youtube, und sie hatte bei Lolos Schminkexperimenten gut aufgepasst. Kims Finger zitterten, als sie »10 Minuten Ausgehmake-up Anfänger« in die Suchfunktion eingab. Sie musste sich durch einige Videos klicken, bevor sie den Kanal einer Blondine mit blauen Augen fand, die ihr vom Typ her nicht unähnlich war. Zum Glück hatte Kims Mutter den gleichen Teint und die gleiche Haar- und Augenfarbe wie Kim. Alles, was Katharina verwendete, würde ihr also auch stehen. Zwar benutzte ihre Mom nicht zwanzig verschiedene Pinselchen und Bürstchen (oder die waren derzeit alle mit ihr auf Kreuzfahrt), aber Kim fand zwei Werkzeuge in der Schminkschublade ihrer Mutter, die ihr einigermaßen brauchbar erschienen. Das Ganze war ein bisschen wie Kunstunterricht. Wahrscheinlich wäre Michelangelo – der mit der Sixtinischen Kapelle, Kim musste ein Referat über ihn halten – heute Make-up-Blogger. Jedenfalls kämen ihm dabei seine Fertigkeiten sehr zugute. Erst musste man kleine Unebenheiten und Rötungen ausgleichen – mit Primer und Concealer. Dann folgte die Grundierung, die Kim zunächst wie eine (wenn auch eher harmlose) Halloween-Wasserleiche aussehen ließ. Und danach die Farbe: Die Blondine auf dem Video bestand darauf, dass Kim etwas machte, was sich »Contouring« nannte. Sie erinnerte sich dunkel, dass Lolo mit einem braunen Stift auf ihrem Gesicht gezeichnet und das Ganze dann verwischt hatte. Offenbar war Katharina in die Geheimnisse des Contourings aber nicht eingeweiht, denn so ein Stift fand sich hier nicht.

»Ha!«, machte Kim triumphierend und griff nach einem Rest Bronzer, den sie ersatzweise zum Contouring verwendete. Nun kamen die

Augen dran. Braun, Beige und Bronze, das hatte sie sich von dem Mega-Schmink-Tag mit Lolo gemerkt, betonten blaue Augen am besten. Auch Kims Mom schien sich dessen bewusst zu sein, denn das waren genau die Farbtöne, die sich in ihrem Schrank fanden. Es war immer noch heiß, und Kim spürte, wie sich im Nacken Schweißperlen sammelten. Auch ihr Top fühlte sich unter den Achseln schon feucht an. Als sie beide Augen fertig hatte, war sie so verschwitzt, dass sie schnell unter die Dusche stieg.

Minuten später, sie hatte das Wasser eben wieder abgedreht und wollte gerade die gläserne Tür öffnen – hörte sie von unten ein Geräusch. Kim erstarrte, einen Fuß über dem Badezimmerteppich schwebend.

»Ich glaube, du hast dich geirrt, Polly«, hörte sie die Stimme von Oma Bine. Polly kläffte kurz, und fiepte dann ein bisschen, wie sie es machte, wenn sie sich freute, jemanden zu sehen.

»Es ist niemand da, Schätzchen.« Polly fiepte und kläffte.

Oma Bine murmelte etwas, was Kim nicht verstand, dann rief sie laut: »Toby? Bist du schon da?« Natürlich kam keine Antwort, aber Augenblicke später hörte Kim das Klack-Klack-Klack von Pollys Krallen auf der Holztreppe und gleich darauf das Fiepen ihres Hündchens auf der anderen Seite der Badezimmertür.

Polly wusste, dass Kim im Badezimmer war, und sie wusste auch, dass Kim wusste, dass sie da war. Klar verstand sie nicht, warum Kim sie nicht hereinließ und begrüßte.

»Polly, komm wieder runter!«, rief Oma Bine von unten. »Los doch, Polly, *zu mir!*«

Kim betete still, dass Polly dem Befehl ihrer Großmutter folgte. Wenn Oma Bine heraufkam, um den Hund zu holen, und der nicht aufhörte zu fiepen und die Tür anzustarren, dann war sie geliefert.

»Geh weg, Polly«, dachte sie so laut, dass sie nicht sicher war, ob sie es nicht auch geflüstert hatte. »Bitte geh weg, geh weg, geh weg.«

Polly blieb vor der Tür sitzen und fiepte.

»Polly, jetzt aber!«, rief Oma Bine hörbar ungeduldig von unten.

Polly blieb unbeeindruckt und fiepte weiter.

Kims Standfuß begann zu zittern. Ganz, ganz vorsichtig stieg sie auf den Badezimmerteppich. Polly fiepte lauter.

Unten hörte Kim Oma Bines Schritte. Als sie vor Schreck die Luft anhalten wollte, merkte sie, dass sie bereits seit einer Minute die Luft anhielt, und schnappte mit einem scharfen Geräusch nach Sauerstoff. Polly kläffte kurz auf und fiepte wieder.

War ihre Großmutter schon auf der Treppe? Verdammt noch mal, wie sollte sie das verrückte Augen-Make-up erklären? Und die Tatsache, dass sie eben aus der Dusche kam, obwohl sie schon mit Lego im Stadion sein sollte?

»Polly, Polly«, kam Oma Bines Stimme erneut von unten, gefolgt von einem metallischen, leise schabenden Geräusch, das Polly normalerweise aus jedem Schlaf weckte und von überall in Haus und Garten herlockte: das Abnehmen des Deckels ihrer Leckerli-Dose.

Polly hörte auf zu fiepen.

»Polly, Polly«, wiederholte Oma Bine und schüttelte die Dose mit den Leckerchen. Das war zu viel für Polly. Mit einem kurzen, ärgerlichen Bellen schien sie zu beschließen, dass Kim da drin doch machen sollte, was sie wollte. Kim hörte ihre Pfoten auf dem Flurteppich und dann das Geräusch der Krallen auf den Treppenstufen und wagte endlich aufzuatmen.

»Verdient hast du das nicht!«, meinte Oma Bine unten. »So was von Sturkopf aber auch! Komm, ich verpasse sonst noch meine Lieblingssendung!«

Gleich darauf schloss sich die Tür, und Kim machte erleichtert für einen Moment die Augen zu. Spätestens jetzt war sie zu hundert Prozent überzeugt, dass das Universum auf ihrer Seite war, und das gab ihr Zuversicht.

Als sie zum Abtrocknen vor den Spiegel trat, erschrak sie beinahe. Ihre Augen wirkten riesig in dem gleichmäßig grundierten Gesicht, ihre Augenbrauen waren auf einmal viel zu hell und passten nicht zu den dreimal getuschten Wimpern, und ihr Hals hatte nicht dieselbe Farbe wie ihr Gesicht. Kim warf einen Blick auf ihr Handy, um zu sehen, wie spät es war, und erschrak gleich noch einmal. Das heißt, es war weniger ein Erschrecken als eine massive Ohrfeige ihres Gewissens. Da waren sicher zehn Nachrichten von Lego. Sie klickte sie nicht an, denn jede Geschichte, die sie morgen auch erzählen würde, um sich zu entschuldigen, gewann an Glaubwürdigkeit, wenn sie keinen Zugriff auf ihr Handy gehabt hatte. Kim fluchte vor sich hin, während sie ihre Augenbrauen nachzog. Warum hatte sie ihm nicht gleich geschrieben? Sich nicht gleich was ausgedacht? Dann hätte er wenigstens nicht vergeblich auf sie gewartet. Womöglich hatte er ihretwegen sogar einen Teil des Spiels verpasst! Sie hatte es nicht getan, weil ihr Kopf gerade nichts anderes zugelassen hatte als Bilder davon, wie es heute Abend laufen würde, Ängste, ob sie das mit dem Make-up auch ohne Lolo hinkriegen konnte, ob sie an dem Türsteher vorbeikommen und ob Danny sie erkennen würde. Sie hatte Lego vorübergehend schlicht und einfach vergessen. Und jetzt war es zu spät, deswegen irgend etwas zu tun, also musste sie Lego ganz, ganz weit wegschieben. Heute ging es um Danny, ihren ersten Kuss, und vielleicht sogar um ihre gesamte Zukunft!

Kim ahmte die Pinselstriche der blonden Make-up-Youtuberin beim Auftragen des Blushers nach und suchte dann nach einem Konturenstift für die Lippen. Mann, war das schwierig, das gleichmäßig hinzukriegen! Lag es daran, dass ihre Lippen schief waren, oder daran, dass ihre Hände zitterten? Nachdem sie die roséfarbenen Striche mehrfach weggewischt und neu begonnen hatte, erinnerte Kim sich an etwas, das Lolo gesagt hatte: Man sollte niemals Lippen *und* Augen gleichzeitig stark betonen. Ihre Augen waren eindeutig stark betont, dachte Kim, und ihr Mund war klein und herzförmig, mit ziemlich voller Oberlippe. Gloss musste reichen!

Und tatsächlich, als sie nun einen Schritt zurück machte, um das Gesamtergebnis zu betrachten, war sie positiv überrascht. Das Mädchen im Spiegel ähnelte ihr zwar kaum mehr, war aber ein absoluter Hingucker. Jetzt musste sie nur noch ein Outfit finden, das zu ihrem Gesicht passte. In Katharinas Unterwäscheschublade fand sie den schwarzen Push-up-BH mit den Silikonpolstern darin, den ihre Mom nie getragen hatte, weil er ihren Busen aus dem Ausschnitt quellen ließ. Ihre Mutter hatte B-Cups, Kim war erst bei A und fand die Polster sehr hilfreich unter dem schwarzen Top mit den überkreuzten Rückenträgern, das ihre Mom netterweise hiergelassen hatte. Da quoll nichts raus, es war gerade genug Silikon, um eine zu ihrem um zehn Jahre gealterten Gesicht passende Oberweite zu simulieren. Perfekt!

Sie schlüpfte in ihre eigenen Destroyed-Jeans, aus denen jede Menge gebräunter Haut hervorlugte, steckte ihr Handy in die Gesäßtasche, hängte ihr Täschchen um und lief barfuß nach unten. Aus dem Schuhschrank schnappte sie sich die halbhohen Sandalen ihrer Mom mit den Fesselriemchen, schlüpfte hinein und lauschte ein paar Sekunden. Alles war ruhig. Kim öffnete die Tür einen Spaltbreit und lugte hinaus in den Hausflur. Aus Oma Bines Wohnung konnte sie den Fernseher hören. Selbst wenn Polly jetzt kläffte, würde ihre Großmutter nichts darauf geben. Aber Polly schwieg, und Kim war mit zwei Schritten an der Haustür. Noch einmal hielt sie einen Augenblick an, um zu überlegen, ob sie etwas vergessen hatte.

Dann ließ sie die Tür, so leise sie konnte, hinter sich ins Schloss fallen. Draußen atmete sie einmal tief durch. Sie hatte viel länger gebraucht als erwartet. Die erste Halbzeit des Spiels war beinahe vorbei – ein kurzer, bedauernder Gedanke an Lego –, aber sie würde morgen darüber nachdenken, wie sie das wiedergutmachen konnte, nicht heute.

Zu Dannys Party würde sie gerade recht kommen, nicht als Erste, nicht als Letzte, irgendwo mittendrin. Sie wollte schließlich niemandem besonders auffallen – außer Danny natürlich. Kim holte tief Luft und marschierte los, ihr fremdes Gesicht wie eine Maske vor sich hertragend. Zunächst war sie unsicher. Doch das erste Schaufenster, an dem sie vorüberkam, bestätigte, dass sie hervorragende Arbeit geleistet hatte. Sie sah gut aus, *richtig* gut. Und alt, *richtig* alt. Niemand auf der Party würde ahnen, dass sie erst dreizehn war. Niemand würde auf die Idee kommen, dass sie da nichts verloren hatte.

Kim richtete sich auf und rückte unauffällig die Silikonpolster ihres BHs zurecht. »Hey, Danny«, murmelte sie mit einem kleinen Lächeln. »Happy Birthday. Das Universum schickt mich.«

17. KayLee war hier

Es war ein sehr warmer, schwüler Sommerabend, und Kim bekam plötzlich Panik, es könnte ein Gewitter kommen und das wunderschöne Make-up-Gesicht, mit dem sie sich so viel Mühe gegeben hatte, zerstören. Dann erinnerte sie sich daran, dass das Universum derzeit auf ihrer Seite war, und tatsächlich, als sie in der Innenstadt aus der U-Bahn stieg, war es unverändert trocken.

Die Sandalen ihrer Mutter, hatten höchstens sechs Zentimeter Absatz, aber für jemanden, der selten etwas anderes als Sneakers trug, bedeutete das doch eine ziemliche Umstellung. Kim war jedenfalls froh über die Nachmittage, an denen Lolo sich Mühe gegeben hatte, ihrer Freundin das Gehen in hohen Schuhen beizubringen.

»Was soll das heißen, ich kann nicht gehen?«, hatte Kim aufbegehrt. »Ich kann das, seit ich zehn Monate alt war, wenn man meinen Eltern glauben darf.«

»Kimmo-Schatz«, hatte Lolo ernst geantwortet. »Glaub mir, die Ansprüche deiner Umwelt sind seither gestiegen.« Dann hatte sie ihr ein Paar schwarze Lackpumps ihrer Mom hingehalten, deren Absätze so hoch waren, dass Kim schon vom bloßen Hinsehen schwindlig wurde. Sie hatte nie Lolos Hüftschwung-Perfektion erreicht, aber sie zog mittlerweile auch nicht mehr auf die falsche Art alle Blicke auf sich.

Die Fußgängerzone war so was wie Kims Generalprobenbühne. Samstagabend im Hochsommer, das bedeutete, die Caféterrassen quollen über, die Mädels zeigten braune Haut, und die Jungs guckten. Kim spürte jeden einzelnen Blick, der sie streifte, als wäre sie plötzlich mit hypersensitiven Antennen ausgestattet. Einerseits war das Make-up zwar beinahe wie eine Maske, hinter der sie sich verstecken konnte, aber andererseits schrie das Gesamtprodukt ihrer Anstrengungen wesentlich mehr nach Aufmerksamkeit als Shorts, Converse und ein Top. So fühlten sich Stars wahrscheinlich auf dem roten Teppich vor der Oscarverleihung.

Kim nahm die Schultern zurück und schielte auf ihren Ausschnitt. Nur nicht zupfen, hatte Lolo immer wieder gesagt. Wer an seinen Kleidern herumzupfte, wirkte unsicher, nicht sexy. »Rock dein Outfit!«, war ihre Devise. Was sie auch tat und was Kims Mutter manchmal kaum merklich die Augenbrauen heben ließ, wenn Kims Freundin wieder mal in den Overknee-Stiefeln ihrer Mutter, hautengen Leggings und einem transparenten Shirt ankam, unter dem sie nur einen BH trug.

»War sie nicht eben noch mit dir im Kindergarten?«, hatte auch Kims Vater einmal irritiert gefragt.

Tatsächlich war Lolos Wandlung ebenso plötzlich gekommen wie ihr Busen. Gleichzeitig war sie aber immer noch die naive, etwas unsichere Lolo, die mit großen Augen an Kim hing und sich in allem an ihrer besten Freundin orientierte. Na ja, in *fast* allem. Und gerade heute hätte Kim das gebraucht, was Lolo ihr an Laufsteg-Know-how voraushatte. Kim hielt vor dem Schaufenster eines Schuhgeschäfts, und ihr Spiegelbild beruhigte sie auch jetzt wieder ausreichend. Sie sah toll aus. Sie sah aus wie Dannys nächste Freundin. Es war jetzt kurz vor acht, und die schwarzen Wolken, die sich am Himmel immer dichter zusammenschoben, sorgten dafür, dass die Stimmung abendlich anmutete, obwohl die Sonne erst kurz vor neun untergehen würde. Heute kommt garantiert noch ein Gewitter, dachte Kim und bog in die Seitengasse ein, in der sich das *Fizzers* befand.

»Oh, Entschuldigung!« Die dunkelhaarige Frau hatte Kim zu spät gesehen und sie mit dem Ellbogen angerempelt. Sie sah ihr aus nächster Nähe direkt in die Augen, als sie sich entschuldigte, und Kim blieb für eine Sekunde das Herz stehen. Die Agentin ihrer Eltern, die Kim schon oft bei sich zu Hause getroffen hatte!

»Nichts passiert«, murmelte Kim und ging hastig weiter. In dem Blick der Frau war kein Aufflackern gewesen, kein Hinweis, dass sie Kim erkannt hatte. Aber vielleicht stand sie jetzt wie angewurzelt da und starrte ihr nach? Vielleicht hatte sie schon ihr Telefon in der

Hand und rief Katharina an, um sie zu fragen, ob sie wusste, dass ihre Tochter in voller Kriegsbemalung allein in der Stadt unterwegs war? Kim ging noch zehn Schritte weiter, dann bückte sie sich, zupfte an den Riemchen ihrer Sandalen und wagte dabei einen unauffälligen Blick hinter sich. Die Frau war nicht zu sehen, sie war weitergegangen.

»Danke, Universum«, flüsterte Kim. Das eben war so ein Schock gewesen, dass sie sich jetzt, als der Adrenalinspiegel wieder sank, plötzlich viel ruhiger fühlte. Das neonfarbene Schild der Bar leuchtete ihr vom Ende der Gasse entgegen. Auf den letzten Metern atmete Kim ein paarmal tief durch, wie sie es auch vor wichtigen Spielen machte. Wenn nur niemand nach ihrem Ausweis fragte! Dann war sie am Eingang des *Fizzers*. Wieder fiel ein bisschen Anspannung von ihr ab: kein Türsteher zu sehen. Es war ein Kellerlokal, von der Straße ging es ein paar Stufen hinunter. Musik und Gelächter drangen zu ihr herauf, plötzlich war ein Pärchen direkt hinter ihr, das auch ins Lokal wollte, und Kims Beine bewegten sich ganz von selbst über die Stufen. Am Ende der Treppe stand dann doch ein großer junger Mann, der etwas einschüchternd aussah. Kims Herzfrequenz beschleunigte sich so sehr, dass sie Angst hatte, die pulsierenden Adern an ihren Schläfen würden sie verraten. Cool bleiben. *Rock dein Outfit.* Lächeln. »Zu Danny?«, fragte der Typ und zeigte mit dem Daumen hinter sich. Das Pärchen drängte an Kim vorbei, und sie blieb an den beiden dran, die sich offensichtlich hier auskannten. Das Lokal war riesig und zweigeteilt. Danny schien für seine Fete einen der Räume mit Bar und Tanzfläche für sich zu haben. Die Wände entlang gab es gemauerte Bänke mit bunten Kissen, davor standen kleine Tischchen mit Chips und Erdnüssen. Kims Magen gurgelte und erinnerte sie daran, dass sie verdammt hungrig war. Aber heute war der Abend aller Abende, heute würde sie von Danny geküsst werden, wollte sie da wirklich Erdnussmatsch zwischen den Zähnen haben? Eher nicht. Sie widerstand der Versuchung und griff sich stattdessen eines der Gläser mit Fruchtpunsch, die als Begrüßungsdrink auf einem Tablett an der Bar standen. Außerdem gab ihr das Getränk eine Beschäftigung. Sie holte mit dem kleinen Löffel die Pfirsichstückchen eines nach dem anderen heraus, futterte sie in sich hinein und sah sich unauffällig um. Es waren schon jede Menge Leute hier, manche kannte sie von der Schule her, aber sie machte sich keine Sorgen, dass jemand sie erkennen könnte. Nach »unten« guckte keiner. Die Mädchen ihres Jahrgangs waren für die älteren Schüler nichts als Statisten, umgekehrt sah die Sache natürlich anders aus. Kim erstarrte. Da drüben stand Vero, in einem kurzen weißen Kleid mit Fransen, und sah absolut umwerfend aus. Die beiden hatten sich doch getrennt? Doch da kam ein großer, schlanker, blonder Junge mit zwei Gläsern und reichte ihr eines davon. Er sah nett aus, aber dem Vergleich mit Danny konnte er nicht standhalten. Vero tippte mit ihrem Glas an seines und warf ihm einen verliebten Blick zu. Der Junge beugte sich über sie und küsste sie. Dann noch mal. Und noch mal. Und dann ging das Ganze in eine etwas intensivere Knutscherei über, und Kim zwang sich, den Blick abzuwenden. Ihr konnte das nur recht sein. Jedenfalls bedeutete es wohl, dass Danny und Vero sich im Guten getrennt hatten, sonst wäre sie bestimmt nicht mit ihrer neuen Flamme hier. Wo war Danny überhaupt? Er würde doch nicht zu seiner eigenen Party zu spät kommen?

Und dann sah sie ihn. Er lehnte an der Bar und plauderte mit Emil, einem Kumpel aus dem Schwimmteam, der einer seiner besten Freunde zu sein schien. Emil war blond, blauäugig und natürlich auch athletisch. In Kims Augen sah er nicht halb so gut aus wie Danny, aber Lolo fand ihn supersüß. Und seine Mutter kam aus Finnland, das fand Lolo exotisch. Er stand auf ihrer »Liste« möglicher Kuss-kandidaten für den nächsten Schulball, falls es bis dahin immer noch nicht passiert war.

Dannys Haare sahen aus, als sei er eben aus dem Pool aufgetaucht und wäre mit den Fingern nur einmal durchgefahren. Er trug ausge-bleichte Jeans und ein schneeweißes eng anliegendes T-Shirt, das seine Sommerbräune noch mehr betonte. Kim verschluckte sich fast an einem Stück Pfirsich. Danny hatte noch nie so gut ausgesehen. Er konnte es mit jedem Schauspieler, jedem männlichen Model aufneh-men, nein, er stellte sie alle in den Schatten. Jetzt ließ Danny seinen Blick durch den Raum gleiten, offenbar checkte er ab, wer schon alles da war. Ihre Augen trafen sich für eine Millisekunde – oder hatte sie sich das nur eingebildet? Dann antwortete er auf etwas, das Emil ge-sagt hatte, und im nächsten Moment drängte eine ganze Traube von Gästen herein, die sich offenbar schon woanders »aufgewärmt« hat-ten. Sie johlten und pfiffen, als sie Danny entdeckten, stürmten auf ihn zu und umringten ihn. Jemand brachte eine Geburtstagstorte auf einem silbernen Tablett. Der Barmann, offenbar auch ein Freund von Danny, ließ den Korken einer Sektflasche knallen, gleichzeitig wurde die Musik lauter gedreht, und alle, die bisher an den Tischchen gesch-sen oder in Grüppchen plaudernd herumgestanden hatten, drängten in Richtung des Gastgebers. Die Atmosphäre hatte sich innerhalb ei-ner halben Minute komplett verändert, nun herrschte echte Party-stimmung, Gläser klirrten, dem Kuchen wurde in Ermangelung von Gabeln mit Cocktaillöffeln zu Leibe gerückt, und schon knallte der nächste Korken. Kim nutzte die Gelegenheit, schnell ein Selfie mit Party im Hintergrund zu schießen. Lolo würde vielleicht Augen ma-chen, wenn sie es auf Facebook sah! Verdammt, kein Internet! Muss-te daran liegen, dass das hier ein Keller war und die Wände so dick.

Es gab WLAN, aber das brauchte ein Kennwort.

»Fizzers007«, sagte eine Stimme hinter hier. Sie fuhr herum. Emil!

»Dass ihr Mädels aber auch ständig am Handy sein müsst!« Er lachte, und Kim war so perplex, dass sie erst mal gar nichts sagte.

»Sorry, ich wollte dich nicht erschrecken!«

»Kein Problem«, krächzte Kim mit Mühe, als sie ihre Stimme wiederfand. Emil musterte sie eindringlich. »Kennen wir uns?«, fragte er dann. »Du kommst mir irgendwie bekannt vor.«

Kim spürte, wie ihr die Hitze in den Kopf stieg, gleichzeitig hatte sie das unwiderstehliche Bedürfnis zu kichern. Sie räusperte sich. »Ich glaube nicht«, sagte sie und griff sich ein frisches Glas Bowle von dem Tablett. Sie fühlte sich auf einmal gar nicht mehr nervös. »Aber ich glaube, das ist der älteste Anmachspruch der Welt.«

Emil lachte. »Da hast du recht. Aber es war nicht so gemeint.«

»Sehr schmeichelhaft«, meinte Kim und bedauerte, dass ihre Mom keine falschen Wimpern zu Hause gehabt hatte. Dann wäre der Augenaufschlag, den sie jetzt ausprobierte, sicher besser rübergekommen.

Emil war eben dabei gewesen, einen Schluck aus seinem Sektglas zu nehmen, und prustete hinein, als er erneut lachen musste.

»Wir haben uns wirklich noch nie getroffen«, erklärte er dann. »Sonst hätte ich mir garantiert deinen Namen gemerkt.«

Kim genoss das schwebende Gefühl in ihrem Magen.

»Ich habe mich vorhin geirrt«, erklärte sie. »*Das* eben war der älteste Anmachspruch der Welt.«

Nun lachten sie beide, und Kim wurden zwei Dinge gleichzeitig klar: Erstens: Sie flirtete zum ersten Mal in ihrem Leben (und zwar mit dem Falschen). Zweitens: Emil hatte sie eben gefragt, wie sie hieß. Während sie fieberhaft überlegte, welchen Namen sie ihm sagen sollte, trat er einen Schritt zurück, machte eine ironische kleine Verbeugung und streckte ihr dann die Hand hin.

»Ich bin Emil«, sagte er. »Freut mich sehr, dich kennenzulernen.«

»KayCee«, antwortete Kim, den ersten Namen sagend, der ihr einfiel, wohl weil sie eben daran gedacht hatte, auf ihrem geheimen Profil zu posten. »Freut mich auch.«

»KayCee«, wiederholte Emil. »Das ist ja mal was anderes. Woher kennst du Danny?«

»Aus der ...« *Schule* hätte Kim beinahe gesagt, ohne nachzudenken. Die Bowle machte zwar mutig, aber sie löste die Zunge auch ein bisschen zu sehr. Sie räusperte sich und hüstelte, als hätte sie ein Stück Pfirsich in die falsche Kehle bekommen.

»Aus dem Freibad«, erklärte sie dann.

»Na, dann freut er sich bestimmt, dich zu sehen«, erklärte Emil und nahm sie am Arm. »Du hast ihm noch gar nicht gratuliert, oder?«

»Emil?«, brüllte es in dieser Sekunde von der gegenüberliegenden Seite des Raums. »Wo steckst du? Bier-Pong!«

Emil ließ Kims Arm los und hob beide Hände in einer Geste der Hilflosigkeit.

»Wir sehen uns später?«, fragte er dann. »KayCee aus dem Freibad?«

»Sicher.« Kim nickte und schnaufte erleichtert eine Lunge voll Luft aus, als Emil endlich in der Menge verschwand. Ihr zweites Glas Punsch war fast leer, und sie fühlte sich großartig, beinahe, als würde sie schweben.

Sie wusste, dass Bier-Pong ein Trinkspiel war, aber nicht, wie es genau funktionierte. Sie war ziemlich sicher, dass alle, die zwei, drei Jahre älter waren, die Regeln ganz genau kannten. Außerdem mochte sie kein Bier. Oma Bine trank manchmal abends ein kleines Bier zum Essen, und Kim hatte einmal den Schaum probiert, ekelhaft.

Aber die Bowle war echt lecker. Die schmeckte mehr wie Obstsalat. Also, Pfirsichsalat. Mit etwas Blubber. In Kim blubberte es auch. Sie kicherte und schoss noch ein Bild von sich selbst mit dem Bowleglas in der Hand und dem neonrosa und neonblau blinkenden *Fizzers*-Schriftzug auf der nackten Ziegelmauer im Hintergrund. Das Foto gefiel ihr noch besser als das erste. Sie sah aus wie ein Filmstar, fand sie selbst. So coooool, dieses Lokal. Kim nahm erneut ihr Handy heraus. Nachrichten von Lego. Oh Mann. Dafür war jetzt echt keine Zeit. Sie war mitten in ihrem persönlichen Schicksals-Movie!

Facebook will wissen, wo ich bin? Bitte schön, Facebook, KayCee ist im *Fizzers* und schweeeeebt.

Heyooo! Kim hatte sich eine Haarsträhne aus dem Gesicht gestrichen und dabei ein wenig das Gleichgewicht verloren. Ein bisschen von dem leckeren Zeug war auf ihr Kleid gekleckert. Sie musste wieder kichern. Kleid kleckern, Kleid kleckern. Ob das irgendjemand ganz schnell zehnmal hintereinander sagen konnte? Plötzlich fiel ihr ein, dass sie ja gar kein Kleid trug. Jeans und ein Top. Und sie hatte auf ihr Top gekleckert. Top gekleckert, Top gekleckert. Sie kicherte weiter in sich hinein. Das Top gehörte Katharina. Es war schwarz, also konnte man den Fleck nicht sehen. Aber es würde klebrig werden, wenn es trocknete, von dem vielen Zucker in den Pfirsichen. »Pfirsichen« war ein komisches Wort. »Fiiiieersichen«, flüsterte Kim vor sich hin. »Kleid kleckern, Top gekleckert, Fiiiieersichen.« Aus dem Kichern wurde ein Prusten. Kim war ziemlich sicher, dass sie eben dabei war, eine neue Sprache zu erfinden. Auswaschen. Man musste den Fleck auswaschen. Ein bisschen unsicheren Schrittes machte sie sich auf die Suche nach der Toilette. »Fiiiieeersichen«, murmelte sie. Auf der Tür zur Damentoilette prangte ein rosa Neon-Symbol, auf der zur Herrentoilette ein hellblaues.

»Rosa!«, erklärte Kim. »Eindeutig Rosa!« Sie musste lauter gesprochen haben als beabsichtigt, denn das Mädchen, das eben aus der Toilette kam, sah sie ein wenig eigenartig an.

Es gab zwei Kabinen und einen ziemlich großen Waschraum.

Ich muss doch gar nicht, dachte Kim und kicherte wieder. Ich bin auf der Toilette, aber ich muss gar nicht. Da stand ein Sessel, so ein gepolsterter, vom Trödler, mit rosa Samt. Sah sehr gemütlich aus. Kim setzte sich in den Sessel. Sie rollte sich darin zusammen wie eine Katze. Sie erinnerte sich daran, wie sie mit ihren Eltern zu Ikea gefahren war, vor vielen, vielen Jahren, und alle Möbel ausprobieren durfte. Doppelbetten und Sofas und Sessel und Teppiche und Hocker und Hochbetten. Irgendwie machte der Gedanke sie traurig, und auf einmal lief ihr eine Träne übers Gesicht. Sie wischte sich über die Augen. Auf ihrer Hand war ein dunkler Strich, und ihr fiel ein, dass sie Make-up im Gesicht hatte. Jede Menge. Sie wollte Danny gefallen, und sie wollte, dass er sie nicht erkannte. Ich bin die schöne Unbekannte, dachte sie. Ich bin Cinderella auf dem Ball. Sie kicherte erneut und kuschelte sich in den Samtsessel. Da war auch ein kleines Kissen. Sie würde ihr Make-up auffrischen, und dann würde sie mit dem Prinzen tanzen. Nur erst ein bisschen ausruhen.

 ## 18. Cinderella

Lachen, Stimmengewirr. Kim schreckte hoch. Es dauerte ein paar Sekunden, bis sie wusste, wo sie war. Am Waschtisch standen drei Mädels, offenbar Freundinnen, die ihren Lippenstift nachzogen und Wimpern tuschten. Eine bleckte vor dem Spiegel ihre Zähne, offenbar um festzustellen, ob sie irgendwas dazwischen stecken hatte.

Kims Augen und die des Mädchens mit dem Lippenstift in der Hand trafen sich im Spiegel. »Na, Dornröschen?«, sagte sie, ohne sich zu Kim umzudrehen. »Alles gut bei dir?«

Nicht Dornröschen, dachte Kim. Cinderella.

Die anderen beiden waren jetzt auch auf sie aufmerksam geworden und tauschten wissende Blicke aus. Vermutlich war es nicht das erste Mal, dass jemand in dem Sessel ein Schläfchen hielt. Kim war nicht sicher, ob die Freundinnen Gäste auf Dannys Party waren oder einfach nur so das *Fizzers* besuchten.

»Alles bestens!«, sagte sie jedenfalls fröhlich und richtete sich auf, ihre Beine über den Rand des Sessels schwingend. Keine gute Idee, diese ruckartige Bewegung, denn plötzlich klopfte es in ihren Schläfen, als würde von innen jemand mit einem großen Hammer dagegenschlagen. Unwillkürlich verzog sie das Gesicht.

»Bestens sieht aber anders aus«, meinte das Mädchen. »Trink ein bisschen Wasser. Das verdünnt den Alkohol.«

»Mir geht's gut«, sagte Kim beinahe trotzig und fügte dann hastig hinzu: »Aber danke.« Ohne es zu merken, hatte sie ihre Sandalen abgestreift, sie fand sie unter dem Sessel und beugte sich vor, um wieder hineinzuschlüpfen. Diesmal behielt sie trotz des großen Hammers ihre Gesichtszüge unter Kontrolle. »Ich hatte bloß gestern auch schon eine lange Nacht«, erklärte sie strahlend, als sie den Kopf wieder hob. »Das Wochenende ist einfach zu kurz.«

»Wir kennen das«, meinte eines der beiden anderen Mädchen und steckte seine Wimperntusche in ein kleines Täschchen. Sie riss die Augen weit auf und klappte dann ein paarmal die Lider auf und zu, offenbar um sicherzugehen, dass die Wimpern nicht aneinanderklebten. »Wir brauchen alle einen Tag zwischen Samstag und Sonntag, stimmt's?«, fügte sie mit einem Seitenblick zu ihren Freundinnen hinzu. Die lachten und nickten. Das Grüppchen wandte sich zum Gehen.

»Am besten, du trinkst noch was«, sagte die eine, die bisher noch gar nichts gesagt hatte. »Dann sinkt der Alkohol-Spiegel nicht so schnell. Wegen der Kopfschmerzen.« Sie zwinkerte Kim zu, dann waren die drei verschwunden. Kim stand vorsichtig auf und ging ans Waschbecken, ein bisschen auf den ungewohnten Absätzen schwankend.

Ihr Make-up sah immer noch erstaunlich gut aus. Sie machte ein Papiertuch nass und holte alles Schwarz, das da nicht hingehörte, aus den Augenwinkeln und den kleinen Falten unter den Augen. Der komische Geschmack in ihrem Mund war das größte Übel. Zum Glück trug sie keinen Lippenstift. Sie beugte sich über den Wasserhahn, das Pochen in ihrem Kopf ignorierend, spülte ihren Mund gründlich aus und trank etwa einen halben Liter Wasser aus dem Hahn. Dann befeuchtete sie noch ein Papierhandtuch und tupfte damit ihr ganzes Gesicht ab. Kaugummi hatte sie zum Glück immer dabei. Sie nahm einen Streifen in den Mund und begann, fest darauf herumzukauen. Viel besser.

Einmal vornüberbeugen, dann die Haare zurückwerfen. Autsch, verdammt, der Kopf! Aber ihre Frisur sah jetzt wieder top aus.

Ihr Bauch gurgelte, sie hatte mittlerweile einen schrecklichen Hunger, aber das war eben Pech. Ein paar Pfirsiche könnten helfen. Das Mädchen hatte doch gesagt, ein bisschen Alkohol wäre gut für den Kopf. Sie machte den Eindruck, als würde sie sich mit so was auskennen. Und auch wenn man ihn nicht rausschmeckte, etwas Alkohol war wohl drin, in dem Fruchtpunsch. Aber so viel, dass sie davon Kopfweh bekam? Konnte doch nicht sein. Manchmal bekam sie auch Kopfweh, wenn sie nicht genug gegessen hatte und unterzuckert war. In Pfirsichen war jede Menge Zucker, also sprach auch das für noch etwas Bowle – und die Tatsache, dass sie sich vorhin großartig gefühlt hatte, nach zwei Gläsern. Oder waren es mehr gewesen?

Na, egal. Ein Blick auf ihr Handy zeigte, dass es fast zehn war, sie hatte über eine Stunde geschlafen.

Kim richtete sich auf, trug frisches Lipgloss auf, fuhr sich noch einmal durch die Haare und warf sich selbst im Spiegel eine Kusshand zu, zur Ermutigung.

Du siehst toll aus, erklärte sie ihrem Spiegel-Ich und versuchte, eine Schlaffalte auf ihrer rechten Wange wegzurubbeln, die sie eben entdeckt hatte. Nun war die Falte zwar weg, aber die eine Wange viel röter als die andere. Sie rubbelte auch die andere. Die Kopfschmerzen waren schwächer geworden, wahrscheinlich durch das Wasser. Die Mädels kannten sich offensichtlich wirklich aus, dann war der Tipp mit dem Alkohol sicherlich auch gut. Sie beneidete die drei. Einen solchen Abend ganz allein durchzustehen, ohne die Unterstützung einer besten Freundin, war ganz schön hart. Kim seufzte sehnsüchtig. *Aber wenn Lolo wiederkommt, werde ich ihr einiges voraushaben*, dachte sie dann mit einem Anflug von Stolz.

Sie dachte zum Glück auch noch daran, den Kaugummi auszuspucken, holte tief Luft, warf einen letzten aufmunternden Blick in den Spiegel und verließ die Toilette.

Zurück im Partyraum, war klar, dass hier einiges los gewesen sein musste, seit Kim ihr kleines Time-out genommen hatte.

Die Tanzfläche quoll über, auf dem Teller mit dem Geburtstagskuchen war nur noch ein wenig ansehnlicher Rest Schokoladencreme zu sehen, überall standen leere Bierflaschen und Sektgläser. Es war heiß hier drinnen, einige der Jungs tanzten mit nacktem Oberkörper, und eines der Mädchen hatte obenrum nur noch einen roten BH an und tanzte, sichtlich betrunken, auf einem Tischchen.

Das Tablett mit den Fruchtpunschgläsern war leer, aber Kim entdeckte eine riesige Glasschüssel, sozusagen das Mutterschiff der kleinen Gläser, und die war noch zu einem Viertel voll.

Essen und Trinken in einem, dachte Kim, nahm den großen Schöpflöffel und füllte eines der sauberen Gläser, die neben der Schüssel standen. *Und* Kopfwehmedizin. Tolles Getränk. Sie begann wieder, die Pfirsichstückchen herauszufischen – die waren *so* lecker. Und sie hatte solchen Hunger! Ein zweiter Schöpflöffel voller Obst fand den Weg in ihr Glas, und sie begann tatsächlich, sich wieder besser zu fühlen. Mit dem Glas in der Hand begann Kim, sich durch den Raum auf die Tanzfläche zuzubewegen. In jeder Ecke lehnte oder saß ein schmusendes Pärchen. Kim identifizierte Vero und bekam ganz kurz einen Schreck, als sie feststellte, dass die nicht mit ihrem blonden Freund von vorhin rummachte, sondern mit einem dunkelhaarigen Typen in Weiß. Gleich darauf atmete sie auf. Der Typ trug ein Hemd, kein T-Shirt. Und seine Haare waren kürzer als Dannys. Mit ziemlicher Sicherheit sah er auch nicht halb so gut aus, aber das ließ sich schwer überprüfen, bei jemandem, der an den Lippen mit einer anderen Person zusammengewachsen war. Das Blubbergefühl von vorhin stellte sich wieder ein, und Kim begann, vor sich hin zu grinsen.

Okay, Vero schmuste also nicht mit Danny, das waren schon mal gute Nachrichten. Aber *wo war* Danny? Kim war an der Tanzfläche angelangt. Eben hatte der DJ einen Oldie aufgelegt, den Kim aus einer Playlist ihres Vaters kannte. »I feel the earth move under my feet ... I feel the sky tumblin' down ...«

Die meisten tanzten allein, nur zwei Paare waren zu sehen, die aber beide völlig unbeeindruckt vom Rhythmus des Liedes aneinanderhingen wie Ertrinkende und auf der Stelle traten. Danny war keiner der Ertrinkenden, stellte Kim erleichtert fest.

»KayCee aus dem Freibad!«, rief eine Stimme. Kim fuhr herum und sah direkt in Dannys Augen. Er hatte seinen Arm um Emils Schultern gelegt, und die beiden tanzten etwas, das Kim an die Sirtaki-Vorführung im letzten Griechenlandurlaub erinnerte, am Folkloreabend des Hotels. »Ich habe mich schon gefragt, wo du bleibst!«, rief Emil. »Hatte schon Angst, einer von diesen Pennern hier hat dich geklaut.«

Emil griff nach ihrer Hand, aber Kim machte einen raschen Schritt zurück und hielt ihr Punschglas wie zur Abwehr vor ihre Brust.

Der blonde Junge lachte, schubste dann Danny. »Sie ist nur deinetwegen hier, du Glückspilz«, sagte er. Dannys Augen waren unwiderstehlich wie immer, aber sie hatten ihren Fokus ein wenig verloren. Emils Ellbogen schien ihn aus einer Art Trance zu wecken, und im nächsten Moment stellte er auf Kim scharf. Noch einen Moment später ließ er Emil los und hörte auf zu tanzen. Er stand nur da und sah Kim an, die mit großen Augen zurückstarrte. Das war er, der Moment, von dem sie so lange geträumt hatte.

»KayCee aus dem Freibad«, wiederholte Danny, als wären Emils Worte eben erst zu ihm durchgedrungen. »An dich würde ich mich bestimmt erinnern.«

Kim sah einfach nur in diese grünen Augen und fühlte sich eigenartig. Etwas ganz Ähnliches hatte Danny in einem ihrer zahllosen Tagträume schon zu ihr gesagt. Da war so ein Gefühl in ihrem Bauch, wie sie es manchmal in einem Aufzug bekam, oder im Flugzeug, als würde der Magen wegfliegen wollen. Was eben ablief, war wie eine Szene aus einem Film, aber gleichzeitig war ihr völlig klar, dass es wirklich passierte. Danny kam einen Schritt auf sie zu. »Du bist sicher auch in einem Bikini unvergesslich. Was rede ich, *besonders* in einem Bikini.«

Dieser Text war noch in keinem Tagtraum vorgekommen, aber das irritierte Kim in diesem Moment nicht besonders. Was sie sehr wohl irritierte, war die Tatsache, dass sie ausgerechnet jetzt Schluckauf bekam. Das erste »Hick« konnte sie zum Glück so halbwegs unterdrücken.

»KayCee aus dem Freibad«, wiederholte Danny noch einmal. Er war jetzt nahe genug, um nach ihrer Hand zu greifen. Ganz sanft nahm er ihr das Glas, das sie immer noch umklammert hielt, aus den Fingern und hielt es, ohne den Blickkontakt zu Kim abreißen zu lassen, hinter sich, in Emils ungefähre Richtung. Der nahm es ihm mit einem kleinen Lächeln ab. Als wäre das Universum auch für die Playlist des Abends verantwortlich, legte der DJ genau in diesem Moment eine langsame Nummer auf. Kim versuchte, tief durchzuatmen, aber ihr Magen fühlte sich seltsam an, wenn Luft in den Bauch kam, also atmete sie lieber ganz flach.

»Es könnte gut sein, dass du mein spezielles Geburtstagsgeschenk bist, Süße«, fuhr Danny fort und zog Kim ganz nahe an sich heran, gerade in dem Augenblick, als der Schluckauf sich wieder bemerkbar machte. Zum Glück lag Kims Kopf schon an Dannys Brust, als das »Hick« sich seinen Weg nach oben bahnte. In den halbhohen Sandalen hatte Kim die perfekte Größe, um mit Danny zu tanzen. Aber dennoch fühlte sich die ganze Sache alles andere als perfekt an. Kim atmete nun nicht einmal mehr flach, sie hatte so gut wie aufgehört zu atmen – aus dem einfachen Grund, dass ihr Magen bei jedem Atemzug ein bisschen höher zu wandern schien. Um die Aufwärtstendenz zu stoppen, spannte sie alle Bauchmuskeln an.

»Entspann dich, Süße«, sagte Danny eben und ließ seine Hand über Kims Rücken wandern. »Es gibt nur uns beide hier. Ich hab den ganzen Abend auf dich gewartet.«

Danny presste Kim an sich, und da waren so viele Gedankensplitter gleichzeitig in ihrem Kopf, dass sie keine Ahnung mehr hatte, was sie fühlte. Es war genau das, was sie sich gewünscht hatte! Oder? Was Danny eben gesagt hatte, war doch voll romantisch! Gut, in ihrer Fantasie war das alles irgendwie langsamer gegangen. Irgendwann hätten sie auch eng umschlungen getanzt. Aber sollten sie nicht erst miteinander Spaß haben, sich besser kennenlernen, ein bisschen flirten und sich dann in einer superromantischen Situation – zum Beispiel, wenn er sie auf seinem Motorrad nach Hause gebracht hatte, nach einem wunderschönen gemeinsam verbrachten Tag in der Natur, und er seinen Helm abnahm und sie ihren Helm abnahm und ihr Haar ausschüttelte und ihn anlachte und er sie anlachte und dann langsam, ganz langsam ...

Hick! Der Schluckauf wollte nicht verschwinden, obwohl sie seit einer Minute fast ununterbrochen die Luft anhielt. Und diesmal war es nicht nur »Hick«. Diesmal war etwas Saures, Ätzendes aus ihrem flauen Magen mit hochgestiegen, und plötzlich war ihr übel, so elendiglich übel. Merkte Danny denn nicht, wie verkrampft sie war? Dass irgendetwas nicht stimmte? *Nein, nein, er soll es ja nicht merken,* dachte Kim verzweifelt. Und dann geschah das, wovon sie so oft fantasiert hatte. Danny löste sich ganz leicht von ihr, aber nur, um mit einer Hand ihr Kinn zu heben. *Jetzt kommt es,* dachte Kim. *Das ist es. Das ist der Moment. Das ist der Kuss. Danny wird mich gleich küssen. Das ist mein erster Kuss. Mir ist so schlecht. Oh Mann, ist mir schlecht. Ich kann jetzt niemanden küssen. Nicht, Danny!*

Seine grünen Augen versanken in ihren und schlossen sich erst knapp, bevor seine Lippen auf Kims Lippen trafen. Kims Magen zitterte als wollte er die berühmten Schmetterlinge im Bauch hämisch nachäffen, und dann rollte eine Welle der Übelkeit von ihrem Solarplexus nach oben los. Sie spürte Dannys Zunge an ihren Lippen und wusste in diesem Moment mit absoluter Klarheit, dass das das genaue Gegenteil von dem war, was sie wollte. Sie wollte *nicht* von einem Jungen, der sie nicht kannte und der keine Ahnung hatte, wer sie war, geküsst werden, einfach nur, weil sie das »Geburtstagsgeschenk« und im richtigen Moment zur Stelle war. Sie wollte einen ersten Kuss mit jemandem, der sie richtig gernhatte, mit dem sie lachen konnte und Dinge gemeinsam hatte. Die Gedanken kamen zu schnell, und sie kamen alle auf einmal, aber die absolute Gewissheit, dass es das hier *nicht* war, war stärker als ihre Übelkeit.

Sie drückte sich von Danny weg und keuchte atemlos: »Nein. Warte.«

Erst als er sie jetzt ansah, mit diesen wunderschönen grünen Augen, die jeglichen Fokus verloren hatten, war Kim klar, *wie* betrunken er sein musste. Und mit einem Schlag war sie selbst nüchtern. Doch Danny hatte nicht vor, sein Geburtstagsgeschenk einfach wieder herzugeben. »KayCee«, murmelte er und zog sie wieder an sich, mit seinen Lippen, diesen Lippen, von denen sie so oft geträumt hatte, auf ihren Mund zielend. »Du bist wunderschön«, kam es undeutlich über diese Lippen, die jetzt erneut weich und halb geöffnet auf ihren landeten – aber nur für den Bruchteil einer Sekunde. Dann schien Danny plötzlich von einer unsichtbaren Macht nach hinten gezerrt zu werden, von Kim weg.

»Sie ist dreizehn, du Idiot!«, hörte Kim eine vertraute Stimme, und im nächsten Moment packte sie jemand am Arm und zerrte sie durch die Tanzenden in Richtung Bar und dann weiter auf den Ausgang zu.

»Es schüttet«, sagte Mila. »Komm, lauf.«

»Ist das dein Auto?«

Es ergab überhaupt keinen Sinn, diese Frage zu stellen, wo doch so viele andere Fragen eigentlich Vorrang gehabt hätten. *Wieso warst du im Fizzers? Wirst du es Toby und meinen Eltern erzählen? Weshalb machst du dir die Mühe, mir zu helfen?*

Aber »Ist das dein Auto?« war das Erste, was nach dem Laufen durch den strömenden Regen bis zu Milas Parkplatz, dem hastigen Einsteigen, dem Anlegen des Sicherheitsgurts und den ersten schweigenden Minuten zu zweit, während derer Mila sich ihren Weg aus der Innenstadt suchte, über Kims Lippen kam.

»Gehört meiner Mutter«, antwortete Mila, ohne den Blick von der Straße zu nehmen.

Lange konnte sie den Führerschein noch nicht haben, aber sie fuhr total entspannt und schien genau zu wissen, wo sie hinmusste.

»Wo fahren wir hin?«

»Zur Anhörung beim Jugendgericht.«

Was?

Nun warf Mila ihr doch einen Seitenblick zu und lachte dann laut heraus. »Was denkst du, wo wir hinfahren? Ich bring dich nach Hause. Oder wolltest du noch irgendwo ein bisschen abtanzen?«

Kim schüttelte den Kopf, und dann dämmerte ihr, dass das wahrscheinlich ironisch gemeint gewesen war.

»Ich war ziemlich spät noch bei dir zu Hause, weil ich meinen Kalender nicht finden konnte und dachte, ich hätte ihn vielleicht bei euch liegen gelassen. Deine Oma war zum Glück noch auf und hat mir suchen geholfen. Sie hat mir erzählt, dass du aufs Ländermatch gehen wolltest mit einem Jungen aus deinem Camp?«

»Ja, das wollte ich eigentlich«, murmelte Kim. »Mit Lego.«

Einen Augenblick wirkte Mila verwirrt, dann hatte sie zwei und zwei zusammengezählt und nickte. »Der dir die niedlichen Figuren geschenkt hat? Das wäre die weitaus bessere Idee gewesen.«

Kim gab ein Geräusch von sich, das irgendwo zwischen einem Stöhnen und einem Seufzen lag, was Mila zu einem neuerlichen, besorgten Seitenblick motivierte.

»Du kotzt mir jetzt aber nicht in Moms Wagen, oder?«

Kim schüttelte den Kopf, und realisierend, dass Mila schon wieder nach vorn auf die Straße sah, räusperte sie sich und sagte dann, mit immer noch sehr kratziger Stimme. »Nein. Mach ich nicht.«

Aus irgendeinem Grund war ihre Übelkeit wie weggeblasen, seit Mila sie aus dem *Fizzers* rausgeholt hatte. Vielleicht die frische Luft. Vielleicht der strömende Regen. Vielleicht der Schock, als sie begriffen hatte, dass sie gar nicht wollte, worauf sie so unbeirrbar hingearbeitet hatte. Danny war im Begriff gewesen, sie zu küssen, und *sie hatte es nicht gewollt*. Kein bisschen. Kim hoffte, dass Lolo mit ihrem ersten Kuss mehr Glück hatte, sie hoffte es von ganzem Herzen.

»Ach, du Schande.« Eben schien dem älteren Mädchen etwas eingefallen zu sein. »Kim, wo ist dein Handy?«

Erschrocken wegen der Dringlichkeit in Milas Stimme tastete Kim nach ihrem Telefon und holte es gleich darauf mit einem Seufzer der Erleichterung aus ihrer Gesäßtasche.

»Hier ist es. Alles gut.«

»Nicht ganz«, gab Mila zurück. »Hast du dich noch nicht gefragt, wie ich draufgekommen bin, dass du im *Fizzers* bist?« Sie wartete Kims Antwort nicht ab, sondern fuhr gleich fort: »Du hast dein Selfie auf deinem normalen Account gepostet. Nicht auf dem KayCee-Account.«

Kim war ziemlich sicher, dass ihr Herz ein paar Takte aussetzte.

»Oh Gott, nein.« Fieberhaft begann Kim zu tippen. Ihr Schock vertiefte sich, als sie feststellte, dass Mila recht hatte.

»Ich fürchte doch.« Milas Stimme klang nach grimmigem Mitgefühl, falls es so was gab. »Alkohol und Social Media waren noch nie eine gute Kombi. Da könnte ich dir eine Menge Geschichten erzählen.«

Ein paar ihrer Freunde hatten das Foto kommentiert (»Das bist DU?«, »HotHotHot!«, »Wenn Kimmo nicht fußballert, ts, ts, ts«), es gab »Likes« und »Wows« und Herzchen, aber alles bezog sich wohl eher auf ihr Aussehen als auf die Location. Kein Wunder, dachte Kim, während sie den Post hastig löschte. Sie hatte ja selbst kaum glauben können, wie verändert sie mit voller Kriegsbemalung aussah.

»Ich hab's zufällig gesehen, als ich gerade bei euch zu Hause war«, erzählte Mila. »Deine Oma schien es noch nicht mitbekommen zu haben. Ihr Handy lag auf dem Sofa, ich hab unauffällig ein Kissen draufgeworfen bei der Suche nach meinem Kalender.«

»Das hast du?«

»Yep.«

Kim hatte den Beitrag gelöscht, noch bevor sie alle Kommentare genau gelesen hatte. Vonseiten ihrer Freunde würde bestimmt nichts zu ihren Eltern durchdringen.

Es war noch vor Mitternacht, früher, als Kim gedacht hatte, und sie wusste, dass Katharina und Felix am Freitag- und Samstagabend Live-Coaching-Events auf dem Schiff hosteten, die sich meist bis zum späten Abend hinzogen, weil die Anmeldelisten so lang waren. Vielleicht, nur vielleicht hatte sie erneut Glück gehabt.

Lego, fiel es ihr plötzlich siedend heiß ein. Was, wenn Lego es gesehen hatte? Doch dann erinnerte sie sich, dass Lego ihre Freundschaftsanfrage noch gar nicht beantwortet und ihr erklärt hatte, dass er kaum Zeit auf Facebook verbrachte.

»Ich gebe zu, die Versuchung ist übermächtig, ein Foto von mir beim Nasebohren zu posten und dann alle vier Sekunden die Likes zu zählen.« Kim hatte laut herausgelacht, während er todernst hinzugefügt hatte: »Aber noch schaffe ich es, dagegen anzukämpfen. Ich lenke mich so lange mit dem wirklichen Leben ab.«

Mila hatte ein paar Takte lang geschwiegen und sagte jetzt, mehr so, als würde sie mit sich selbst reden: »Du hast Glück, dass Toby noch arbeitet. Wenn deine Oma jetzt nichts merkt, müssen es deine Eltern vielleicht auch nicht erfahren.«

Kim riss die Augen auf und sah Mila ungläubig an. »Du willst es ihnen nicht erzählen? Toby nicht und meinen Eltern auch nicht?«

Mila seufzte. »Du meinst, weil ich Toby von deinem zweiten Profil erzählt habe? Damit wollte ich doch nur verhindern, dass genau das passiert, was heute passiert ist. Oder was hätte passieren können.« Sie machte eine Pause, und Kim fiel ein, dass Mila und Toby beide Milas Schwester erwähnt hatten. Irgendwas musste ihr zugestoßen sein, als sie in Kims Alter war, aber Kim hatte es nicht hören wollen. Kim zögerte. Sie war nicht sicher, ob jetzt der richtige Moment war, danach zu fragen. Als sie sich gerade überwunden hatte, kam Mila ihr zuvor. »Aber jetzt ist es ja schon passiert. Oder zum Glück ist nicht wirklich was passiert. Jedenfalls hoffe ich, dass du heute genug gelernt hast, um dich nicht wieder in so eine Situation zu bringen.«

Kim schluckte. Sie war, ohne es jemandem zu sagen, allein auf eine Party mit lauter älteren Kids gegangen, die sie nicht oder nur vom Sehen kannte, und hatte sich dort betrunken. Sich zu betrinken war vielleicht nicht so direkt ihre Absicht gewesen, aber ihr gesunder Menschenverstand hätte ihr sagen können, dass in der Bowle jede

Menge Alkohol war und weder das Kichern noch das schwebende Gefühl von ungefähr kamen.

»Und weil du gerade so schön still bist und zuhörst und diese Gelegenheit vielleicht nie wiederkommt«, fuhr Mila fort, »sag ich dir jetzt noch was, was du vermutlich morgen schon nicht mehr hören willst: Wenn du dich betrinken musst, um den Mut zu haben, etwas zu tun, dann ist es mit Sicherheit das Falsche. Mit *dem* Falschen.« Sie holte tief Luft und schnaufte sie wieder aus. »Ende der Lektion.«

Kim sagte nichts. Was sollte sie auch sagen? Mila hatte recht, sie hatte so was von recht.

Sie kurvten bereits durch die ruhigen Straßen des Außenbezirks, in dem Kims Familie wohnte. Die Villen, Gärten und Swimmingpools waren Kim vertraut, ihr Zuhause war höchstens noch zwei, drei Minuten entfernt. Es hatte aufgehört zu regnen, aber der Scheibenwischer war immer noch an. Der akute Stress begann von Kim abzufallen, und gleichzeitig schien ihr Magen sich wieder zu erinnern, dass er Bowle intus hatte. Jede Menge Bowle. Bei dem Gedanken schüttelte es sie.

»Ist dir kalt?«, fragte Mila. »Dann nimm den Sweater aus meinem Rucksack. Der steht bei dir im Fußraum, glaube ich.«

Sweater. Rucksack. Diese zwei Worte lösten eine erneute Schockwelle in Kims Körper aus, die für ihren Magen eindeutig zu viel war.

»Fahr rechts ran bitte«, konnte Kim gerade noch hervorstoßen, und Mila stellte keine Fragen, sondern fuhr augenblicklich an den Straßenrand, löste Kims Gurt und öffnete von innen die Beifahrertür. Kim konnte gerade noch aussteigen und einen Schritt vom Auto wegmachen. Mila schaffte es irgendwie, in Sekundenbruchteilen neben ihr zu stehen und ihr die langen Haare zurückzuhalten, während Kims Magen in krampfhaften Wellen alles von sich gab, was drin war. Jede Menge Fiiieeersich.

In diesem Moment dachte Kim, sie würde sterben. Ihr war noch nie so übel gewesen, nicht, als sie im Urlaub dieses Magen-Darm-Virus hatte, und auch nicht, als ihr Blinddarm entzündet war.

»Fertig?«, fragte Mila schließlich.

Kim nickte, und Mila wollte eben ihre Haare loslassen, als es erneut losging. Ihr Magen schien jeden, auch den allerletzten Rest von dem Zeug loswerden zu wollen.

Als Kim endlich wirklich fertig war, setzte sie sich bei offener Autotür auf den Beifahrersitz, mit dem Kopf auf ihren Knien. Sie war noch nie so erschöpft gewesen. Mila reichte ihr eine Rolle Papiertücher und eine Wasserflasche. »Stell dir vor«, sagte sie in lockerem Plauderton. »Auf der Suche nach den Papiertüchern hab ich meinen Kalender unter dem Sitz gefunden.« Sie lachte kurz und trocken auf. »Gut, dass er sich da versteckt hat.«

Dann wartete sie schweigend, bis Kim sich gewaschen und den Mund ausgespült hatte.

»Ich hatte nichts gegessen«, krächzte Kim dann, als sei das irgendwie eine Rechtfertigung.

»Noch was, was du nie wieder tun wirst«, meinte Mila. »Dich auf leeren Magen betrinken.«

»Ich trinke sowieso nie, nie wieder Alkohol«, erklärte Kim schwach und wischte sich ein paar Tränen der Erschöpfung aus dem Gesicht.

Mila musste lachen. »Den Satz sagt jeder irgendwann, aber die wenigsten halten sich dran.«

Kim war zu fertig, um zu beteuern, dass sie definitiv zu dieser Gruppe gehörte.

Mila warf ihr einen prüfenden Blick zu und erklärte dann: »So, wie du aussiehst, wird deine Oma riechen, dass was faul ist.« Sie verzog das Gesicht. »Entschuldige die Wortwahl.«

Kim brachte mit Mühe genug Energie auf, um die Sonnenblende herunterzuklappen und in den Spiegel zu sehen.

Ein unartikuliertes Stöhnen war die Reaktion auf ihr Spiegelbild. Zu sagen, dass sie wie ein Zombie aussah, war die Untertreibung des Jahres. Nicht im Traum hätte sie sich vorstellen können, dass die Kombination von Regen, Alkohol, Erbrechen und Tränen solch katastrophale Auswirkungen auf ein geschminktes Gesicht haben würden.

»Im Handschuhfach ist Handcreme«, sagte Mila. »Das ist zwar nicht ideal zum Abschminken, aber besser als gar nichts. Und Wasser haben wir auch noch. Warte, ich helf dir.«

Nach zehn Minuten gemeinsamer Arbeit an Kims Gesicht sah sie immer noch aufgequollen aus, und ihre Augen erinnerten an einen Panda auf Schlafentzug.

»Wenigstens kriegt deine Oma jetzt keinen Herzinfarkt, falls sie dich doch sieht«, meinte Mila trocken. Auf ihren Rat hin legte Kim sich für die letzten Minuten Autofahrt angefeuchtete Papiertücher aufs Gesicht und atmete bei geöffnetem Fenster tief aus und ein.

So unauffällig wie möglich tastete sie im Fußraum nach Milas Rucksack, aber vergeblich. Da war nichts. Es hätte ihr aber auch nicht viel geholfen. Den Salz- und den Pfefferstreuer aus dem Rucksack zu nehmen, ohne dass Mila es merkte, wäre an einem guten Tag schon eine Meisterleistung gewesen. In ihrem jetzigen Zustand war nicht mal dran zu denken. Es war auch nicht dran zu denken, das Thema jetzt anzusprechen, sie konnte sich kaum aufrecht im Sitz halten, und wenn sie versuchte, etwas zu sagen, kam aus ihrer vom Erbrechen arg mitgenommenen Kehle nur ein raues Krächzen. Morgen, sagte Kim sich schwach. Sie war zu fertig, um sich zurechtzulegen, was sie Mila dann schreiben oder sagen würde. Sie wusste nur, es musste bis morgen warten.

Als Mila den Wagen vor Kims Elternhaus abstellte, war Kim beinahe eingeschlafen.

»Hey, Dornröschen«, sagte Mila. Kim hatte das schon einmal gehört. Vor Kurzem. Cinderella, dachte sie, nicht Dornröschen. Dann fiel ihr alles wieder ein. Sie stöhnte. Nie wieder Cinderella, so viel stand fest.

Mila stieg aus, ging um den Wagen herum und öffnete die Beifahrertür. Diesmal schaffte Kim es zwar selbst, den Gurt zu lösen, aber bei dem Versuch, auszusteigen, knickte sie ein und wäre ziemlich schmerzhaft mit den Knien voran auf dem Kies aufgeschlagen, wenn Mila sie nicht um die Taille geschnappt und hochgezogen hätte.

»Es tut mir so leid«, flüsterte Kim, während sie Arm in Arm mit ihrer Nachhilfelehrerin bis zur Eingangstür ging.

»Schon gut«, sagte Mila, die ziemlich sicher keine Ahnung hatte, *was* Kim alles leidtat. »So was passiert den Besten unter uns.« Nach einer kurzen Pause fügte sie hinzu: »Wenigstens einmal.«

Jede Hoffnung, sich vielleicht unbemerkt ins Haus schleichen zu können, wurde zunichtegemacht, noch bevor Kim anfangen konnte, nach ihrem Schlüssel zu suchen.

Im Vorraum war bereits das Licht an, und die Haustür wurde von innen aufgerissen, als die beiden Mädchen gerade die Treppe erreicht hatten.

»Kim!« Oma Bine war mit zwei Schritten bei ihnen und an Kims anderer Seite.

»Nicht so schlimm, wie's aussieht«, sagte Mila, als sie Oma Bines Blick auffing. »Sie braucht nur Schlaf. Und jede Menge Wasser. Morgen …« Sie korrigierte sich nach einem Seitenblick auf Kim: »Spätestens übermorgen ist sie wieder wie neu.«

»Danke, Mila«, sagte Oma Bine. »Ich weiß gar nicht, was ich sagen soll. Ich hab mir schon solche Sorgen gemacht. Und Vorwürfe. Bei diesen Fußballspielen passiert doch so viel. Und ich hatte nicht einmal die Nummer dieses Jungen …«

Sie waren an der Schwelle angelangt, und Oma Bine schien zum ersten Mal Kims Outfit wahrzunehmen. »Sie war auf keinem Fußballspiel, oder?«, fragte sie über Kims Kopf hinweg.

»Ich glaube, diese Unterhaltung kann frühestens morgen geführt werden«, antwortete Mila. Sie ließ Kim vorsichtig los, und die verlagerte ihr Gewicht mehr auf Oma Bines Arm. »Braucht ihr mich noch?«

»Nein, noch mal tausend Dank, Mila«, sagte Oma Bine. »Von hier an schaffen wir es allein.«

»Tausend Dank, Mila«, flüsterte Kim wie ein heiseres Echo, aber Mila hatte schon kehrtgemacht. Sekunden später hörte sie das Starten des Wagens, dann fiel die Tür hinter ihr und Oma Bine ins Schloss.

20. Omas, Schafe und Schnecken

Als Kim aufwachte, stimmte einfach gar nichts. Ihr Kopf fühlte sich an, als wäre er in einem Zombiefilm als Wurfgeschoss verwendet und dann völlig falsch wieder anmontiert worden. Der Rest von ihr fühlte sich ebenfalls zombiemäßig an. Ihr Rücken tat weh, und als sie die Augen aufmachte, sah sie nicht wie üblich ihr herzförmiges Schmusekissen und etwas weiter weg Legos Figuren auf dem Fensterbrett, sie sah Tischbeine, Stuhlbeine und Teppich. Einen Papierkorb. Es war sehr verwirrend, aber das war nicht das Schlimmste. Das Schlimmste war diese Last auf ihrer Brust, diese schwarze Wolke, die für eine Wolke viel zu schwer war und aus der ein Blitz regelmäßig in ihr Herz fuhr und von ihrem Herz zu ihrem Magen. Grauen. Verdammnis. Die unbestimmte, aber umso schrecklichere Gewissheit, dass etwas Furchtbares geschehen war. Ein Teil von ihr hoffte, dass es nur die Reste eines üblen Traums waren, die sich so schrecklich anfühlten. Aber dann klärten sich die Rätsel der Reihe nach auf.

Das mit dem Kopf lag daran, dass sie sich mittels Pfirsichbowle selbst in einen Zombie verwandelt hatte. Das mit der Perspektive mochte damit zu tun haben, dass ihr Bett so stark geschwankt hatte, als sie drinnen lag. Also hatte sie sich daneben auf den Boden gelegt. Das war wohl auch der Grund für den schmerzenden Rücken.

Doch die Wolke des Grauens und der Blitz der Verdammnis setzten sich aus mehreren schrecklichen Gewissheiten zusammen, die nun eine nach der anderen mit schmerzhafter Klarheit in Kims Bewusstsein drangen.

Mila. Mila hatte sie da gestern rausgeholt. Hatte verhindert, dass etwas passierte, wovon sie lange geträumt hatte und wozu sie in letzter Sekunde doch Nein sagen wollte und nicht mehr richtig konnte. Hatte wahrscheinlich verhindert, dass ihre Eltern das Ganze ohne Zeitverzögerung erfuhren.

Hatte ihre Haare gehalten, als sie gefühlte fünf Kilo Pfirsich gekotzt hatte.

Hatte sie nach Hause gefahren und Oma Bine beruhigt. Und irgendwo in Milas Auto war ihr Rucksack mit zwei Porzellanteilen, die da nichts zu suchen hatten. Weil Kim etwas absolut Unverzeihliches getan hatte. Mittlerweile war der Rucksack wohl nicht mehr im Auto von Milas Mutter. Mittlerweile hatte Mila ihren Sweater herausgenommen und die Teile gefunden. Kim brachte es nicht über sich, zu überlegen, was Mila nun von ihr denken mochte.

Aber sie hatte noch mehr Unverzeihliches getan. Kim stöhnte, faltete ihre Arme über dem Kopf und rollte sich zu einem kleinen, harten Ball zusammen.

Lego. Lego, der sich nicht darum scherte, was seine Kumpels sagten, wenn er mit ihr zusammen war. Lego, der ihr eine Karte zu einem der begehrtesten Fußballspiele des Jahres geschenkt hatte. Lego, der sie davor bewahrt hatte, dass Katharina sie aus dem Camp nahm. Der sie immer zum Lachen brachte, der ihr die süßesten Geschenke gemacht hatte, jedes davon absolut einzigartig. Sie hatte Lego nicht nur warten lassen. Sie hatte ihm nie eine Nachricht geschickt, um ihn darüber aufzuklären, was passiert war und sie daran gehindert hatte, am Treffpunkt aufzutauchen. Sie hatte ihn nicht einmal wissen lassen, *dass* sie nicht kommen würde.

Kim wünschte sich aus tiefster Seele, ein begnadeter Riesen-Fußballer würde auftauchen und sie mit einem kräftigen Tritt ins Weltall befördern, dann war die Erde sie ein für alle Mal los, und das konnte nur gut für den Planeten und seine Bewohner sein. Beinahe war sie dankbar für die grässlichen Kopfschmerzen und das leere, ausgehöhlte Übelkeitsgefühl, das von ihrem Magen ausging. Sie hatte das alles verdient. Sie war fies, sie war eine Ratte, sie war der schlechteste Mensch der Welt, niemand konnte jemanden wie sie liebhaben, niemand konnte ihr all die schrecklichen Dinge verzeihen, die sie getan hatte. Kim gab erneut ein gedehntes Stöhnen von sich, im selben Augenblick klopfte es leise an ihre Tür.

Konnte das Toby sein? Wusste er Bescheid? Kim war vor Schreck hochgefahren, und das Stöhnen war in einen Schmerzlaut übergegangen. Als Oma Bine hereinkam, dicht gefolgt von Polly, saß Kim zusammengekauert auf dem Teppich, der vor ihrem Bett lag, beide Hände an ihre Schläfen gepresst.

»So schlimm, ja?«, sagte Kims Großmutter. Sie schloss die Tür, kam näher und hielt ihrer Enkelin ein Glas Wasser und eine Tablette hin. »Da, nimm das. Dann geht's dir besser.«

Kim schluckte ohne Widerrede die Tablette und trank das Wasser in einem Zug aus. Polly schnüffelte vorsichtig an Kims Kleidern, die auf einem Häufchen gleich neben der Tür auf dem Boden lagen. Dann setzte sie sich demonstrativ so hin, dass sie Kim das Hinterteil zuwandte.

Noch eine, die mich nicht mehr leiden kann, dachte Kim und sah zu ihrer Großmutter auf.

»Oma«, flüsterte sie. »Bist du sehr sauer auf mich?«

»Geht so«, antwortete Oma Bine und setzte sich neben Kim auf den Boden. »Mehr enttäuscht, schätze ich. Ich dachte, du hättest genug Vertrauen zu mir, um mir alles zu erzählen.«

»Fast alles«, sagte Kim und senkte den Kopf. »Es tut mir so leid, wirklich. Ich wollte ja zu dem Spiel. Mit Lego. Aber dann hab ich auf Insta gesehen, dass Danny Geburtstag feiert. Und da musste ich einfach…«

Oma Bine hatte erwartungsvoll die Augenbrauen gehoben, aber Kim bewegte nur ihren Kopf langsam hin und her, schluckte und setzte neu an. »Dann war ich dort … und dann hab ich was getrunken … ich wollte wirklich nicht so viel trinken … aber die Pfirsiche waren lecker … und ich hab mich plötzlich so gut gefühlt … bis ich mich nicht mehr gut gefühlt habe, jedenfalls.« Kim holte Luft. Sie war ziemlich sicher, dass sie die Geschichte nicht optimal erzählte, aber ihre Großmutter schien keine Fragen zu haben, also fuhr sie im selben Stil fort: »Und dann haben wir getanzt, und er sagte, ich sei sein Geschenk. Ich glaube, er hatte auch ziemlich viel getrunken.« Oma Bine nickte.

»Und er wollte mich küssen«, überwand sich Kim weiterzusprechen. »Aber ich …« Sie brach erneut ab, diesmal schüttelte sie nicht nur den Kopf, sondern ihren ganzen Körper. Ihr Kopf war darüber nicht begeistert, aber der Schmerz war etwas gedämpft: Offenbar wirkte die Tablette schon. »Es ist nichts passiert!«, fügte sie hastig hinzu, als sie Oma Bines alarmierten Blick sah. »Mila ist rechtzeitig gekommen. Aber auch so … ich wollte das dann gar nicht mehr.«

Oma Bine seufzte und strich Kim über die Wange. »Na, dann war es wenigstens dafür gut, dass du das jetzt weißt.«

»Aber Oma.« Kim schlug die Hände vors Gesicht. »Ich habe schreckliche Sachen wegen Danny gemacht. Mila. Und Lego. Alle beide. Sie werden nie wieder mit mir reden, sie werden mich hassen …« Um Kims Mundwinkel begann es zu zucken, aber ihre Großmutter sagte überraschend ruppig: »Hör auf damit. Du hast Heulverbot. Selbstmitleid bringt dich nicht weiter. Kein bisschen.« Oma Bine tat, als würde sie Kims erschrockenen Blick nicht bemerken, und fuhr fort: »Mila ist erwachsen genug, die kann mit deiner Zickigkeit schon umgehen, vor allem, wenn du dich erst mal bei ihr entschuldigt hast. Und dich von nun an nicht mehr benimmst wie eine Miniversion von Cruella de Vil.«

Kim öffnete den Mund, um loszuwerden, dass es um mehr ging als nur ein bisschen Zickigkeit, aber Oma Bine war gerade in Fahrt, wie es schien. »Und was Lego angeht. Der hat dich gern, richtig gern. Ich glaube nicht, dass du es schon völlig versaut hast, wenn du es jetzt richtig anstellst.«

Oma Bine holte tief Luft. »Okay, du hast dich entschuldigt, jetzt bin ich dran.«

Kim blickte ihre Großmutter erstaunt an. »Du? Wieso du?«

»Weil ich eine schlechte Großmutter war«, antwortete Oma Bine.

Kim wollte augenblicklich protestieren, aber ihre Oma ließ sie nicht zu Wort kommen. »Ich hatte gestern viel Zeit zum Nachdenken«, erklärte sie. »Während ich Angst hatte, dass du eine Bierflasche auf den Kopf gekriegt oder dich vielleicht mit dem Jungen gestritten hast und dein Akku leer ist wie immer und du nicht anrufen kannst und vielleicht vom Stadion zu Fuß nach Hause gehst ...« Oma Bine schluckte und brach ab, während Kim starr vor Entsetzen da saß. Sie war nicht auf die Idee gekommen, Oma Bine könnte sich so schreckliche Sorgen machen. Aber natürlich. Sie hätte ihrer Großmutter Updates von dem Match geschickt und Fotos. Sie hätte auf Instagram gepostet, wenn alles wie geplant passiert wäre. Sie hätte geschrieben, wann sie zu Hause sein würde. Und es wäre niemals so spät geworden.

Während Kim auf einem rosa gepolsterten Sessel einen Teil ihres Bowle-Rausches ausgeschlafen hatte, war Oma Bine zu Hause beinahe verrückt geworden.

»Es tut mir so leid«, wiederholte Kim, aber Oma Bine schüttelte nur den Kopf.

»Und mir erst«, sagte sie. »Ich hätte schon längst etwas sagen müssen. Dass das eine Schnapsidee ist mit Danny. Dass er viel zu alt für dich ist. Dass du aufhören musst, dich so auf ihn zu versteifen. Und dann die Sache mit Mila. Du warst sowieso schon so ekelhaft zu ihr.«

Kim zuckte bei dem Wort »ekelhaft« unwillkürlich zusammen.

»Und dann musstest du auch noch denken, sie hätte dich bei deiner Mutter angeschwärzt, dabei habe *ich* Katharina angerufen.«

»Du warst das?«, fragte Kim bestürzt und vergaß einen Moment ihre Kopfschmerzen.

Oma Bine nickte betreten. »Ich hatte immer viel zu viel Angst davor, meinen Superoma-Status zu verlieren. Wenn ich jetzt darüber nachdenke, war das so verdammt egoistisch. Ich war so stolz darauf, wie nahe wir uns stehen, ich wollte das nicht aufs Spiel setzen.« Sie seufzte. »Eine richtig gute Oma sagt Stopp, wenn's genug ist. Eine gute Oma ist ehrlich, auch wenn die Enkelin dann vielleicht mal sauer guckt.« Sie sah Kim in die Augen. »Ich war ein Feigling und dazu noch egoistisch, und das tut mir leid. Und ich werde mich auch noch bei Mila entschuldigen.«

Kim war so perplex, sie hatte keine Ahnung, was sie sagen sollte. Aber Oma Bine war noch nicht fertig.

»Und bei Toby. Eine gute Oma lässt nicht zu, dass ihre dreizehnjährige Enkelin für sie Verantwortung übernimmt, wenn sie beide gemeinsam Mist bauen.«

Kim schlang ihre Arme um Oma Bine und umarmte sie ganz fest. »Ich hab dich lieb, Oma Bine«, sagte sie. »Und du bist die beste Oma der Welt.« Sie schniefte. »Darf ich jetzt immer noch nicht weinen?«

»Nein«, erklärte Oma Bine mit belegter Stimme und drückte ganz fest zurück. »Und ich auch nicht. Das mit dem Selbstmitleid gilt nämlich für uns beide.«

Oma Bine wischte sich mit dem Handrücken über die Augen und rappelte sich hoch. »Ich habe heute noch ein kleines, intimes Trekkie-Treffen«, erklärte sie. »Werde eine Weile brauchen, mich dafür herzurichten. Aber ich rede vorher noch mit Toby. Mila wollte ich anrufen, aber ich habe sie nicht erreicht.«

»Du musst nicht mit Toby reden«, sagte Kim. »Das ist schon okay, wirklich.«

»Muss ich doch und ist es nicht und wirklich nicht.« Oma Bine lächelte ihre Enkelin aufmunternd an. »Wir haben da beide ein paar schwierige Gespräche vor uns. Aber ich glaube, wenn wir sie hinter uns haben, wird es uns viel besser gehen, was meinst du?«

Kim zuckte mit den Schultern, und ihr Kopf reagierte fast gar nicht mehr, Omas Zaubertablette hatte offenbar jetzt voll ihre Wirkung entfaltet. »Ich hoffe es.« Sie brachte es nicht übers Herz, Oma Bine jetzt auch noch die Sache mit dem Porzellan zu erzählen. Das könnte ihr den ganzen Tag versauen.

»Ist Toby zu Hause?«, fragte Kim stattdessen. »Und weiß er Bescheid?«

»Ja«, antwortete Oma Bine. »Und nein. Ich habe es so klingen lassen, als wäre es eine Lebensmittelvergiftung. Das ist von der Wahrheit wenigstens nicht allzu weit entfernt. Was du ihm wann erzählst und wie, musst du selbst entscheiden.«

»Okay«, sagte Kim. »Danke, Oma Bine.«

»Da gibt es nichts zu danken«, sagte ihre Großmutter und ging zur Tür. Polly erhob sich und würdigte Kim keines Blickes. Als Oma Bine die Tür öffnete, schritt Polly hoch erhobenen Hauptes als Erste hindurch.

Großmutter und Enkelin sahen beide dem Hund nach, dann sagte Oma Bine: »Du warst gestern im Haus, nicht wahr? Und hast dich fertig gemacht? Als Polly gebellt hat?«

Kim nickte nur schuldbewusst.

»Sie wird dir verzeihen«, sagte Oma Bine und lächelte Kim aufmunternd zu. »Alle werden dir verzeihen. Ich glaube, der beste Weg ist, einfach ehrlich zu sein. Und zwar zu dir selbst und auch allen anderen. Es ist leichter, jemandem zu verzeihen, der seine Schwächen zugibt.«

Bevor Oma Bine die Tür hinter sich schloss, drehte sie sich noch mal um und meinte: »Du solltest hier mal etwas frische Luft reinlassen.« Und als Nachgedanken fügte sie hinzu: »Und Zähne putzen. Bevor Toby hier reinkommt.«

Kim verzog das Gesicht, nickte und stand auf, um das Fenster zu öffnen. Dann griff sie nach ihrem Handy, das ihre Großmutter umsichtigerweise ans Ladegerät angesteckt hatte. Als Allererstes versuchte sie, Mila zu erreichen, kam aber sofort auf die Mailbox.

Sie seufzte tief und wandte sich Legos Nachrichten zu, die sie gestern nicht mehr gelesen hatte. Anfangs lasen sie sich noch witzig, dann ein wenig ärgerlich, dann las Kim deutliche Besorgnis zwischen den Zeilen, dann *in* den Zeilen. Kim scrollte zurück und las die Nachrichten davor, von gestern Nachmittag, als alles noch gut und sie drauf und dran gewesen war, sich mit Lego zu treffen.

Sie fand die Konversation, die ein bisschen rätselhaft geendet hatte.

> Aber die Pommes gehen trotzdem auf mich. Und die Cola. Ist doch klar. Du sponserst die Karten. 😃

Hmmmm

> Was heißt Hmmmm?

Hmmmm heißt, das entspricht nicht den Regeln, glaube ich.

> Ich bin verwirrt. Es gibt Pommes-Regeln?

Nein.

> Cola-Regeln?

Danach hatte Kim einen verwirrten Smiley geschickt, und Lego hatte mit einem Schaf geantwortet.

Sie hatte ein nicht weniger verwirrtes Fragezeichen geschickt, worauf von Lego ein ROFL-Smiley und eine Schnecke gekommen waren.

Kim starrte auf die Konversation, als wäre sie eines dieser Bilder, die zwei Dinge gleichzeitig zeigen, je nachdem, wie man sie ansieht. Und plötzlich machte es klick. Oder eigentlich war es mehr so was wie ein Gong, mit dem auf einen Schlag alles klar war.

Kim hatte angekündigt, Essen und Getränke zu bezahlen, womit Lego nicht einverstanden war, weil es nicht den Regeln entsprach. Natürlich gab es keine Pommes-Regeln, er meinte die allgemein gültigen *Dating*-Regeln. Kims Gesicht wurde heiß. »Das ist ein Geschenk, du Schaf«, hatte Lego gesagt, als sie ihm den Smiley zurückgeben wollte. Und sie hatte auch sehr lange auf der Leitung gestanden, als er sie zu dem Match eingeladen hatte. Deshalb das Schaf und dann die Schnecke. Weil sie wieder genauso langsam kapiert hatte wie damals.

Die Verabredung zum Match hätte ein Date sein sollen. Und plötzlich wusste Kim, dass es ein tolles Date hätte werden können. Mit einem Jungen, der sie mochte, genauso, wie sie war, mit dem sie jede Menge Spaß hatte, der klug war und auf ihrer Seite. Sie sah Lego vor sich, mit den warmen braunen Augen, den kaum sichtbaren Sommersprossen in dem braun gebrannten Gesicht, den langen Wimpern, dem Mund, der immer aussah, als hätte er eben gelacht oder wollte im nächsten Moment lachen. Es wäre ein schönes Date geworden, da war sie ganz sicher, ob mit Kuss oder ohne. Aber wenn es einen Kuss gegeben hätte, dann wäre sie damit einverstanden gewesen. Und sie hätte sich mit Sicherheit davor nicht betrinken müssen.

Kim seufzte tief. Oma Bine hatte recht mit dem, was sie über das Verzeihen von Schwächen gesagt hatte. Kim konnte ihr unmöglich für etwas böse sein, nachdem sie eben ihr Innerstes nach außen gekehrt und ihre Ängste eingestanden hatte. Wenn es irgendetwas änderte, machte es ihre Großmutter in Kims Augen noch liebenswerter.

Aber mit Lego lag die Sache etwas anders. Sie konnte Lego unmöglich gestehen, dass sie ihn einfach ohne Nachricht versetzt hatte, um einem älteren Jungen nachzulaufen.

So was konnte niemand verzeihen. Nein, für Lego brauchte sie einen guten Grund. Sie musste noch einmal lügen, ein einziges Mal. Aber dann würde damit für immer Schluss sein.

 ## 21. Alles wird gut?

Lego hob beim ersten Läuten ab. »Du lebst also noch«, sagte er. »Dann muss deine Entschuldigung richtig gut werden.«

Kim hatte sich alles so perfekt zurechtgelegt, dass sie ihre Geschichte schon beinahe selbst glaubte.

»Es tut mir so wahnsinnig leid«, begann sie. »Ich war schon an der Bushaltestelle, da hatte ich dir ja geschrieben.«

»Der Bus war dir davongefahren«, sagte Lego.

»Genau.« Kim schluckte. Sooft sie alles im Kopf auch geprobt hatte – sie war dennoch froh, dass sie Lego bei diesem Gespräch nicht in die Augen sehen musste.

»Ich hatte fünfzehn Minuten bis zum nächsten Bus, und die Wetter-App auf meinem Handy hat Gewitter angekündigt. Also bin ich

noch mal zurückgelaufen, um meinen Regenponcho zu holen. Und da lag meine Oma im Flur, am Fuß der Treppe, und hat gestöhnt und sich die Hüfte gehalten.«

»Oh nein, Scheiße!«, sagte Lego erschrocken. »Das ist ja schrecklich!«

Ihr schlechtes Gewissen verursachte Kim beinahe körperliche Schmerzen.

»Das hab ich auch gesagt. Und dann versucht, meinen Bruder zu erreichen. Vergeblich. Also einen Krankenwagen gerufen. Meine Großmutter hatte ziemliche Schmerzen und Angst, und ich hab alles andere völlig weggeblendet, als ich bei ihr gesessen habe. Dann bin ich mitgefahren ins Krankenhaus und hab vor lauter Aufregung mein Handy zu Hause liegen lassen. Jetzt konnte ich dir nicht mal eine Nachricht schicken. Und als wir spätabends endlich nach Hause kamen, bin ich bloß noch ins Bett gefallen.«

»Ist klar«, sagte Lego verständnisvoll. »Mach dir keinen Kopf deswegen. Wie geht's deiner Oma jetzt?«

»Viel besser«, antwortete Kim. »Die Hüfte war irgendwie verschoben und der Oberschenkelhalsknochen hat einen kleinen Sprung, wenn ich alles richtig verstanden habe.« Kim hatte die häufigsten Verletzungen bei Senioren gegoogelt und dabei in der letzten Stunde ein halbes Medizinstudium absolviert. Aber es erschien ihr klüger, einen überforderten Eindruck zu erwecken, als einen superinformierten.

»In welchem Krankenhaus wart ihr?«

Kim zögerte. Mit dieser Frage hatte sie nicht gerechnet.

»Oh, warte«, murmelte sie. »Da muss ich erst nachsehen. Ich hab nicht aufgepasst, ich war ziemlich abgelenkt, weißt du ...«

»Schon klar, ich dachte nur, mein Vater ist doch Chirurg im Helenenspital ...«

Richtig, das hatte Lego erwähnt. Beide Eltern waren Ärzte.

»... und er könnte sich die Bilder ansehen ...«

»Bilder?«, fragte Kim perplex.

»Die Röntgenbilder«, erklärte Lego geduldig.

»Sankt Florian«, rief Kim plötzlich. »Da waren wir.« Ihr war plötzlich eingefallen, in welchem Krankenhaus Toby behandelt worden war, als er sich beim Klettern zwei Finger gebrochen hatte.

»Die sind auch gut«, meinte Lego. »Mein Vater kennt da sicher jemanden, falls du eine zweite Meinung möchtest, lässt er sich die Bilder schicken und –«

»Nicht nötig, vielen Dank«, unterbrach Kim hastig. »Sie hat ja noch einmal Glück gehabt, das wird alles wieder, sie muss sich nur schonen.«

»Hat sie Krücken gekriegt?«, fragte Lego, und Kim musste sich zusammennehmen, um nicht ungeduldig zu werden. Es war sehr süß von ihm, so viel Anteil zu nehmen, erinnerte sie sich selbst.

»Ja, hat sie.« Kim hoffte inständig, dass das die richtige Antwort war und nicht noch mehr Fragen Oma Bines imaginären Gesundheitszustand betreffend folgen würden.

»Gut.« Lego schien zufrieden. Wahrscheinlich hatte er durch Familiengespräche beim Abendessen auch schon ein halbes Medizinstudium intus. »Nur nicht zu schnell wieder voll belasten«, warnte er. »Deine Oma scheint mir nicht der Typ zu sein, der sich freiwillig schont.«

Verblüfft registrierte Kim, wie gut Lego ihre Großmutter einschätzen konnte, obwohl er nur zweimal kurz mit ihr geplaudert hatte.

»Sag ihr gute Besserung von mir.«

»Das mach ich sehr gern«, antwortete Kim erleichtert. Das medizinische Verhör schien endgültig beendet. »Was ich fragen wollte ...«

179

»Ja …?«

»Na ja …« Sie überlegte fieberhaft, wie sie ihre Frage formulieren sollte. Am besten so neutral wie möglich. »Ich habe mir nur überlegt, ob wir vielleicht … ich meine, ob du Lust hättest, unser … unser Treffen nachzuholen.«

In der kurzen Pause, die auf ihre Frage folgte, hatte Kim plötzlich Angst, Lego würde Nein sagen.

»Wir fliegen Donnerstag nach Griechenland zu meiner Tante«, antwortete Lego. »Montag bis Mittwoch bin ich tagsüber noch im Camp, aber Montagabend muss ich meinem Vater beim Kochen helfen, Dienstag geh ich mit meiner kleinen Schwester ins Kino und am Mittwoch treffe ich meine nerdigen Lego-Freunde.«

»Oh«, machte Kim enttäuscht. »Verstehe.«

»Ja, es ist nicht so einfach, bei mir einen Termin zu bekommen.« Sie konnte Legos Grinsen in seiner Stimme hören. »Ich bin ziemlich begehrt.« Er machte eine kleine Pause und fügte dann hinzu: »Aber heute ginge noch.«

»Heute ist gut«, sagte Kim sofort, und Lego lachte.

»Sollt ihr Mädchen euch nicht ein bisschen zieren?«, fragte er.

»Du liest zu viele Girly-Zeitschriften«, erklärte Kim.

»Nur wegen der Psychotests und der Schminktipps«, gab Lego zurück.

»Das Horoskop liest du nicht?«, fragte Kim grinsend.

»Nur deines. Immer vor dem Training. Damit ich weiß, was auf mich zukommt.«

Kim lachte. »Blödsinn. Du weißt doch mein Sternzeichen gar nicht.«

»Schaf Aszendent Schneckenhaus. Und du hast die Venus im Kreuzeck.«

Als Toby Minuten nach ihrem Gespräch mit Lego an Kims Zimmertür klopfte, hatte sie immer noch ein breites Grinsen im Gesicht.

»Hey!«, sagte ihr Bruder überrascht. »Du strahlst ja richtig! Auch wenn du wirklich etwas blass um die Nase bist. Geht's dir besser?«

»Viel besser«, erklärte Kim, was auch der Wahrheit entsprach. Das Zimmer war gelüftet, ihr Bett gemacht. Sie hatte ihre Zähne geputzt und dreimal mit Mundwasser gegurgelt und gespült. Und mit Lego zu plaudern hatte ihre Stimmung so gehoben, dass sie plötzlich auch die Hoffnung hatte, Mila alles irgendwie erklären zu können.

Ein Jammer, dass Lego bei der Abschiedsfete im Café am Park nicht dabei sein konnte, ohne ihn würde es nur der halbe Spaß sein.

»Na, wenn du wieder fit bist«, meinte Toby und lächelte sie an, »dann hätte ich gern etwas *Little Sister Time*.«

Kim strahlte. »Das wär voll schön!«

»Vielleicht Kino oder so?«

»Ich kann nur am Nachmittag«, antwortete Kim zögernd. »Um sechs habe ich ... also ich glaube, ich habe ein Date.« Sie errötete. Ihr Bruder machte ein nachdenkliches Gesicht und nickte dann dreimal langsam und bedächtig. »Es ist also so weit«, sagte er. »Ich bin nicht mehr der wichtigste Mann in deinem Leben.«

Kim sprang von ihrem Bett auf und schlang die Arme um ihren Bruder. »Du und Daddy, ihr werdet immer die wichtigsten Männer in meinem Leben sein«, erklärte sie und fügte dann hinzu. »Aber vielleicht kommt irgendwann noch ein dritter dazu.«

Toby lachte und drückte Kim ganz fest. »Damit werde ich wohl leben müssen. Wer ist denn der Glückliche?«

»Er hat mir die hier geschenkt«, antwortete Kim und zeigte ihrem Bruder stolz die Legofiguren auf ihrem Fensterbrett. »Wir kennen uns aus dem Camp. Er ist richtig cool. Du magst ihn sicher.«

»Ganz sicher«, sagte Toby. Es kratzte an Kims Tür und Toby öffnete sie einen Spalt, um Polly hereinzulassen. Aber die blieb zwischen Tür und Angel sitzen und vermied es, Kim anzusehen.

»Was hat sie denn?«, fragte Toby überrascht. Und weil er bei Polly immer richtiglag, fügte er sofort hinzu: »Warum ist sie sauer auf dich?«

Kim errötete. Dass Polly aber auch so nachtragend sein musste.

»Hunde können doch riechen, wenn jemand krank ist«, meinte sie. »Vielleicht mag sie nicht, wie ich rieche, wenn mir übel ist.«

»Das muss es wohl sein«, meinte Toby.

»Wie wär's denn, wenn wir mit ihr auf die Wiese beim Bach gehen?«, fragte Kim. »Dann haben wir *Brother Sister Time,* Polly kriegt Auslauf, und mir wird die frische Luft sicher auch guttun.«

»Super Idee.«

»In einer Stunde?«, fragte Kim. »Ich muss noch was erledigen, und gefrühstückt hab ich auch noch nicht.«

»Ist gut«, meinte Toby und grinste. »Dann sehen wir uns in der Küche. Ich mach Pancakes. Also, wenn du so was schon essen magst?«

»Ich mag«, sagte Kim und fügte hinzu: »Hab ich schon mal erwähnt, dass du der beste Bruder der Welt bist?«

Tobys Grinsen wurde breiter. »Ein oder zwei Mal. Aber das wird nicht so schnell langweilig. Bis nachher, Super-Sis.«

Kaum war Toby gegangen, versuchte Kim erneut, Mila zu erreichen – zum x-ten Mal heute, und wieder erfolglos. Irgendwas stimmte mit ihrem Handy nicht, ihr Akku war leer, oder sie hatte keinen Empfang.

Kim seufzte. Sie hätte die Sache so gern aus der Welt geschafft und sich noch einmal bei Mila bedankt und entschuldigt. Oder eher: noch hundert Mal bedankt und tausend Mal entschuldigt. War es möglich, dass sie das Porzellan schon entdeckt hatte und Kim nun blockte? Es wäre verständlich, fand Kim, aber irgendwie passte es nicht zu Mila.

Ebenfalls zum x-ten Mal heute ging sie auf Facebook. Sie hatte ein allerletztes Mal Dannys Seite gestalkt, um nach Fotos von der gestrigen Party zu suchen. Unter den wenigen Bildern, die schon hochgeladen waren – die meisten Gäste schliefen wohl noch –, war keines von »KayCee«. Kim hoffte, dass Milas überraschender Überfall gestern Danny davon abhalten würde, selbst irgendwas zu posten. Die meiste Zeit hatte Kim ja sowieso auf der Toilette zugebracht, und dort hatte sie hoffentlich niemand fotografiert. Sie schauderte bei dem Gedanken, dass ein Bild von ihr, wie sie mit offenem Mund in dem Samtsessel schnarchte, die Runde machen könnte. Aber das konnte sie nun nicht mehr beeinflussen. Sie hatte den »geheimen« Account gleich nach diesem Kurzbesuch gelöscht und hoffte, dass niemand aus der Schule KayCee in der »normalen« Kim wiedererkennen würde.

Zum allerersten Mal machte sie sich die Mühe, auf Milas Facebook-Seite zu gehen. Was war sie genervt gewesen, als ihre Mutter sie mit dieser Facebook-Freundschaft »zwangsbeglückt« hatte! Aber ohne diese Verbindung wäre Mila gestern nicht als rettender Engel im *Fizzers* aufgetaucht.

Milas Profilfoto war ein Kinderfoto von ihr, flankiert von einem etwas jüngeren Mädchen und einem Jungen, vermutlich ihren Geschwistern. Dieses Bild hatte Kim schon gesehen, aber sich nicht genug für Mila interessiert, um nachzufragen. Was sie jetzt aber noch interessanter fand, war Milas Coverfoto, das über die ganze Breite ihrer Facebook-Seite ging. Das Bild war schwarz-weiß und zeigte Mila im strömenden Regen vor einem Kaufhaus, mit einem Poster in der Hand, auf dem neben dem Bild eines weißen Polarfuchses in einem

Käfig geschrieben stand: *FUR KILLS*. Pelz tötet. Kim konnte sich an diese umstrittene Dauerdemo erinnern, die über ein Jahr lang an jedem Samstag vor diesem Kaufhaus stattgefunden hatte, das sich weigerte, Pelz aus seinem Sortiment zu nehmen. Wie viele Demonstranten jeweils auftauchten, hatte natürlich auch mit dem Wetter zu tun, und an diesem speziellen verregneten Samstag schien Mila die Einzige gewesen zu sein – vielleicht noch mit einem Zweiten, denn irgendjemand hatte wohl das Foto gemacht. Die Zeile darunter lautete: *Alone if I have to*. Allein, wenn es sein muss. Das Foto war von Milas Instagram-Account geteilt worden, und Kim klickte den Link an. Das Erste, was ihr auffiel, war, dass ihre Mutter Milas Account folgte. Sie scrollte sich durch die Beiträge: Mila auf Tierschutz-Demos, Mila auf Umweltschutz-Demos. Mila in der Natur, beim Klettern und Mountainbiken. Mila mit den verschiedensten Tieren: Hunden, Katzen, Pferden, Ziegen, Schafen, Hühnern. Ihre häufigsten Hashtags waren #loveanimals, #friendsnotfood, #savetheplanet, #stopwearingfur, #furkills und #govegan. Kim fand Bilder von Mila mit ihrer Schwester, und ein Foto zeigte Mila mit einem jungen Mann, bei dem es sich ziemlich sicher um den erwachsen gewordenen Bruder von dem Kinderfoto handelte. Das Bild war im Freien aufgenommen, in einer verschneiten Landschaft. Beide waren so eingemummt, dass man zwischen Kragen, Kapuzen und Mützen nur einen kleinen Teil der beiden geröteten, lachenden Gesichter sehen konnte. Auf ein Foto von einem Mathematik-Wettbewerb stieß Kim auch: Mila lachend mit zwei anderen Mädels, eine Urkunde in die Kamera haltend. Die Hashtags lauteten unter anderem: #smartgirls, #nerdshavemorefun und #matheistfürmädels.

»Hey, Kimmo, die Pancakes werden kalt!«

»Komme gleich!«

Schweren Herzens riss Kim sich von Milas Bildern los und versuchte schnell noch einmal, sie anzurufen. Wieder kein Glück.

Wie hatte ihre Mutter ihr die neue Nachhilfelehrerin angekündigt? *Mila hat mir eine Freundin empfohlen, und glaub mir, sie ist perfekt für dich.*

Kim hatte zunächst angenommen, dass sich das Prädikat »perfekt für dich« vor allem auf Milas Qualifikation als Nachhilfelehrerin bezog. Natürlich war Mila ein Mathegenie und konnte gut erklären, war also genau, was Kim brauchte. Aber sie liebte auch Tiere, genau wie Kim, sie aß kein Fleisch, genau wie Kim, sie war ein Familienmensch, genau wie Kim – und sie war stur und hartnäckig beim Verfolgen ihrer Ziele, ebenfalls genau wie Kim. Allerdings ergaben Milas Ziele mehr Sinn als die von Kim – bis jetzt. Kim war nämlich fest entschlossen, das zu ändern.

22. Klingonen steppen nicht

»Du bist ja nicht sehr gesprächig«, meinte Toby. »Ist dein Magen doch noch durcheinander?« Er deutete auf den Pfannkuchen-Turm auf Kims Teller. »Du musst das nicht aufessen.«

»Die Pancakes sind super«, erklärte Kim. »Nur ein paar zu viele, glaub ich.« Sie lehnte sich in ihrem Stuhl zurück und beobachtete Toby, wie er kopfschüttelnd ein paar von Kims Pfannkuchen auf seinen Teller transferierte. »Du bist wirklich krank«, meinte er. »Normalerweise ist so ein Turm bei dir doch weg wie nix.«

Normalerweise besteht mein Abendessen auch nicht aus Pfirsichbowle, hätte Kim beinahe gesagt. »Ich hab so das Gefühl, dass die nicht übrig bleiben«, meinte sie stattdessen grinsend.

Früher hätte keiner von ihnen gedacht, dass sich ohne Milch und Eier so tolle Pancakes machen ließen. Es war Toby gewesen, der experimentiert hatte, bis das perfekte Rezept gefunden war. Bananen, Hirsemehl, Hafermilch, etwas Backpulver – das Ganze in den Mixer, und der perfekte Teig war fertig. Das ideale Mengenverhältnis hatte nur Kims Bruder im Gefühl, wenn Katharina oder Felix es versuchten, schmeckten die Pfannkuchen nie so perfekt.

»Sind Mom und Dad schon in Venedig?«, fragte Kim.

»Ich glaube, ab heute«, antwortete ihr Bruder kauend. Nach der Kreuzfahrt hatten ihre Eltern noch ein paar Tage Zweisamkeit in ihrer Lieblingsstadt geplant, aber Kim hatte den Reiseplan nicht so genau im Kopf. Die beiden hatten jedenfalls angekündigt, während dieser Zeit nur sehr sporadisch erreichbar zu sein.

»Wollte ihnen nicht schreiben, für den Fall, dass sie schon im Flitterwochen-Modus sind.« Toby lachte. »Eltern brauchen auch ein bisschen Romantik.«

»Wir brauchen alle ein bisschen Romantik«, antwortete Kim fast automatisch. Und kaum waren die Worte raus, wurde ihr etwas sonnenklar. Vorhin, beim Scrollen durch Milas Instagram-Profil, war ihr nur klar geworden, wie recht Katharina mit der Feststellung gehabt hatte, dass Mila absolut perfekt für Kim war. Wie hatte sie übersehen können, dass sie auch perfekt für Toby war! Tiere, Natur, Bücher, Mountainbiken, Klettern. Ihre ruhige Art, ihr stiller, aber treffsicherer Sinn für Humor.

»Magst du eigentlich Mila?«

Die Worte waren unzensiert aus ihrem Mund gekommen und hatten sie selbst genauso überrascht wie Toby, der augenblicklich tiefrot im Gesicht wurde. Er schluckte.

»Wieso fragst du?«

Kim schüttelte den Kopf. »Geht mich nichts an«, sagte sie hastig. »Vergiss es wieder. Wollen wir los?«

Kim sauste nach oben in ihr Zimmer, um sich umzuziehen – und um noch einmal ihr Handy zu checken, ob Mila sich gemeldet hatte. Sie wurde auch diesmal enttäuscht, und beim erneuten Versuch, Mila anzurufen, kam sie gleich wieder auf die Mailbox, wie zuvor. Nach kurzem Überlegen beschloss sie, ihr Telefon zu Hause zu lassen. Falls Mila anrief, konnte sie vor Toby ja doch nicht mit ihr telefonieren. Kurzerhand schaltete sie das Handy aus, um es erst wieder einzuschalten, wenn sie auch sicher war, dass sie die Ruhe und Zeit zum Reden hatte. Vielleicht noch vor ihrem Date mit Lego? Wenn sie das Gespräch mit Mila erst hinter sich hatte, würde sie alles, was danach kam, sicher viel mehr genießen können.

Als sie nach unten kam, wartete Toby mit einem seltsamen Gesichtsausdruck am Fuß der Treppe. »Wir können nicht vorne raus«, erklärte er.

»Wieso denn?«, fragte Kim verblüfft.

Toby öffnete nur wortlos die Haustür und gab den Blick auf den Vorgarten und die dahinter liegende ruhige Seitenstraße frei.

Auf dem Stück Fahrbahn direkt vor dem Gartentor befand sich ein Wasserabfluss. Der Deckel, der ihn sonst sicherte, lag ein paar Fußbreit daneben, aus dem Loch ragte der Oberkörper eines orangefarben gekleideten Mannes, und ein Zweiter stand mit in die Seiten gestemmten Händen daneben. Die Mini-Baustelle war rundum großzügig mit rot-weißem Absperrband gesichert, das bei jedem Lufthauch sanft im Wind flatterte.

»Ich hab's versucht«, meinte Toby mit einem Achselzucken. »Aber sie geht nicht mal bis zum Gartentor.« Kim warf einen Blick zu Polly, die sich hinter Toby versteckt hatte und misstrauisch zwischen seinen Beinen hindurch hinaus auf die Straße starrte, das bedrohliche Absperrband nicht aus den Augen lassend.

»Ich glaube, wir müssen wieder mal ein bisschen trainieren«, meinte Kim kopfschüttelnd und fügte dann hinzu: »Also hinten raus.«

Sie gingen ums Haus herum, über den Rasen zum hintersten Teil des Gartens, in dem das Trampolin stand. Toby bog die Zweige des Sommerflieders auseinander, und Kim nahm die Zaunlatte heraus, die, als sie klein war, ihren geheimen Eingang dargestellt hatte. Von hier gelangte man über zwei weiter Gärten auf ein nicht eingezäuntes Grundstück, das direkt an den Park am Bach angrenzte.

»Mach *hoppi*, du verrückter Hund!«, sagte Kim, und zum ersten Mal am heutigen Tag ignorierte Polly sie nicht, sondern sprang zwischen den zwei Zaunlatten hindurch, als würde sie das jeden Tag machen, und jagte dann voraus über die verwilderte Wiese.

Tatsächlich schien Polly ihrer »Person« endlich verziehen zu haben. Sie machte jedes Kunststück, zu dem Kim ihr das Kommando gab, brachte ihr Frisbee abwechselnd beiden Geschwistern, ohne Toby zu bevorzugen, und wirkte überhaupt sehr zufrieden.

»Du scheinst wieder besser zu riechen«, meinte Toby.

»Wer weiß schon, was in ihrem seltsamen Gehirnchen vorgeht«, meinte Kim stirnrunzelnd.

»Komisch«, antwortete Toby, »genau das denke ich öfter mal im Zusammenhang mit meiner kleinen Schwester.«

»Witzig«, knurrte Kim gutmütig.

»Ja, fand ich auch«; gab Toby breit grinsend zurück.

Es war wie in alten Zeiten, fand Kim, die es immer sehr genossen hatte, wenn ihr doch um fast fünf Jahre älterer Bruder etwas mit ihr unternahm. Nun war er so ziemlich erwachsen, und sie – nun ja, jedenfalls kein kleines Kind mehr. Es war anders zwischen ihnen, aber es war immer noch toll. Kim erzählte vom Camp und von Lego, Toby erzählte von seinen ersten zwei Stunt-Jobs und den Hunden, um die er sich derzeit im Tierheim kümmerte. Beide umschifften großräumig das Thema »Mila«.

Nach dem Regen gestern Nacht war es nicht mehr so drückend schwül und um ein paar Grad kälter geworden. Bruder, Schwester und Fellnase wanderten eine große Runde, und für Polly war der Höhepunkt des Spaziergangs erreicht, als sie auf dem Rückweg auch noch ihren Kumpel Pino trafen, einen hyperaktiven Schäfer-Schnauzer-Husky-Mischling. Die Besitzerin, eine ebenfalls sehr aktive, pensionierte Postbotin, hieß Ernestine Kumpel, was Kim als Kind zum Brüllen komisch gefunden hatte. Sie wohnte nur ein paar Häuser von ihnen entfernt und war auch schon öfter als Hunde-sitterin eingesprungen, wenn mal wirklich kein einziges Mitglied der Conrads-Familie abkömmlich war.

»Polly muss unbedingt wieder zum Spielen zu uns kommen!«, sagte Frau Kumpel. »Pino vermisst sie schon.«

Sie verabschiedeten sich, weil Frau Kumpel Besuch von ihrer Schwester erwartete und schon etwas in Eile war. Kim und Toby schlenderten noch gemütlich eine kleine Runde um den Ententeich – Polly wusste nie, ob sie sich vor den Enten fürchten oder sie verbellen sollte, und das war sehr unterhaltsam zu beobachten. Sie wollten sich gerade auch auf den Heimweg machen, als Tobys Telefon klingelte.

Für den Bruchteil einer Sekunde hatte Kim die Panik, es könnte Mila sein, die anrief, um Toby zu sagen, was sie in ihrem Rucksack gefunden hatte, aber ihr Bruder hob ab und sagte: »Hey, Oma Bine, wie läuft's bei deinem Treffen? Wir sind ...«

Er brach ab, und sein Gesichtsausdruck wechselte innerhalb weniger Sekunden von perplex zu erschrocken. »Was ist los?«, flüsterte Kim besorgt. »Ist was passiert? Was ist mit Oma Bine?«

»Psst!«, machte Toby in Richtung Kim. »Ja, das kenne ich«, sagte er ins Telefon. »Wir kommen sofort hin. Können Sie bei ihr bleiben?«

Als er das Gespräch beendete, legte Kim augenblicklich los: »Wer war das? Was ist los? Hast du nicht mit Oma Bine gesprochen?«

»Shhhhh!«, machte Toby. »Oma Bine ist im Krankenhaus. Ich hab mit einem Freund von ihr gesprochen, einem gewissen Joshua. Weißt du, wer das ist?«

Kim schüttelte den Kopf. Sie war blass geworden. »Hat sie sich was gebrochen?«, fragte sie heiser. »Doch nicht den Oberschenkelhals? Oder hat die Hüfte was?«

Toby sah sie verblüfft an. »Nein, so schlimm ist es zum Glück nicht. Sie ist gestürzt, hat ein paar Schürfwunden, und das Handgelenk hat wohl ziemlich was abgekriegt. Wahrscheinlich gebrochen, sie ist gerade beim Röntgen.«

Toby tastete die Taschen seiner Jeans ab und atmete dann erleichtert auf. »Geld hab ich«, sagte er und wandte sich Kim zu. »Brauchst du noch etwas von zu Hause, bevor wir ins Krankenhaus fahren? Ich dachte, anstatt uns wieder durch drei fremde Gärten zu kämpfen, schnappen wir uns ein Taxi, bringen Polly zu Frau Kumpel, das ist nur drei Blocks von hier auf direktem Weg zur Sankt-Florian-Klinik und –«

»Was?«, unterbrach Kim. »Wo liegt sie?«

»Im Sankt-Florian-Krankenhaus«, wiederholte Toby geduldig. Er schrieb Kims scheinbare Begriffsstutzigkeit wohl dem Schock zu. »Du weißt schon, wo ich damals war, als ich mir die Finger gebrochen hatte und –«

»Ich weiß schon«, flüsterte Kim. Sie hatte die seltsame Empfindung, auf Watte zu gehen, und ihr Kopf fühlte sich an wie ein riesengroßer, leerer Luftballon. *Oh nein*, dachte sie, und plötzlich war ihr wieder so elend wie letzte Nacht. *Das war ich. Ich habe meine völlig gesunde Oma ins Krankenhaus gehext.*

»Kim, klapp mir jetzt nicht zusammen, okay?«, sagte Toby gerade eindringlich zu ihr. »Alles wird gut, ich verspreche es. Oma Bine ist bestimmt bald wieder wie neu. Also, ich hol uns ein Taxi! Bleib mit Polly hier an der Bushaltestelle und warte!«

Kim nickte, und Toby lief zum Straßenrand, um das nächste Taxi heranzuwinken, das vorbeifuhr. Polly saß vor ihr und ihr vorwurfsvoller Blick sagte: »Ich weiß genau, was du getan hast.«

Kim war keineswegs sicher, ob es möglich war, jemanden zu verhexen – und dann noch unabsichtlich! Aber es fühlte sich so an, als wäre sie direkt verantwortlich, als wäre das, was Oma Bine passiert war, die Strafe dafür, dass sie Lego angelogen hatte. Da erst merkte Kim, dass sie an genau derselben Stelle stand, an der sie gestern die verhängnisvolle Entscheidung getroffen hatte, auf Dannys Party zu gehen statt mit Lego zum Fußballmatch.

»Kim!«

Kim fuhr zusammen und sah Toby vom Straßenrand winken. Ein Taxi hatte gehalten und wartete.

»Er ist einverstanden, Polly ein Stück mitzunehmen.«

Dass der Taxifahrer einverstanden war, Polly mitzunehmen, war gut und schön. Allerdings schien Polly voreingenommen gegen Taxis zu sein. Oder gegen weiße Autos. Oder gegen karierte Sitze. Oder gegen Lufterfrischer. Wer konnte das schon mit Sicherheit sagen? Jedenfalls dauerte es knapp zehn Minuten, bis sie eine widerstrebende Polly, in Tobys Sweater eingewickelt, ins Taxi gehoben hatten und endlich losfahren konnten. Frau Kumpel nahm den Hund zum Glück bereitwillig auf, und zwanzig Minuten später sprangen die Geschwister vor dem Sankt-Florian-Krankenhaus aus dem Taxi und fragten an der Notaufnahme nach ihrer Großmutter.

»Zweiter Stock, auf 256«, sagte die Dame hinter der Glaswand. »*Er* weiß Bescheid.«

Toby und Kim drehten sich zu »ihm« um und schrien gleichzeitig auf. Der Typ, der auf sie zukam, hatte knochige Auswüchse auf der dunkelbraunen Stirn und blickte ihnen wütend unter den wild wuchernden Augenbrauen entgegen. Immerhin war er kleiner als Toby, ziemlich dünn und machte beschwichtigende Handbewegungen. Kim starrte die seltsame Gestalt an. Der Typ kam ihr bekannt vor. Er erinnerte an einen Krampus, aber das war es nicht, sie wusste, was er war, er sah aus wie … wie … wie hieß das noch gleich …

»Ein Klingone!«, entfuhr es Kim.

»Worf«, präzisierte der Klingone. »Sohn des Mogh. Im wirklichen Leben Joshua Mercks, Rechtsanwalt im Ruhestand. Bitte entschuldigen Sie meinen Aufzug.«

»Ein Klingone«, wiederholte Toby leicht verdattert.

Kim starrte Worf, Sohn des Mogh, an und sagte fast wie in Trance: »Oma Bine sagte was von einem kleinen, intimen Trekkie-Treffen.«

»In der Tat«, sagte Joshua, Rechtsanwalt a. D. »Sehr klein, sehr intim. Nur wir zwei. Es sollte – ein Date sein, sozusagen.« Das Ganze war dem kleinwüchsigen Klingonen sichtlich unangenehm.

»Ihre Frau Großmutter ist eine so formidable Persönlichkeit«, erklärte er. »Ich gestehe, ich wollte Eindruck auf sie machen, deshalb der Weg zum Maskenbildner …«

»Na, auf mich haben die beiden auch Eindruck gemacht«, sagte die Frau hinter der Glaswand. »Mein erster Gedanke war gleich: Hoffentlich haben wir dafür auch die richtige Blutkonserve im Lager!«

»Die beiden?«, fragte Toby.

»Ihre Frau Großmutter kam als K'Ehleyr«, erklärte Joshua. »Eine ebenfalls sehr formidable Halb-Klingonin. Sehr passend, wie ich finde.«

Auf dem Weg zu Oma Bines Zimmer lieferte Joshua/Worf noch ein paar Erklärungen. »Sie dachte, ich würde es nicht wagen«, sagte er. »So auf die Straße zu gehen. Aber für diese Frau würde ich alles tun. Also habe ich im Internet nach einem Maskenbildner gesucht. Der junge Mann hat fünf Stunden an mir gearbeitet und mich eindringlich gewarnt, die Maske selbst entfernen zu wollen. Das müsse vom Fachmann gemacht werden.«

»Und Oma Bine?« Toby schien immer noch verwirrt. »War sie denn auch beim Maskenbildner?«

»Oma Bine kann so was selber«, schaltete Kim sich ein. »Sie arbeitet mit Halbmasken und Silikon. Sie hat Übung von den Comic-Messen und großen Trekkie-Treffen.«

Oma Bines intensive Trekkie-Phase hatte erst begonnen, als sie sich vorwiegend um Kim und nicht mehr so viel um Toby kümmerte, der das Ganze deshalb auch nur am Rande mitbekommen hatte.

»Du hast sie doch auch schon kostümiert gesehen!«

Toby runzelte die Stirn. »Richtig«, sagte er. »Sie war Spocks Frau?«

»Spocks Mutter«, korrigierte Kim. »Die ist ein Mensch. Deshalb hatte sie auch keine vulkanischen Spitzohren.«

»Du kennst dich ja aus«, murmelte Toby und schüttelte den Kopf.

Das entlockte Kim ein Lächeln. »Meine Kindheit fand zur Hälfte in einem Raumschiff statt.«

Neben der Zimmernummer 256 steckte ein Kärtchen, auf dem stand »Sabine Kehler«.

Joshua/Worf schüttelte missbilligend den Kopf. »Sie haben ›K'Ehleyr‹ falsch geschrieben«, hörte Kim ihn noch hinter sich murmeln, als sie schon die Tür aufdrückte. »Ich hoffe, Ihre Großmutter bekommt das nicht zu sehen.«

»Oma Bine!«

Oma Bine – in einem ihrer Lieblingsjogginganzüge aus dunkelrotem Samt – thronte auf einem Berg von Kissen in dem Krankenbett und sah Kim mit glänzenden Augen unter falschen Wimpern entgegen. Ihr rechter Arm war geschient, mit einem Tuch um den Nacken fixiert und wurde von einem Kissen gestützt.

Kim hockte sich an den Bettrand und streichelte sanft die blassen Finger, die aus dem Verband herausschauten. Sie war nicht sicher, ob sie lachen oder weinen sollte. Die obere Hälfte von Oma Bines Gesicht schien sehr blass, was wohl vor allem am Kontrast zur Kinn- und Mundpartie lag, die etliche Farbtöne dunkler geschminkt waren. Die Lippen leuchteten dunkelrot, und ihre kurzen weißen Haare lagen glatt am Kopf an. Auf dem Nachttisch neben ihr lag eine dunkle Langhaarperücke mit daran befestigter Gesichts-Halbmaske: Nase, Wangen und eine Stirn mit ähnlichen Ausbuchtungen, wie Joshuas Maskenbildner sie gezaubert hatte, im Farbton etwas heller als die Worf-Maske.

»Was machst du denn für Sachen, Oma Binchen!«, sagte Toby sanft, beugte sich über seine Großmutter, um ihr einen vorsichtigen Kuss auf die Stirn zu drücken, und setzte sich dann ans Fußende ihres Bettes.

»Ich wollte ihm was vorsteppen!«, erwiderte Oma Bine mit Leidenschaft. »Eine private Steppvorführung, weil er so mutig war, sich auf ein klingonisches Date einzulassen! Noch nie bin ich beim Steppen ausgerutscht, noch nie!«

Joshua war hinter ihnen ins Zimmer gekommen, kam an Oma Bines linke Seite und nahm zärtlich ihre unverletzte Hand in die seine. »Man muss eben immer seinem Charakter treu bleiben, meine teure K'Ehleyr! Und Klingonen steppen nicht!«

23. Echt jetzt?

Oma Bines Handgelenk war gebrochen, der Oberarzt wollte die Röntgenbilder noch mit einem Kollegen besprechen, bevor er entschied, ob operiert werden musste oder nicht. Ein prächtiger Bluterguss zierte den Oberschenkel von Kims Großmutter, und beide Hände waren aufgeschürft. Am meisten kränkte sie aber offensichtlich der Schaden an ihrem geliebten Jogginganzug, der jetzt einen großen Riss aufwies.

»Der ist *vintage*«, klagte sie, und es klang, als wollte sie jeden Augenblick zu weinen anfangen. »Genau wie ich. Der ist quasi unersetzlich.«

»Auch genau wie du«, sagte Joshua sanft und flüsterte hinter vorgehaltener Hand in Kims und Tobys Richtung: »Sie hat Schmerzmittel gekriegt, die Gute.«

Oma Bines Augenlider flatterten, sie schien einzuschlafen.

Kims Großmutter hatte der Förmlichkeit zwischen Joshua und ihren Enkeln gleich in den ersten Minuten ein Ende bereitet. »Hier wird nicht gesiezt!«, hatte sie entschlossen erklärt. »In diesem Raum ist niemand so alt, dass er gesiezt werden müsste.«

»Wie habt ihr euch kennengelernt?«, fragte Kim also, ebenfalls im Flüsterton, den klingonischen Anwalt im Ruhestand. Oma Bines Ohren waren offensichtlich noch putzmunter, denn sie riss die Augen wieder weit auf und antwortete, als wäre die Frage direkt an sie gerichtet gewesen: »Auf *Quickdate* natürlich! Nur weil mein Enkel zu altmodisch ist, um die Hilfsmittel des elektronischen Zeitalters zu nützen, heißt das nicht, dass ich es auch bin!« Sie wandte sich Toby zu: »Wir wollten dir bloß helfen, du undankbarer Bengel!«

Toby war rot angelaufen und machte zweimal den Mund auf und zu, bevor er sagte: »Soll das heißen ...?«

»Es sind die Schmerzmittel!«, wiederholte Joshua. »Sie ist nicht ganz sie selbst.«

Kim dachte an die schuldbewusste Oma Bine von heute Morgen und nickte. »Sie weiß gar nicht, was sie sagt«, flüsterte sie in Tobys Richtung, als Oma Bines Augenlider wieder schwerer wurden.

Sie warteten fast zwei Stunden, bis der Oberarzt endlich kam, um ihnen mitzuteilen, dass eine Operation nicht nötig sei. Während Toby den Papierkram erledigte, der für die Entlassung notwendig war, begleiteten Kim und Joshua Oma Bine in einen Raum im Untergeschoss des Krankenhauses, wo sie eine pinkfarbene Schiene für den Arm erhielt. Daraufhin weigerte sie sich, ihren Jogginganzug wieder anzuziehen, weil sie fand, die Farben würden sich nicht vertragen.

»Es sind die Schmerzmittel«, sagte Joshua entschuldigend zu der Pflegerin, die etwas hilflos mit Oma Bines dunkelroter Zippweste dastand.

Man einigte sich schließlich dahingehend, dass die Schiene mit einer weißen Socke kaschiert wurde, bis Oma Bine zu Hause den passenden pinkfarbenen Jogginganzug raussuchen konnte.

Es war nach neun, als alle vier endlich in einem Taxi saßen. Joshua nannte seine Adresse, und sie setzten ihn an einem netten, weiß gestrichenen Holzhaus mit Blumen an den Fenstern ab.

»Qapla'!«, flüsterte er Oma Bine zu und küsste durchs Beifahrer-fenster ihre Hand, nachdem er das Taxi bezahlt und sich von Kim und Toby verabschiedet hatte. »Er hat Klingonisch gelernt«, murmel-te Oma Bine verträumt. Kim hatte sich inzwischen so sehr an das klingonische Äußere von Oma Bines Freund gewöhnt, dass es ihr schwerfiel, ihn sich mit einem anderen Gesicht vorzustellen.

Toby nannte dem Taxifahrer die Adresse von Ernestine Kumpel, und Polly war gut gelaunt und schien mit diesem Taxi – das für Kim genauso aussah wie das letzte – nicht das geringste Problem zu ha-ben. Sie rollte sich im Fußraum zusammen und schlief augenblick-lich ein. Kim war ebenfalls halb eingedöst, als ihr Bruder plötzlich sagte: »Ich hoffe, dein Freund war nicht allzu geknickt wegen des Dates?«

Lego.

Statt einer Antwort atmete Kim nur scharf ein und schlug dann die Hände vors Gesicht.

»Oh Shit«, sagte Toby. »Du hast bei dem ganzen Drama vergessen, ihm abzusagen?«

Kim nickte. »Ich hab nicht mal mein Handy mitgehabt.«

»Shit«, wiederholte Toby, und Kim nickte erneut.

»Aber er wird das schon verstehen«, meinte ihr Bruder tröstend. »Du hast dir Sorgen um deine Oma gemacht, das war alles ein Rie-senchaos, von den Klingonen ganz zu schweigen ...«

Oh ja, dachte Kim. Das war alles nur zu verständlich. Und Lego würde das auch verstehen. Wenn er es nicht heute Morgen schon verstanden hätte. Als sie einen *erfundenen* Sturz ihrer Großmutter als Ausrede dafür benutzt hatte, dass sie ihn schon am Vortag versetzt hatte. Als sie noch ein einziges Mal gelogen hatte, um alles in Ord-nung zu bringen.

Toby schien zu spüren, wie geknickt sie war, nahm ihre Hand und drückte sie. »Wird schon alles werden«, meinte er leise.

Kim antwortete nicht. Sie hatte keine Ahnung, wie sie die Sache mit Lego noch in Ordnung bringen sollte. Jetzt noch die Wahrheit sagen? Wahrscheinlich würde er ihr nicht mal mehr zuhören. Und zwar völlig zu Recht.

»Das gibt's ja nicht ...!«, sagte Toby und richtete sich plötzlich auf. Kim blickte hoch und sah, dass vor der Hauseinfahrt schon ein anderes Taxi parkte, aus dem gerade Koffer und Taschen ausgeladen wurden. Ein großer dunkelblonder Mann bezahlte soeben den Fahrer, eine zierliche blonde Frau hatte den herannahenden Wagen bemerkt und sah ihnen entgegen.

»Mom und Dad!«, rief Toby verblüfft. »Was machen die denn schon hier?«

Eine Kanne Tee später wussten Kim und Toby, dass Joshua von Oma Bines Handy aus aktiv geworden sein musste, denn die Nachricht: »Liebe Tochter, ich habe mir vermutlich eine Fraktur des rechten Handgelenks zugezogen und werde mich in den nächsten Tagen wohl nicht in vollem Maße um Haushalt und Kinder kümmern können«, stammte definitiv nicht von Kims Großmutter. Alle vier Conrads kamen überein, dass im Interesse der jungen Beziehung diese Zeilen besser gelöscht werden sollten.

»Ihr seid aber trotzdem sehr schnell gefahren«, meinte Toby mit gerunzelter Stirn. »Von Venedig nach Hause in vier Stunden?«

Felix und Katharina warfen einander einen schnellen Blick zu, dann sagte Felix leichthin: »Wir sind eben von der schnellen Truppe.«

Kim trank ihren Tee, war aber ziemlich schweigsam. Nach einer kurzen Begrüßungsszene vor dem Haus hatte ihr erster Weg sie hinauf in ihr Zimmer geführt, um ihr Handy zu checken. Kein Anruf und keine Nachricht von Mila. Zwei Nachrichten von Lego. Die erste kam mit einem kritisch blickenden Smiley, und Kim las: »Irgendwie hatte ich gehofft, du würdest heute pünktlich sein.«

Die zweite bestand nur aus zwei Worten: »Echt jetzt?«

Kim hatte Lego zum zweiten Mal ohne ein Wort sitzen lassen. Und die einzig akzeptable Entschuldigung hatte sie schon verbraucht.

Während ihre Eltern von der Kreuzfahrt erzählten, rührte Kim in ihrem Tee und konnte an nichts anderes denken.

»Ich schau mal nach Oma Bine«, sagte sie schließlich. Kims Großmutter hatte für heute ein Krankenbett auf dem großen Sofa im Wohnzimmer bekommen, damit die Familie in Rufweite war, wenn sie irgendetwas brauchte. Katharina hatte ihr geholfen, die klingonische Hälfte ihres Gesichts abzuschminken, sie hatte sich mit der linken Hand die Zähne geputzt, so gut es ging, und schlief jetzt, leise und gleichmäßig schnarchend.

»Ach Oma«, flüsterte Kim. »Ich glaube, ich habe in zwei Tagen mehr Mist gebaut als andere in zwei Jahren.«

Oma Bine grunzte ein bisschen im Schlaf.

»Genau das wollte ich auch gerade sagen«, stimmte Kim zu. »Lego redet wahrscheinlich nie wieder mit mir, und Mila hat mich offenbar schon geblockt.« Sie seufzte und gab Oma Bine einen Kuss auf die Wange, ganz vorsichtig, damit sie nicht aufwachte.

Dann ging sie wieder hinauf in ihr Zimmer, schnappte ihr Handy und begann, Nachrichten an Lego zu formulieren, die sie jeweils nach ein paar Zeilen wieder löschte. Wenn sie mit dem begann, was heute passiert war, würde er ihr nicht glauben, so viel stand fest. Aber wenn sie damit begann, dass sie ihn tags zuvor angelogen hatte, würde er dann überhaupt weiterlesen? Das Einzige was sie nicht löschen musste, waren die Worte »Es tut mir leid«. Aber das war definitiv zu wenig.

Von unten hörte Kim plötzlich Stimmen und Lachen. Sie hatte keine Lust, jetzt noch mit irgendjemandem zu reden, aber die Neugier siegte. Sie öffnete ihre Zimmertür einen Spalt und lauschte.

»So was Dummes«, sagte Katharina gerade. »Der stand die ganze Zeit hier, und niemand hat ihn bemerkt.«

»Ja, zu albern.«

Mila! Kim erstarrte. Mila war hier? Und sie klang überhaupt nicht ärgerlich.

»Vor allem, dass ich hergekommen war, um meinen Kalender zu suchen. Um dann den Rucksack hier zu vergessen.«

Kim machte einen Schritt aus ihrem Zimmer und konnte unten Mila im Vorzimmer stehen sehen, im Gespräch mit Katharina. Und Kims Mutter hielt den hellblauen Rucksack in der Hand! Und reichte ihn Mila! Der Rucksack war die ganze Zeit hier gewesen!

Mila lachte. »Letzte Nacht war einiges los …«

Oh ja, dachte Kim. Das kann man so sagen.

»Und ich hatte Handy, Schlüssel und Geld eingesteckt, deshalb hab ich den Rucksack nicht gleich vermisst …«

»Das kenn ich«, antwortete Kims Mutter.

»Und ich hatte völlig vergessen, dass ich den Rucksack mit reingenommen hatte. Ich hab das Auto durchsucht und die Garage und bin die letzte Strecke noch mal abgefahren …« Sie schüttelte den Kopf und lachte erneut.

Die Gedanken in Kims Kopf rasten. Wenn sie jetzt hinunterlief, Mila den Rucksack wegnahm, ihr sagte, sie solle ihr vertrauen, und ihn ihr gleich darauf wiederbrachte? Ohne Salz- und Pfefferstreuer? Sie würde ihrer Mutter eine Erklärung abgeben müssen, aber vielleicht würde dann Mila nie erfahren, was Kim getan hatte?

»Warum hast du nicht angerufen?«, fragte Katharina.

Mila lachte auf. »Ja, das hätte ich, aber mein Handy ist mittlerweile leer, und raten Sie mal –«

»Wir waren per Du«, unterbrach Kims Mutter mit einem hörbaren Lächeln.

»Richtig«, sagte Mila. »Rate mal, wo mein Ladegerät ist?«

Sie hielt mit einem komisch-verzweifelten Gesichtsausdruck, der Kims Mutter zum Lachen brachte, den Rucksack in die Höhe.

Das Handy war leer, dachte Kim. Das Ladegerät im Rucksack. Deshalb hat sie nicht geantwortet. Sie hat mich nicht geblockt. Sie hatte keine Ahnung. Sie hat immer noch keine Ahnung.

»Na ja, jetzt ist er ja wieder da«, sagte Kims Mutter eben. »Willst du nicht reinkommen und einen Tee mit uns trinken?«

»Das ist sehr lieb«, antwortete Mila, »aber ich arbeite morgen ganz früh und muss zusehen, dass ich nach Hause komme …«

Sie öffnete den Schnappverschluss des Rucksacks und lockerte die Kordel, die darunter alles zusammenhielt.

»Es ist jetzt richtig kühl geworden …«, sagte Mila.

»Nicht, nicht, nicht«, flüsterte Kim und machte unwillkürlich zwei Schritte vor, als könnte sie es noch verhindern, wenn sie nur schnell genug war. Aber Mila hatte schon den Sweater aus dem Rucksack gezogen, und er entfaltete sich wie in Zeitlupe. Ohne dass Kim auch nur das Geringste dagegen tun konnte, landeten die beiden Porzellanstreuer, hellblau und rosa, auf dem Vorzimmerläufer, fast ohne ein Geräusch zu machen.

Mila und Katharina starrten beide darauf. Kim konnte das Gesicht ihrer Mutter nicht sehen, aber Milas Gesicht war der pure Schock.

»Ich … ich weiß wirklich nicht …«

Kim musste ein Geräusch gemacht haben, ohne es zu merken, denn plötzlich traf Milas Blick auf ihren. Dann wandte sich Mila ruck-

artig um, schnappte in der Drehung ihren Rucksack am Träger und ergriff die Flucht.

Toby war einen Augenblick zuvor aus seinem Zimmer gekommen und wandte sich seiner Schwester zu. »War das eben Mila?«, fragte er, doch Kim presste nur ihre Hände vors Gesicht und antwortete nicht.

»Was ist denn los?«, fragte Toby. »Ist was passiert?«

Katharina bückte sich, um die beiden Porzellanteile aufzuheben. Dann wandte sie sich um und sah zu Kim hinauf.

»Das würde ich schon so sehen«, sagte sie, und ging ins Wohnzimmer. Kim hörte das Geräusch, das die Schranktür machte, und das Scharren von Porzellan auf Glas, als Katharina die Gegenstände in der Vitrine zurechtrückte, um wieder Platz für den Salz- und den Pfefferstreuer zu machen.

»Kim«, sagte Toby in einem Tonfall, der beinahe drohend klang. »Was zum Geier hast du angestellt?«

Dann lief er die Treppe hinunter und zur Tür hinaus, Mila hinterher.

 24. Dein perfektes Leben

»Lego hasst mich, Mila hasst mich, Toby redet nicht mit mir, Mom redet nur das Notwendigste mit mir, und Dad redet zwar mit mir, aber er sieht mich an, als wollte er sagen: *Wer bist du, und was hast du mit meiner süßen kleinen Tochter gemacht?*«

»Hatten wir nicht festgestellt, dass Selbstmitleid nichts bringt?«, fragte Oma Bine und fluchte, weil sie sich erneut ins Auge gepikst hatte. Wimpern tuschen mit der Linken, das war nichts für Weicheier.

»Das ist kein Selbstmitleid«, sagte Kim und seufzte. »Das sind die Schlagzeilen meines Lebens.«

»Die Zeitung würde ich aber nicht kaufen«, erklärte Oma Bine. »Au, verflucht!«

»Soll ich?«, fragte Kim.

Ihre Großmutter nickte ergeben und hielt ihr das Bürstchen hin.

»Augen halb schließen!«, kommandierte Kim und tuschte dann die großmütterlichen Wimpern wie ein Profi.

»Wow!«, sagte Oma Bine. »Perfekt.«

»Ich kann auch Contouring«, erklärte Kim mit einem Anflug von Stolz. Wenn man zu Hause festsaß, hatte man viel Zeit, um sich Youtube-Tutorials reinzuziehen, selbst dann, wenn man für Hausarbeiten und Hilfsdienste aller Art eingespannt wurde.

Oma Bine stellte sofort die richtige Gedankenverbindung her und schüttelte missbilligend den Kopf. »Dich aus dem Camp zu nehmen, ich weiß nicht. Du bist doch ohnehin schon geknickt genug.«

Kim zuckte mit den Schultern. »Weißt du, Oma Bine, ins Camp zu gehen und dort von Lego ignoriert zu werden, das wäre wahrscheinlich die schlimmere Strafe gewesen. Vielleicht hätte er in den Pausen mit den Zwillingen zusammengesessen, oder, noch schlimmer, nur mit Lisa. Ich bin froh, dass ich das nicht mitansehen musste. Und Camp *ohne* Lego … das braucht sowieso keiner.«

Oma Bine sah Kim mitfühlend an. »Noch immer keine Antwort?«

Kim schüttelte den Kopf. »Ich kann's ihm nicht verdenken. Ich würde mir auch nicht antworten.«

Sie hatte Lego mehrmals geschrieben und ihn gefragt, ob sie ihn anrufen und ihm alles erklären könne. Er hatte nicht zurückgeschrieben, keine Silbe. Warum sollte er sich auch mit einem Mädchen abgeben, bei dem man nie wusste, woran man war? Er hatte was Besseres verdient. Sie nahm Oma Bines Lippenkonturenstift und malte sich traurig hängende Mundwinkel. »Ach ja, und was ich bei den Schlagzeilen noch gar nicht erwähnt hatte«, fuhr Kim dann fort, »Lolo schreibt auch nur sehr einsilbig. So, als würden wir uns kaum kennen. Wahrscheinlich hat sie mich mit irgendeiner Baywatch-Tussi ersetzt und hat jetzt keine beste Freundin, sondern eine *soul sister*.«

»Welchen Lippenstift?«, fragte Oma Bine und hielt Kim zwei Pink-Farbtöne vor die Nase.

Kim trat einen Schritt zurück und betrachtete ihre Großmutter kritisch. »Ich würde nur Gloss nehmen«, meinte sie dann fachmännisch. »Um den Lackiertes-Schaukelpferd-Effekt zu vermeiden. Deine Persönlichkeit ist bunt genug.«

Oma Bine lachte und trug blassrosa Gloss auf. »Da kannst du recht haben. Ich hoffe, ich überfordere den armen Joshua nicht.«

»Ach was«, meinte Kim. »Joshua hält schon was aus. Ihr ergänzt euch großartig.« Sie machte eine kleine Pause und beobachtete mit einem kleinen Lächeln ihre Großmutter, wie sie sich für ihr Date fertig machte. »Ich mag ihn übrigens richtig gern«, fügte Kim dann hinzu. »Der Einzige, der mir fast noch besser gefallen hätte ...« – Oma Bine sah sie überrascht an – »ist Worf«, beendete Kim grinsend den Satz.

»Oh ja, Worf war ziemlich heiß«, stimmte Oma Bine zu. »Ich werde auch immer ganz sentimental, wenn ich an ihn denke.«

»Sag das nicht vor Joshua, sonst lässt der arme Mann sich noch operieren.«

Oma Bine kicherte. »Ja, der liebe Joshua ist ein bisschen in mich verschossen, was?«

Kim lächelte breit. »Und du in ihn«, gab sie zurück.

»Hmmm, nicht auszuschließen.« Oma Bine zog den pinkfarbenen Zipper ihrer babyblauen Jogginganzug-Jacke hoch und schob die

Ärmel so weit hinauf, dass die farbige Schiene sichtbar wurde und jetzt gewissermaßen ein Accessoire darstellte. »Wie seh ich aus?«

»Großartig«, antwortete Kim. »Du wirst sie im Sturm erobern.«

Oma Bine hatte zugestimmt, heute Joshuas Tochter und deren Familie kennenzulernen, und sie hatte es ihrem Freund hoch angerechnet, dass er nicht von ihr verlangt hatte, ihren Jogginganzug gegen »förmlichere« Kleidung zu tauschen.

»Dann geh ich jetzt mal«, sagte Oma Bine zu ihrer Enkelin. »Und was Lolo angeht, würde ich nicht lockerlassen. Ist bestimmt nur ein Missverständnis, dass sie sich nicht meldet.«

»Kim?«, kam Katharinas Stimme aus der Küche, als sie Kims Schritte im Flur hörte.

»Ja?«

»Kommst du mal einen Moment?«

Kim seufzte und rollte mit den Augen. »Ich hab den Müll rausgebracht, war eine Runde mit Polly, hab Mathe wiederholt und mein Zimmer aufgeräumt.« Sie war mit der Aufzählung eben fertig, als sie in die Küche einbog, und erinnerte sich gerade noch rechtzeitig daran, die Augen in Normalstellung zu bringen.

»Super«, sagte Katharina. »Danke.«

»Ähm. Bitte …?« Kim war nicht sicher, wo das hier hinführen sollte, aber sie erwartete im Zweifel das Schlimmste. Genau wie für ihre nähere und fernere Zukunft.

»Ich wollte nie eine dieser Mütter sein, die mit Drohungen und Verboten arbeiten bei der *Erziehung*.« Bei dem Wort »Erziehung« malte Katharina Gänsefüßchen in die Luft. »Oder mit Strafen.«

Kim hob die Augenbrauen. Ihre Mutter hatte ihr eine Woche Camp gestrichen. In welche Rubrik fiel das ihrer Ansicht nach?

»Ich finde es nur wichtig, dass man Gelegenheit zur Reflexion hat, wenn man im Leben durch eine Phase geht, in der man auf sehr viel Widerstand trifft.«

»Reflexion?«, fragte Kim und runzelte die Stirn.

»Innenschau. Selbstbetrachtung. Aufmerksamkeit. Man braucht das, um draufzukommen, wo der Widerstand herkommt. Und wie man ihm begegnen soll, um in Zukunft mehr Harmonie zu erreichen. Mit seinen Mitmenschen und mit sich selbst.«

»Pffff«, machte Kim, ohne es richtig zu wollen. »Das klingt wie aus eurem Buch.«

Katharina lächelte ein bisschen. »Unser Buch ist ein Bestseller«, sagte sie.

»Na klar«, sagte Kim. »Heißt ja auch *Dein perfektes Leben*. Und wer will das nicht?«

»Das perfekte Leben haben nicht die Leute, die immer bekommen, was sie wollen. Sondern die, die aus dem, was sie bekommen, immer das Beste machen.«

»Ist das auch aus dem Buch?«, fragte Kim misstrauisch.

»Steht auf der Klappe«, sagte Katharina und grinste breit.

Kim beschloss der Einfachheit halber, anzunehmen, dass ihre Mutter recht hatte. Sie seufzte.

»Und wo fängt man an?«, fragte sie. »Wenn alles völlig verkorkst ist und alle Wege Sackgassen sind, wo fängt man dann an? Und sag jetzt nicht ›Mit dem ersten Schritt‹, sonst muss ich schreien.«

Katharina hielt ziemlich lange Kims Blick, und dann sagte sie: »Mach eine Liste, was dein Leben besser machen würde. Schreib alles drauf, was dir einfällt, egal, wie unwahrscheinlich oder unerreichbar es dir vorkommt. Und wenn die Liste fertig ist, sieh sie dir noch einmal an. Jeden einzelnen Punkt. Sieh dir genau an, ob es irgend etwas noch so Winziges gibt, das du tun kannst, damit das passiert, was du dir wünschst. Ganz egal, was es ist.«

Die Antwort ihrer Mutter kam Kim zwar vor wie eine lange Version von »Mit dem ersten Schritt«, aber sie mochte Listen irgendwie, und eine Liste zu schreiben würde ihr vielleicht wenigstens das Gefühl geben, etwas zu tun, anstatt nur auf den langen, traurigen Rest ihres Lebens zu warten.

»Okay«, sagte Kim. »War's das?«

»Yep«, antwortete Katharina, überlegte es sich aber dann anders. »Was die Camp-Abschlussfeier am Freitag angeht, ich finde, du solltest hingehen. Du musst ja sowieso deine Sachen aus dem Spind holen. Und dann kannst du dich von allen verabschieden. Abschlüsse sind wichtig.«

»Ich weiß nicht, ob ich große Lust haben werde«, meinte Kim.

»Ich finde, du solltest hingehen«, wiederholte Katharina.

Es war vermutlich besser, als die Wäsche aufzuhängen und *Innenschau* zu halten, dachte Kim und nickte nur. Sie konnte den Blick ihrer Mutter in ihrem Rücken spüren, als sie sich abwandte und hinausging. Dann fiel ihr plötzlich etwas ein. Sie drehte sich noch einmal um und fragte: »Warum hast du mir nicht gesagt, wie cool Mila ist? Dann wäre sicher alles anders gelaufen.«

Ihre Mutter sah sie verblüfft an und lachte dann kurz auf.

»Ich wusste, du würdest jeden Tag zwei Stunden mit ihr verbringen, also bin ich davon ausgegangen, du würdest selbst draufkommen.«

»Oh.«

»Und außerdem wusste ich doch, dass du jeden zuallererst immer auf Instagram abcheckst. Und ihr Insta-Profil spricht doch für sich.«

Kim schluckte. Sie hatte nichts Gutes über Mila herausfinden *wollen*, ganz einfach. Wahrscheinlich würde sie nicht besonders tief graben müssen, um herauszufinden, wo der Widerstand in ihrem Leben herkam.

Sie wollte gerade endgültig nach oben gehen, als ihr noch etwas anderes in den Sinn kam. Es war möglich, dass sie sich mit dieser Frage selbst in Schwierigkeiten brachte, aber ganz ehrlich? Wie viel schlimmer konnte es denn noch kommen?

»Ihr seid früher zurückgekommen, weil ihr das Foto auf Facebook gesehen habt, oder?«

»Ich dachte schon, du würdest nie fragen«, antwortete ihre Mutter. »Willst du darüber reden?«

»Irgendwann schon«, meinte Kim nach kurzem Überlegen. »Aber du musst dir keine Sorgen machen.« Einen Augenblick lang fürchtete sie, ihre Mom würde auf diesen Satz mit lautem Gelächter reagieren. Aber die lächelte nur ein kaum wahrnehmbares Lächeln und sagte: »Da bin ich froh.«

»Was mein Leben besser machen würde« schrieb Kim auf ein großes Blatt Papier und begann aufzuzählen:
1. Wenn *Toby* wieder mit mir reden würde.
2. Wenn *Lolo* sich melden würde und ich mit ihr über alles reden könnte.
3. Wenn *Mila* wieder mit mir reden würde.

Sie seufzte tief und fügte hinzu:
4. Wenn *Lego* wieder mit mir reden würde.
5. Wenn *Lego* ...

Kim war ziemlich sicher, dass ihr einige Sätze einfallen würden, die mit »Wenn Lego …« anfingen. Ihre Mutter hatte gesagt, sie sollte alles aufschreiben, und wenn es ihr noch so unerreichbar und unwahrscheinlich erschien.

… wieder mein Freund wäre, vervollständigte sie Nummer 5.

Sie zögerte, seufzte tief und schrieb dann Nummer 6.

6. Wenn Lego mein <u>Freund</u> wäre.
7. Wenn Lego mein erster Kuss wäre und nicht Danny.
8. Wenn Lego auch mein zweiter Kuss wäre.

Kim hatte das Gefühl, sie würde jeden Moment losheulen, wenn sie so weitermachte. Also betrachtete sie die Nummern 1 bis 3 noch einmal und überlegte, wo sich am ehesten etwas machen ließe. Die Antwort war sofort klar: Lolo. Sie hatte mit Lolo keinen Streit gehabt, ihre Freundin war nur sehr einsilbig gewesen und sehr schwer erreichbar. Das war ungewöhnlich, um genau zu sein, war es noch nie vorgekommen. Natürlich war es möglich, dass sie durch neue Freunde abgelenkt war, aber Lolo war treu.

Spontan beschloss Kim, ihre Freundin anzurufen. Sie war höchstwahrscheinlich im Haus ihrer Großmutter, also hatte sie WLAN. Und sie lag mit ziemlicher Sicherheit noch im Bett und scrollte sowieso auf ihrem Handy.

Lolo hob mit dem ersten Klingeln ab. »Hey!«, sagte sie und klang völlig überrascht.

»Hey yourself«, sagte Kim. »Du lebst also noch.« Kim merkte selbst, dass das wie ein Vorwurf klang, und fügte hastig hinzu: »Ich hab dich vermisst.«

»Oh, wirklich?« Lolo klang erneut ehrlich überrascht.

»Lolo«, sagte Kim beinahe ärgerlich. »Was ist daran so ungewöhnlich? Du bist meine beste Freundin!«

Einen Augenblick war es still, dann sagte Lolo: »Das dachte ich eigentlich auch.«

»Aber?«, fragte Kim mit einem leicht mulmigen Gefühl im Magen. Hatte sie *noch* etwas verbrochen, wovon sie nicht einmal etwas wusste?

»Aber dann hab ich das Foto von dir auf Facebook gesehen, und ich folge Danny ja auch auf Insta, also wusste ich, weshalb du im *Fizzers* warst.«

»Oh«, sagte Kim und fragte sich, auf wie viele Arten dieses blöde Foto, das nur so kurz online gewesen war, noch zu ihr zurückkehren würde. »Du hast keinen Kommentar geschrieben«, versuchte sie, sich dann zu rechtfertigen. »Also dachte ich, du hättest es gar nicht gesehen.«

»Beste Freundinnen schreiben keine Kommentare«, sagte Lolo. »Und beste Freundinnen erfahren wichtige Dinge auch nicht über Facebook.«

Lolo hatte recht, dachte Kim. Sie wäre umgekehrt auch gekränkt gewesen.

»Dann ist ein Tag nach dem anderen vergangen, und du hast zwar geschrieben, aber nur so oberflächlich und als wäre nichts Besonderes passiert, und da dachte ich, es hat wohl geklappt mit Danny, und du bist vollauf mit ihm beschäftigt und seinen Freunden –«

»Lolo!«, unterbrach Kim entsetzt. »Auszeit! Was hast du dir denn da alles zusammengereimt?«

»War's denn nicht so?«, fragte Lolo.

»Nichts davon war so. Aber du warst so kurz angebunden und immer gleich wieder weg, dass ich keine Gelegenheit hatte, dir alles zu erzählen.«

»Oh«, sagte diesmal Lolo und fügte dann vorsichtig hinzu: »Dann war das alles nur ein Missverständnis? Und wir sind immer noch beste Freundinnen?«

»Wenn man vor den Ferien beste Freundinnen war, ist man es nach den Ferien auch noch«, erklärte Kim. »Hast du jetzt Zeit?«

»Für meine beste Freundin hab ich immer Zeit«, erklärte Lolo und klang ziemlich glücklich.

»Dann erzähl ich dir jetzt alles«, sagte Kim. »Und dann brauch ich deinen Rat.«

25. Die Liste

»Mit anderen Worten«, schloss Kim, »ich hätte einen perfekten Sommer haben können. Mit der perfekten Nachhilfelehrerin und dem perfekten Jungen. Wenn ich nicht so unglaublich blöd und auf Danny fixiert gewesen wäre und auf einen ersten Kuss mit ihm.«

Von Lolo kam keine Reaktion, und als Kim zwei, drei Sekunden gewartet hatte, fragte sie: »Lolo? Hallo? Bist du noch da?«

»Ja«, sagte Lolo und räusperte sich. »Ich würde gern eine Zwischenfrage stellen.«

»Schieß los!«

»Dieser Lego ... wie alt ist er in etwa?«

»Ein knappes Jahr älter als ich«, sagte Kim. »Wieso?«

»Dann muss also unser erster Kuss nicht mehr mit einem richtig viel älteren Jungen sein?«

»Mensch, Lolo«, rief Kim entnervt. »Natürlich nicht! Deswegen sitze ich doch in diesem Schlamassel! Weil es unbedingt ein *älterer Junge* sein musste. Es muss *der richtige* Junge sein. Und abgesehen

davon kann ich doch nicht bestimmen, wen du küsst.« Kim hielt einen Moment inne und korrigierte sich: »Oder vielmehr, sollte ich jemals wieder versuchen, dir vorzuschreiben, wen du küssen darfst, dann hast du meine Erlaubnis, mit Gegenständen nach mir zu werfen.«

»Ich werd's mir merken«, sagte Lolo zufrieden. »In dem Fall hab ich auch was zu erzählen.«

Kim schaltete sofort und vergaß für einen Augenblick ihren ganzen Kummer. »Was! *Du* hast ...? Du hast doch nicht ...! Ich werd verrückt! Der Kussinator!«

»Es hat sich herausgestellt, dass er ziemlich talentiert ist, was das Küssen angeht«, meinte Lolo ein klein wenig verschnupft. »Er war bloß so nervös, und er wusste nicht, was er sagen sollte, und da ist der erste Kussversuch irgendwie ... ziemlich danebengegangen.« Sie seufzte ein bisschen wehmütig. »Wenn ich denke, wie viel Zeit wir deshalb verschwendet haben! Und diese ganze Zeit über war er in mich verliebt, stell dir das mal vor!«

»Ich kann mir das sehr gut vorstellen«, sagte Kim. »Du bist schließlich der Hammer.«

»Danke schön«, sagte Lolo und lachte. »Du aber auch. Du hast ausgesehen wie ein Model auf dem Facebook-Foto. Und das Make-up war echt toll!«

»Ich hab von der Besten gelernt!«, erklärte Kim. »Aber können wir jetzt wieder aufhören, einander Komplimente zu machen, und du erzählst weiter?«

Lolo lachte. »Viel gibt es nicht mehr zu erzählen«, meinte sie. »Der zweite Kussversuch war viel besser als der erste. Und super-romantisch. Am Strand. Bei Mondlicht. Und seither sind wir zusammen.«

»Warte mal«, sagte Kim. »*Seither*? Wie lange schon?«

»Es ist gleich in der ersten Woche passiert«, antwortete Lolo ein wenig kleinlaut.

»Und du hast nichts gesagt?«

»Die Kim von vor drei Wochen hätte mich zur Schnecke gemacht, weil ich mich von einem *Kind* küssen lasse. Sie hätte sich über den Kussinator lustig gemacht und mich an unsere Abmachung erinnert.«

»Die Kim von vor drei Wochen muss ein ziemliches Aas gewesen sein«, sagte Kim.

»Das ist vielleicht ein wenig hart«, meinte Lolo. »Du darfst nicht so streng mit ihr sein, wir werden alle ein bisschen seltsam in der Pubertät.«

Kim seufzte tief. »Danke für dein Verständnis«, sagte sie. »Dann bist du mit dem Kussinator also jetzt –«

»Er heißt Alex«, unterbrach Lolo.

»Sorry. Dann bist du jetzt mit Alex also zusammen?«

»Ja.«

»Dann werdet ihr in Zukunft händchenhaltend über den Schulhof spazieren?«

»Ja.«

»Und knutschend in irgendwelchen Ecken rumstehen?«

»Das ist nicht auszuschließen.«

»Lolo und der Kussinator«, sagte Kim. »Wer hätte das gedacht?«

»Können wir das Wort *Kussinator* vielleicht aus unserem Vokabular streichen?«, fragte Lolo.

»Ich werde daran arbeiten«, sagte Kim. »Darf ich jetzt? Ich brauch doch noch deinen Rat.«

»Du hast Glück, die Sprechzeiten sind noch nicht vorbei.«

Es fühlte sich sehr seltsam an, am Freitag ins Sportzentrum zu kommen. Kim hatte die Zeit so gewählt, dass sie in Ruhe ihre Sachen ausräumen konnte, während die anderen noch draußen auf dem Platz waren. Das Wetter war in den letzten Tagen warm, aber nicht zu heiß gewesen. Perfektes Fußballwetter, dachte Kim, und es gab ihr einen Stich. Auch diese letzte Campwoche hätte perfekt sein können. Ein paar Sekunden lang stand sie vor ihrem Spind und hatte die irre Hoffnung, wenn sie ihn aufmachte, würde eine bunte Legofigur darin auf sie warten. Vielleicht ein Schaf. Oder eine Schnecke. Aber natürlich war da nichts, gar nichts, als sie die Tür aufschloss. Sie seufzte tief. Wie wäre wohl alles gekommen, wenn sie mit Lego zu dem Spiel gegangen wäre? Hätte sie ihm eine Chance gegeben? Lolo glaubte nicht daran. »Du hattest doch nur Danny im Kopf«, hatte sie gemeint. »Du wolltest doch gar nichts anderes sehen. Oder niemand anderen.« Hatte Oma Bine nicht so was Ähnliches über Toby und Spaßbremse gesagt?

Das *zweite* Date, das hätte funktionieren können, dachte Kim. Das hätte sogar sicher funktioniert, denn da war bei ihr endlich der Groschen gefallen. Es hätte nicht nur funktioniert, es wäre ein tolles Date geworden. Vor dem sie kein Schmink-Tutorial gebraucht hätte und keinen Alkohol. Bei dem sie Spaß gehabt hätte, bei dem sie sich wohlgefühlt hätte und perfekt, genau wie sie war. Und das vielleicht, nur vielleicht in ihrem ersten Kuss geendet hätte. Ja, dem ersten. Kim hatte beschlossen, dass der Kuss mit Danny nicht zählte. Er würde sich nicht daran erinnern, und sie wollte sich nicht daran erinnern. Also war er auch nicht wirklich passiert.

Kim hatte ihre Fußballschuhe, ihr Handtuch, ihr Deo und ihre Haarbürste in einen Rucksack geworfen. Das oberste Fach des Spinds konnte sie nicht ganz einsehen, stellte sich also auf die Zehenspitzen und tastete es ab. Da war ja tatsächlich noch was! Im nächsten Moment hatte sie eine Sportsocke in der Hand, gleichzeitig machte es ein hässliches »Klack«-Geräusch, und auf dem Fußboden rund um Kim sprangen lauter kleine schwarze und weiße Legosteine herum. Ein paar wenige rote waren auch dabei. Kim stand einen Augenblick wie erstarrt, dann wusste sie, was passiert war. Die Polly-Figur, ihre Lieblingsfigur. Sie hatte sie unter einer Socke versteckt nach hinten geschoben, damit keines der anderen Mädchen sie sehen konnte. Später hatte sie überall danach gesucht, aber es wollte ihr einfach nicht mehr einfallen, was sie damit gemacht hatte. Jedes Mal, wenn sie die kleine Sammlung auf ihrem Fensterbrett betrachtete, dachte sie daran, dass sie die Lego-Polly noch finden musste, denn die hatte sie von allen Figuren am liebsten ...

Kim saß auf dem Fußboden und sammelte Legosteine ein. Es waren nicht nur Einzelteile, da waren zwei ... und da drei Steine, die nicht auseinandergesprungen waren. Vielleicht konnte man sie wieder zusammenbauen? Es musste doch möglich sein, sie wieder zusammenzubauen! Es musste!

Als Nana hereinkam, saß Kim immer noch auf dem Fußboden, ein schwarz-weiß-rotes Häufchen Bausteine in den Händen, und weinte so heftig, dass bei jedem Schluchzer einige Pollystückchen wieder zu Boden fielen.

»Ach Kim!« Mit zwei Schritten war Nana bei ihr, legte den Arm um ihre Schultern und redete auf Kim ein, bis sie sich ein wenig beruhigt hatte und ihr Schluchzen in eine Art Megaschluckauf übergegangen war.

»Nana«, sagte Kim, immer noch mit den Tränen kämpfend. »Ich hab alles versaut, alles. Ich bin so ein Idiot. Und jetzt ist auch noch meine Polly kaputt.«

»Sie ist doch nicht kaputt«, versuchte Nana, sie zu trösten. »Die Steine sind doch noch ganz. Wenn man sich Mühe gibt, kann man sie bestimmt wieder zusammensetzen und eine neue Polly bauen.«

»Das kann nur Lego!«, sagte Kim und begann von Neuem zu schluchzen.

»Ich sag dir was«, sagte Nana. »Du beruhigst dich jetzt, damit die anderen Mädels hier rein- und sich umziehen können. Und dann gehen wir alle zusammen ins Café am Park und machen uns ein paar schöne Stunden. Okay?«

»Okay«, schniefte Kim und schaffte es tatsächlich, sich zu beruhigen. Die Legosteine verpackte sie sorgfältig in dem kleinen Geheimfach ihres Rucksacks, dann wusch sie sich das Gesicht mit kaltem Wasser und atmete ein paarmal tief durch. Und dann wurde die Fete im Café am Park wirklich noch ganz nett. Nicht toll, aber nett. Kim freute sich, Suki und Cuddles wiederzusehen. Der Preis für den besten Teamspieler wurde an Lego vergeben, in Abwesenheit, und beinahe musste Kim wieder losheulen. Alle Kids (außer Kim, die ja nicht da gewesen war) hatten abgestimmt, und Lego hatte mit Abstand die meisten Stimmen bekommen. Er wurde von allen vermisst, und jedem Campteilnehmer fiel irgendwas Witziges ein, das Lego gesagt oder getan hatte. Auch seine sensationellen Kopfbälle blieben nicht unerwähnt – vor allem, weil er sonst ein so durchschnittlicher Spieler war und sie deshalb immer irgendwie unerwartet kamen, selbst wenn man es eigentlich schon besser wissen sollte.

Kim stellte Nana und Suki einander vor, und die beiden schienen sich auf Anhieb zu verstehen – kein Wunder, sie hatten ja auch jede Menge gemeinsam! Als Kim sich als Erste verabschiedete, unterhielten sich die zwei blonden Mädchen gerade sehr angeregt. Nana hockte dabei auf dem Boden und knuddelte Cuddles, die ihr vertrauensvoll den wolligen Bauch entgegenstreckte. Immerhin hab ich hier vielleicht eine Freundschaft gestiftet, dachte Kim. Dann war das Toby-Projekt ja doch für was gut.

Sie hatte den ersten Programmpunkt für heute abgehakt, und das hätte eigentlich der einfachere werden sollen. Kim seufzte. Derzeit war einfach gar nichts einfach.

Als sie zu Hause ankam, wollte Toby gerade mit Polly raus.

»Ich geh schon mit ihr«, sagte Kim. »Du musst doch ohnehin bald zur Arbeit.«

Toby schien kurz zu überlegen. »Okay«, sagte er dann, »danke«, und drückte Kim die Leine in die Hand.

»Toby«, sagte Kim. »Du weißt, dass mir das alles unsagbar leidtut, oder?«

Toby nickte.

»Dann wirst du auch irgendwann wieder richtig mit mir reden?«

»Ja«, sagte Toby und wurde rot. »Ich war nur … geschockt«, fügte er hinzu. »Ich dachte, ich kenn dich.«

»Du kennst mich auch«, sagte Kim eindringlich. »Ich war nur vorübergehend geistig verwirrt. Das kommt in den besten Familien vor, hab ich gehört.«

Toby lachte. »Ach Kimmo«, sagte er. »Du bist so eine Knalltüte.«

»Das ist richtig«, sagte Kim ernst und brachte Toby damit erneut zum Lachen.

Als sie danach mit Polly loszog, war ihr ein bisschen leichter, was sich aber wieder änderte, als sie eine halbe Stunde später in einem anderen Stadtteil aus dem Bus stieg und Polly den Maulkorb abnahm.

Das Navi auf Kims Handy sagte von hier noch fünf Minuten Fußweg voraus, was auf die Minute korrekt war. Was das Navi nicht vorausgesagt hatte, war die Baustelle, die sich über die ganze Länge des Häuserblocks zog und mit rot-weißem Absperrband markiert war, das lustig im Wind flatterte.

»Vielleicht ist das ein Omen«, murmelte Kim. Sie sah zu Polly hinunter, die misstrauisch die gegenüberliegende Straßenseite beäugte. Es war eine ruhige Straße – keine Villen und Swimmingpools wie in Kims Wohngegend, sondern Mehrfamilienhäuser mit kleinen Grünflächen vor der Haustür und Gemeinschaftsgärten mit Kinderspielplätzen und nummerierten Parkplätzen. »Vielleicht ist das hier einfach eine Riesenschnapsidee.« Sollte sie es sein lassen und wieder nach Hause fahren?

Doch dann zog Polly plötzlich an der Leine und marschierte los. Kim konnte gerade noch sichergehen, dass kein Auto kam, und lief überrascht hinterher, als würde Polly sie an der Leine führen und nicht umgekehrt. Ein Glück, dass die Hundetrainerin das nicht gesehen hatte.

Polly trabte mit Todesverachtung an der Baustelle und den Absperrbändern vorbei, genau vor die Haustür, zu der Kim wollte. Und dann gab es kein Zurück mehr. »Wenn du an diesen lebensgefährlichen rot-weißen Flatterbändern vorbeigehen kannst, Pollyhund, dann kann ich auch hier klingeln«, sagte Kim, holte tief Luft und klingelte.

»Was hätte ich sonst tun sollen?«, murmelte sie in sich hinein. »Sie hat auf keine meiner Nachrichten geantwortet. Genauso wenig wie Lego.«

Der Türöffner surrte, und als Kim die Tür aufdrückte, zog Polly sofort ins Hausinnere, als wüsste sie ganz genau, wo Kim hinwollte.

Vor Nummer fünf blieb Polly stehen, schnüffelte und wedelte erwartungsvoll. Kim brauchte ein paar Sekunden, um das Mädchen zu erkennen, das die Tür öffnete. Mila trug keine Brille, stattdessen aber etwas Make-up, und statt des üblichen Riesensweaters ein figurbetontes schwarzes T-Shirt zu ihren Jeans.

»Kim«, sagte Mila mit wenig Begeisterung in der Stimme. »Was machst du denn hier?«

»Du wolltest nicht mit mir reden«, sagte Kim.

»Du wolltest mich als Diebin hinstellen. So was mag ich nicht.«

»Es hätte ohnehin niemand geglaubt, dass du klaust.«

»Das macht die Sache nicht besser.«

»Nein.«

Die beiden standen einander gegenüber und schauten sich an.

»Hör zu, Kim«, sagte Mila. »Dein Timing ist echt schlecht, ich erwarte eine Nachhilfeschülerin und danach –«

»Ich weiß«, unterbrach Kim. »Ich bin die Nachhilfeschülerin.« Sie kramte ihr Portemonnaie aus dem Rucksack.

»Du hast die Stunde gebucht?«, fragte Mila fassungslos. »Über Facebook?«

»Kira Casper«, sagte Kim und nickte. »Hat Probleme mit Textbeispielen und möchte vor Schulbeginn den Stoff von letztem Jahr wiederholen. Ich weiß nicht, warum du so überrascht bist. Es ist ja nicht mein erstes Fake-Profil.«

Kim hielt Mila das Geld hin. »Das ist genau der ausgemachte Betrag. Ich hab es auch nicht geklaut, sondern es ist Taschengeld. Krieg ich dafür fünfzig Minuten mit dir?«

26. Aktiv und kreativ

Kim war nicht ganz sicher, ob Mila kurz davor war, loszulachen, oder kurz davor, sie vor die Tür zu setzen. Diesen Moment wählte Polly, um an Mila hochzuspringen, den Kopf schief zu legen und sie treuherzig anzusehen.

»Und damit ich es nicht übers Herz bringe, dich rauszuschmeißen«, sagte Mila und bückte sich zu dem Hündchen, »hast du auch noch Polly mitgebracht.«

»Genau«, sagte Kim und nickte. »Sie ist meine Notfallversicherung.«

Mila lachte laut heraus. »Du scheinst deine Taktik geändert zu haben. Ist erfrischend, diese Ehrlichkeit.«

»Treffer«, sagte Kim und verzog das Gesicht. Sie streckte den Arm mit dem Geld erneut aus. »Krieg ich meine Stunde?«

»Was würdest du denn mit der Stunde anfangen wollen?«

Kim holte tief Luft. »Ich würde dir sagen, wie leid mir alles tut. Dass ich was ähnlich Fieses noch nie getan habe und auch nie wieder tun werde. Dass meine einzige erbärmliche Rechtfertigung meine Pubertät ist. Dass ich dir eine Chance hätte geben sollen. Dass wir eigentlich sehr viel gemeinsam haben. Dass, wenn ich mir die Mühe gemacht hätte, dich ein bisschen kennenzulernen, anstatt dir die Schuld für alles zu geben, was in meinem Leben nicht so lief, wie ich es wollte ...« Kim schluckte. »... wir eine tolle Zeit zusammen hätten haben können. Trotz Mathe.«

Um Milas Lippen zuckte es bei *trotz Mathe*. Sie senkte den Blick auf Polly, und Kim war ziemlich sicher, dass sie nur nicht beim Lachen erwischt werden wollte.

»Ich würde dir sagen«, fuhr Kim fort, »wie dankbar ich dir bin, dass du mich aus dem *Fizzers* geholt hast, obwohl ich so ein fieses Stück war. Und dass ich dich bewundere. Dass ich mir selbst unendlich leidtue, weil ich die Chance verspielt habe, mit dir befreundet zu sein. Und dazu auch gleich noch meine Freundschaft mit Lego.« Kim ließ einen tiefen Seufzer vom Stapel. »So, das war mal ein grober Überblick.«

»Das war völlig ausreichend«, sagte Mila. »Und hat nur drei Minuten gedauert. Ich kann also dein Geld leider nicht nehmen.«

»Das war ausreichend?«, fragte Kim verblüfft. »Aber das waren sozusagen nur die Überschriften.«

»Ich brauche keine Powerpoint-Präsentation zu dem Thema, Kim. Wir haben alle schon Dinge getan, auf die wir nicht stolz sind. Jeder von uns, unter Garantie. Ich habe ja auf meinem Handy gesehen, wie oft du versucht hast, mich anzurufen. Ich war geschockt, dass du so weit gehen würdest, mich als Diebin hinzustellen ...«

Kim verzog bei diesem Satz das Gesicht, als würden ihr die Worte körperliche Schmerzen verursachen.

»... aber mir war auch klar, dass das vor der Party im *Fizzers* gewesen sein muss und dass du zu dem Zeitpunkt megasauer auf mich warst. Es kann dir nicht leichtgefallen sein, hierherzukommen, und ich weiß das zu schätzen. Also Schwamm drüber. Und was die Freundschaft angeht, warten wir mal ab. Du wirst ja weiterhin Nachhilfe brauchen, schätze ich?«

Kim schnappte beinahe nach Luft, so verblüfft war sie. »Du würdest ...?«, fragte sie, und beim zweiten Anlauf brachte sie tatsächlich einen ganzen Satz raus: »Du würdest mir wieder Nachhilfe geben?«

»Ich kann ja schlecht die kleine Schwester meines Freundes durchfallen lassen. Komm, lass uns ein Stückchen spazieren gehen, das macht Polly sicher mehr Spaß, als hier zwischen Tür und Angel zu hocken.« Mila holte rasch von drinnen den Schlüssel, und als sie wiederkam, war Kim immer noch fassungslos. Mila nahm ihr die Leine aus der Hand und ging mit Polly voraus.

Kim stolperte hinterher und schaffte es endlich, ein paar einigermaßen zusammenhängende Worte zu sagen. »Toby und du, ihr seid …? Wirklich? Er und du, ihr seid …?«

»Zusammen«, beendete Mila den Satz. »Ja. Seit ein paar Wochen. Ich dachte, du wüsstest das schon? Toby hat mir erzählt, du hättest ihn gefragt, ob er mich mag? Deshalb dachte er auch, du hättest das mit dem Porzellan aus Eifersucht gemacht, weil du ihn nicht teilen willst.« Sie lachte. »Ich hab ihm gleich gesagt, dass er sich da selbst viel zu wichtig nimmt.«

Kims Gehirn versuchte fieberhaft, Puzzleteilchen zusammenzusetzen. »Dann habt ihr euch gar nicht bei uns zu Hause kennengelernt?«

»Nein, schon einige Zeit davor im Tierheim«, meinte Mila mit einem kleinen Lächeln. »Bei der Freiwilligenarbeit. Und bei einem Stunt-Job haben wir uns wiedergetroffen. Wir sind durch Zufall bei derselben Agentur. Und es war auch kompletter Zufall, dass deine Mom mich angeheuert hat.« Mila lächelte. »Oder Schicksal, je nachdem, woran man lieber glauben will.«

Kim war sprachlos. So lange schon? Die beiden kannten sich seit Ewigkeiten! Der ausgeklügelte »Toby's next girlfriend«-Plan war völlig überflüssig gewesen!

Mila schien nicht zu bemerken, wie fassungslos Kim war, und erzählte weiter. »Jedenfalls wusste ich nicht, dass Toby dein Bruder ist, bis ich ihn bei euch zu Hause getroffen hab.«

Als sie vor dem Haus auf uns gewartet hat, dachte Kim.

Mila lachte bei der Erinnerung in sich hinein. »Das mit dem Stunt-Job war jedenfalls ziemlich heftig. Ich mach das ja schon länger, aber

für ihn war es der erste Job. Er war verdammt nervös. Und dann gleich eine Kussszene in einer senkrechten Wand! Wir hingen da einen halben Tag lang, bis die Szene im Kasten war.« Milas Lächeln wurde noch breiter. »Glaub mir, da lernt man sich kennen. Kurz darauf hat er mich schon gefragt, ob er sagen dürfe, ich sei seine Freundin.« An diesem Punkt lachte sie laut heraus. »Und dann hat mir jemand sein Quickdate-Profil gezeigt, auf dem er sich als Schauspieler und Stunt-man bezeichnet und eine Blondine sucht, die aussieht wie ein Super-model.«

Kim spürte, wie sie ziemlich plötzlich ziemlich rot wurde.

»Ich hab ihm einen Screenshot geschickt und ihn gefragt, ob er auch ganz sicher mit *mir* zusammen sein will.« Mila warf Kim einen amüsierten Blick zu. »Ich könnte mir vorstellen, dass er danach nicht besonders gut auf dich zu sprechen war?«, fragte sie.

»Nicht besonders«, bestätigte Kim.

»Jetzt aber zu dir«, meinte Mila und sah Kim forschend an. »Du sagtest vorhin was über deine Freundschaft mit Lego. Ist das der Junge mit den Lego-*Figuren*?«

Kim nickte.

»Und mit ihm hast du's dir auch versaut?«

Kim nickte, erzählte die Kurzfassung der Lego-Geschichte und be-endete sie mit einem Seufzer. »Meine beste Freundin hat mir geraten, aktiv zu werden«, fügte sie hinzu. »Aber er ist in Griechenland und antwortet nicht auf meine Nachrichten. Wie soll ich da aktiv werden?«

Mila dachte kurz nach. »Du sagst, er antwortet nicht auf deine Nachrichten? Aber geblockt hat er dich nicht?«

»Noch nicht«, meinte sie zerknirscht. »Aber nun ist er im Urlaub mit seinen Eltern, und wenn er zurückkommt, hat er mich bestimmt schon vergessen. Und das zu Recht.«

Mila warf ihr einen Seitenblick zu.

»Nicht, dass ich etwa im Selbstmitleid baden würde«, fügte Kim grimmig hinzu.

»Natürlich nicht.« Mila lächelte ihr ausgesprochen hübsches Lächeln.

»Hast du ihm schon geschrieben, was passiert ist?«, fragte sie dann. »Die Wahrheit?«

»Ja«, antwortete Kim. »Gestern. Eine ewig lange Nachricht. Aber ich weiß nicht, ob das eine gute Idee war.«

»Die Wahrheit ist fast immer eine gute Idee«, meinte Mila. »Gib ihm ein paar Tage, um sie zu verdauen.«

»Und dann ...?«

»Hmmm«, machte Mila. »Ich habe noch etwas Zeit. Lust auf einen Ausflug zum Spielwarenladen? Dann können wir auch dein Taschengeld sinnvoll loswerden.«

Kim verließ den Spielzeugladen mit einem hellblauen Babyplüschtier für Polly und mehreren Kartons Legosteinen in den verschiedensten Farben.

»Aber ich kann so was nicht«, jammerte sie. »Das ist überhaupt nicht mein Ding.«

»Es geht darum, dass du es machst«, erklärte Mila. »*Obwohl* es nicht dein Ding ist.« Sie warf Kim einen Blick zu. »Es war auch nicht dein Ding, heute bei mir aufzutauchen und dich zu entschuldigen. Und trotzdem hat es geklappt.«

»Stimmt«, sagte Kim. Sie sollte wirklich mehr auf ihre beste Freundin hören. Lolo hatte sich Kims Liste vorlesen lassen und dann gemeint: »Du kannst nicht einfach warten, bis alle wieder mit dir reden. Die müssen sehen, dass du dich um sie bemühst. Du musst kreativ werden.« Sie hatte auch gesagt: »Falls Mila und Toby wirklich Interesse aneinander haben, wird sie das Kriegsbeil sicher begraben wollen. Welches Mädchen will schon jedes Mal Krach riskieren, wenn sie bei ihrem Freund abhängt?« Lolo dachte immer so schön praktisch.

»Ich muss kreativ werden und mich um Lego bemühen«, fasste sie Lolos Worte zusammen, und Mila hob den Daumen.

»Na bitte«, sagte sie. »Jetzt hast du's.«

Auf der Fahrt zu Kims Haus fasste sie sich ein Herz und fragte nach Milas Schwester.

»Als sie knapp dreizehn war«, erzählte Mila, »hat sie sich nachts rausgeschlichen und ist in eine Disco. Ein Typ hat sie dort auf jede Menge Drinks eingeladen und wollte dann auf der Toilette über sie herfallen. Sie hatte Glück, dass jemand aufmerksam wurde und ihr geholfen hat. Seither bin ich vielleicht etwas übervorsichtig ...« Sie zuckte mit den Schultern. »Aber besser, als sich im Nachhinein sagen zu müssen, man hätte etwas tun sollen. Finde ich jedenfalls.«

Als Mila in der Einfahrt hielt, drehte Kim sich ihr zu und begann: »Mila, ich –«

»Schon gut, Kim«, unterbrach Mila. »Es ist alles gut. Ich muss jetzt wirklich los, ich hab noch ein Casting.«

»Casting?«, fragte Kim. »Wie ein Model?«

Mila lachte. »Ja, ich bin doch bei dieser Agentur. Die schicken mich auf Castings für Stunts und Stand-ins, aber auch für Werbespots, bei denen natürliche, sportliche Mädchen gesucht werden.«

Nun war Mila auch noch ein Model! Ihr Traum hatte also doch recht behalten – minus der blonden Haare. Früher hatte es solche Detailfehler in ihren Träumen nicht gegeben, aber wahrscheinlich hatte ihre Mom recht und das mit den Wahrträumen ließ in der Pubertät nach.

Kim runzelte die Stirn. »Du siehst heute so hübsch aus«, sagte sie. »Warum sonst immer die Brille und der Riesensweater? Du musst dich doch nicht verstecken!«

»Glaub es oder glaub es nicht, aber ich mag die Brille. Ich finde, sie passt zu mir. Kontaktlinsen hasse ich eigentlich, aber es geht manchmal nicht ohne. Übrigens bin ich deinem Bruder auch mit Brille aufgefallen.« Sie grinste. »Den Menschen, die dich wirklich sehen, ist so was wohl egal. Und was den Sweater angeht …«

Mila ließ einen sehnsüchtigen Seufzer vom Stapel. »Mein Bruder studiert in Kanada.« Kim dachte an das Instagram-Foto mit dem tief verschneiten Hintergrund. »Ich vermisse ihn schrecklich, und wenn ich seinen Sweater trage, fühl ich mich ihm irgendwie näher. Aber da du mich ja so taktvoll erinnert hast, dass Kleidungsstücke irgendwann zu müffeln anfangen, ist er derzeit in der Wäsche.«

»Autsch«, sagte Kim und griff sich ans Herz.

Mila lachte. »Du hast davon angefangen. Und jetzt raus hier! Ich komm sonst wirklich zu spät!«

Kim öffnete die Beifahrertür, überlegte es sich dann anders, wandte sich noch einmal Mila zu und umarmte sie ganz schnell. »Du bist super«, sagte sie. »Einfach perfekt. Für Toby und für mich.«

Dann schnappte sie die Kartons mit den Legosteinen und lief ins Haus.

27. Lego

Kim bastelte ein weißes Schild aus Legosteinen, auf dem in Rot »SORRY« stand. Sie hatte schon mehrere Stunden daran gearbeitet und immer wieder Steine runtergenommen und ihre Position ver-

ändert, weil sie die Buchstaben einfach nicht hinkriegte. Dann kam Lolo auf die Idee, die Steine im richtigen Maßstab aufzuzeichnen und abzuzählen, so war es viel einfacher. Dennoch brauchte sie insgesamt fast einen ganzen Tag. Sie war megastolz, als es fertig war, machte eine Fotosession damit, bis auch der Lichteinfall auf dem Foto perfekt war, und schickte mit klopfendem Herzen das Bild per Whatsapp an Lego.

Es dauerte bis zum nächsten Morgen, dann erschienen endlich die blauen Häkchen unter dem Foto, die ihr zeigten, dass er es gesehen hatte. Aber es kam keine Antwort. Auch am nächsten Tag nicht.

Und auch nicht am übernächsten. Kim war so enttäuscht, dass sie beinahe heulte, als sie Mila am Telefon davon erzählte.

»Nicht aufgeben«, sagte Mila.

»Er war bestimmt auch sehr enttäuscht, als du zu eurem Date nicht aufgetaucht bist – *zweimal*«, sagte Lolo.

Kim atmete durch und fing von vorn an. Sie konstruierte ein Herz und einen Teddybären aus Legosteinen. Erst wollte sie einen dreidimensionalen Teddybären machen, der einen herzförmigen Luftballon hielt, aber es sah aus, als wollte der große formlose rote Brocken den armen (kaum weniger formlosen) Bären erschlagen, also entschied sie sich letztlich für eine 2-D-Variante »Bär mit Herz«. Dieses Motiv erkannten immerhin sechs von sieben Testpersonen, nur Joshua dachte, es handle sich um etwas Außerirdisches, aber er war eindeutig noch von dem Klingonen-Date traumatisiert. Oma Bine konnte es nicht erwarten, den Gips loszuwerden, weil ihr Töpferkurs bald startete und sie außerdem mit Joshua Tango tanzen wollte. Kim hatte den Eindruck, was Joshua anging, konnte der Gips noch eine Weile draufbleiben. Der pensionierte Anwalt hatte übrigens ein sehr nettes Gesicht mit buschigen weißen Augenbrauen, das durchaus mit seinem Klingonenprofil mithalten konnte. Er war inzwischen ein häufiger und gern gesehener Gast geworden – ebenso wie Mila natürlich. Felix hatte wieder angefangen, mit ihr herumzualbern, als wäre sie seine vierjährige, nicht seine fast vierzehnjährige Tochter.

Und Katharina erklärte Kim (genau wie zuvor Mila), dass jeder von ihnen schon Dinge getan hatte, auf die er nicht stolz war – und dass die Entschlossenheit und Kreativität ihrer Tochter beim Wiedergutmachen bemerkenswert seien. Kim nahm aus diesem Gespräch zweierlei mit: erstens eine stolzgeschwellte Brust und zweitens den fixen Vorsatz, bei Gelegenheit aus allen Familienmitgliedern rauszukitzeln, worauf sie »nicht stolz waren«.

Kim verschickte das Bild von dem Legobären mit Herz, und auch darauf kam keine Antwort.

Diesmal jammerte sie nicht, und sie rief auch nicht Lolo an. Stattdessen baute sie einen kleinen Tisch und eine Figur, die auf einem Stuhl daran saß.

Mit einem Seufzer schickte sie das Foto mit ihrem bisherigen Meisterwerk – Die Figur war sogar blond! – an Lego.

Sie hielt den Atem an, als sie sah, dass er gerade online war. Die Häkchen färbten sich blau. Kim wartete. *Lego schreibt*, teilte die App ihr mit, und Kim wagte nicht zu atmen, bis die Antwort da war.

> Ein rot-blauer Pinguin auf einer schwarzen Eisscholle?

> Das bin ich in meinem Trainingsoutfit, wie ich in einem Café auf dich warte.

> Aber abstrakt?

Kim lachte. Sie hatte Lego vermisst. Sie hatte alles an ihm vermisst, aber vielleicht am meisten, wie er sie zum Lachen brachte.

Am nächsten Tag schickte sie ihm eine neue Figur und tags darauf wieder eine. Seine Kommentare waren durchgehend ironisch und durchgehend zum Lachen. Kim hatte es noch nie so genossen, von jemandem veräppelt zu werden.

Nach der zehnten Lego-Figur schrieb er:

Entschuldigung angenommen.

Sie machte dennoch ein dreidimensionales Herz aus allen ihren roten Steinen, schickte es ihm noch am selben Tag und lachte dann Tränen, als er rätselte, ob es sich um eine Lunge oder eine Leber handelte, und ihr riet, für die Aufnahmeprüfung zum Medizinstudium noch etwas zu büffeln.

28. Traumjunge

Lego kam an dem Tag aus Griechenland zurück, an dem Kims Familie – samt Polly – nach Italien fuhr. Die Conrads hatten ein Haus mit Pool gemietet, und Mila und Joshua kamen jeweils für eine Woche nach. Polly fürchtete sich vor Zikaden und bemalten Kacheln, dafür gefiel ihr das Fußwaschbecken, das sie zu ihrem privaten Pool erklärte. Oma Bine nahm sich selbst die Schiene ab und beschloss, Italienisch zu lernen. Es war ein toller Urlaub, aber Kim vermisste Fußball und Lego. Den Jungen *und* die bunten Steine, irgendwie war sie nach beidem süchtig geworden.

Am Montag der ersten Schulwoche schrieb Lego an Kim.

> Was hältst du von folgendem Plan: Du und ich am selben Ort. Wohlgemerkt auch ZUR SELBEN ZEIT.

Kims Herz klopfte plötzlich ziemlich schnell.

> Theoretisch oder praktisch?

> Ich liebe die Gefahr. Praktisch. Kommenden Samstag? Sechzehn Uhr? Café am Park um der alten Zeiten willen?

> Ich werde drei Stunden zu früh da sein. Vorsichtshalber.

>  Dann bis Samstag.

> Dann bis Samstag.

> 🩶

>

Kim war zum ersten Mal in ihrem Leben so glücklich, dass sie beinahe weinte. Und in dieser Nacht hatte sie einen ihrer Träume. Er war anders als ihre sonstigen Träume, weil keine richtigen Menschen darin vorkamen, aber dennoch fühlte er sich an wie ein *echter* Traum.

In dem Traum sah sie ihr Fensterbrett mit allen Legofiguren. Wie mit einer Kamera fuhr ihr inneres Auge das Fensterbrett entlang. Alle

Figuren standen genauso da, wie Kim sie am Abend vor dem Schlafengehen hinterlassen hatte, bis die Kamera an den Punkt kam, an dem das traurige Häufchen weißer, schwarzer und roter Steine gelegen hatte. Denn an seiner Stelle stand da die Lego-Polly, die Kim so sehr liebte. Und gleich daneben gab es eine neue Figur, oder vielmehr zwei Figuren: ein Junge in einem gelben Oberteil und blauen Hosen, der ein Mädchen mit langen blonden Haaren küsste. Das Mädchen trug oben Grün und ebenfalls blaue Hosen.

Der Traum war superkurz, aber sehr deutlich, und Kim erinnerte sich am Morgen an jedes Detail. Sie wollte ihn Lolo erzählen, überlegte es sich dann aber anders. Ihr letzter Traum war zwar irgendwie wahr geworden, aber die Details hatten nicht gestimmt, und dieser hier konnte auch einfach nur ein Wunschtraum sein. Außerdem besaß Kim nicht ein einziges grünes Oberteil.

Am Dienstag der ersten Schulwoche schrieb Mila an Kim:

»Anti-Pelz-Demo ist fix für Sonntag.« Sie fügte einen Screenshot der Wettervorhersage an und einen genervten Smiley. Das Wetter sollte an den nächsten acht Tagen gut werden – mit Ausnahme von Sonntag, da war Regen angesagt.

Kim schickte den Augen rollenden Smiley zurück und begann, alle ihre Freunde anzurufen. Tornado, Taifun oder Blizzard – das Wetter konnte aufbieten, was es wollte: Mila würde diesmal nicht allein demonstrieren, so viel stand fest!

Am Mittwoch war Kims Geburtstag. Sie und Lolo saßen nach der Schule im Eissalon, als Danny und Emil genau an ihrem Tisch vorbeikamen. Kim war ungeschminkt, trug ein ziemlich groß geschnittenes grünes T-Shirt mit einem Anti-Pelz-Slogan, das Mila ihr am Abend zuvor geschenkt hatte, und schlürfte gerade die geschmolzenen Reste ihres Früchtebechers aus dem Glas. Ihre Augen trafen auf Emils Augen und dann auf Dannys Augen. Bei Emil schien irgendetwas aufzuflackern, das aber schnell wieder verschwand. Danny wirkte, als würde er irgendwo in den Windungen seines Gehirns nach einem Puzzleteilchen suchen. Aber er wusste weder, wie das Puzzleteilchen aussah, noch zu welchem Puzzle es eigentlich gehörte. Beide Jungs wandten im selben Moment den Blick ab, und Kim und Lolo prusteten los.

»Du solltest ihn am Hemd packen, an dich heranziehen und zu ihm sagen: *Du bist mein Geburtstagsgeschenk, Süßer!*«

Kim und Lolo mussten bei dieser Vorstellung so sehr lachen, dass Kim das Eis zur Nase wieder rauskam und Lolo ihre Cola verschüttete.

Als sie sich wieder beruhigt hatten, meinte Kim: »So gut sieht er eigentlich gar nicht aus. Irgendwie stehen seine Augen zu nahe beieinander.«

»Sie sind auch nicht richtig grün«, sekundierte Lolo. »Mehr so schlammfarben.«

»Ich finde ja braune Augen sowieso schöner«, sagte Kim.

»Viel schöner«, meinte Lolo. Alex hatte auch braune Augen. »Angeblich ist er wieder mit Vero zusammen«, fügte sie dann hinzu. »Hast du das Gerücht auch schon gehört?«

»Nein«, sagte Kim. »Aber das ist mir auch so was von egal.«

Am Donnerstag rief Mila aufgeregt auf Kims Handy an: »Kim, hör zu, denkst du, deine Freunde würden auch am Samstag kommen? Wir könnten die Demo auf Samstag vorverschieben – dann hätten wir gutes Wetter, und es würden bestimmt viel mehr Leute mitgehen. Und wir hätten auch viel mehr Publikum.«

»Okay«, sagte Kim. »Dann ruf ich gleich mal alle an. Selbe Zeit?«

»Selbe Zeit! Danke dir! Du bist ein Schatz!«

Mila legte auf, und im selben Moment wurde Kim klar, was sie gerade getan hatte. Die Demo war für fünfzehn Uhr angesetzt. Um sechzehn Uhr war sie mit Lego verabredet. Mila im Stich zu lassen kam nicht infrage. Lego zu versetzen genauso wenig.

Sie schickte einen sehr wenig erfreuten Smiley an Lego.

»Ist der Heuly ein Irrtum?«, kam es umgehend zurück. »Oder muss ich mir Sorgen machen?«

Heuly, dachte Kim. Natürlich. *So* heißen die traurigen Smileys.

> Du wirst nicht glauben, was gerade passiert ist.

> Lass mich raten: Deine Großmutter hat angekündigt, sich am Samstag das Bein zu brechen?

> Fast. Ich muss – ich will – auf Milas Anti-Pelz-Demo. Alle meine Freunde kommen. Und die Demo ist soeben von Sonntag auf Samstag vorverlegt worden. Wegen des Wetters.

Lego antwortete nicht sofort.

> Lego? 😧

Endlich antwortete er.

> Ich muss sagen, ich bin ziemlich gekränkt.

Shit, Shit, Shit, Shit. Kim fluchte vor sich hin und überlegte, was sie schreiben sollte, aber Lego tippte bereits wieder. Mit flauem Gefühl im Magen wartete sie auf seine Antwort. Dieses blöde Zusammentreffen würde doch nicht wieder alles ruinieren?

Legos Antwort erschien.

> Du sagst, dass alle deine Freunde zur Demo kommen, ich weiß aber nichts davon. Das ist kränkend.

Kims Herz machte einen so hohen Sprung, dass sie mithüpfte.

> Lego, bist du gegen das Tragen von Pelz?

> Nicht prinzipiell. Ich finde nur, es sollte den Tieren vorbehalten sein, die damit geboren werden.

> Dann wäre es auch eine Art Date, mit mir auf eine Anti-Pelz-Demo zu gehen?

> Das wäre ein super Date. Natürlich nur, wenn ich zu deinen Freunden zähle. Ich will mich nicht aufdrängen.

> 😊 Du bist so ein Idiot.

Am Freitag griff Toby gerade nach seinem Handy, als er neben seiner Schwester auf dem Sofa saß, und Kim traute ihren Augen nicht, als sie sein Hintergrundbild sah. Sie nahm ihm das Handy aus der Hand, starrte auf das Foto und sah Toby fassungslos an.

»Was ist das für ein Foto?« Auf dem Foto küsste ihr Bruder ein Mädchen mit langen blonden Haaren. »Und warum ist das dein Hintergrundbild?«

Toby schien keine Ahnung zu haben, was Kim meinte. »Das Foto ist doch cool. Ist von einem der Jobs, die ich für die Agentur gemacht habe.«

»Das kann von deinem ersten Hollywoodfilm sein oder sonst woher«, erklärte Kim zornig. »Du kannst doch nicht ein Foto auf deinem Handy haben, auf dem du ein fremdes Mädchen küsst! Irgend so eine Tussifilmblondine!«

Toby sah Kim einen Augenblick an, dann bekam er einen Lachanfall. »Meine Schwester, der Moralapostel!«, prustete er mit Tränen in den Augen. »Das *ist* doch Mila, du Äffchen! Sie hat bloß eine blonde Perücke auf!«

Kim sah sich das Foto genauer an. Plötzlich kam es ihr seltsam bekannt vor, als wäre sie bei dem Kuss dabei gewesen.

»Ich dachte, das war in einer Felswand? Beim Klettern?«

»Das war die erste Szene«, sagte Toby, immer noch mit Tränen in den Augen. »In der zweiten hatte Mila ein Abendkleid an.«

Kim starrte auf das Foto. Es stammte also von dem Job, den die beiden miteinander gemacht hatten und von dem Mila erzählt hatte. Nur hatte sie dabei nie erwähnt, dass sie eine Perücke getragen hatte.

»Na, dann ist es in Ordnung«, sagte Kim schließlich würdevoll und ließ ihren Bruder auf dem Sofa sitzen, wo er weiter in sich hineinlachte. Sollte er lachen, so viel er wollte, dachte Kim und lächelte. Dass ihr Bruder diese Geschichte jetzt wahrscheinlich x Mal weitererzählen würde, war die Erkenntnis wert, die sie eben gewonnen hatte. Das Foto kannte sie, weil es das Bild aus ihrem Traum war, in dem Toby eine Blondine küsste, die aussah wie ein Model.

Und das wiederum bewies, dass ihre Wahrträume nach wie vor funktionierten. Bis ins kleinste Detail. Und *das* wiederum bedeutete, dass sie einen maßgeblichen Grund mehr hatte, sich auf Samstag zu freuen. Um auf Nummer sicher zu gehen, klaute sie aber doch noch den Rosenquarz aus Tobys Zimmer und legte ihn unter ihr eigenes Bett. Toby brauchte ihn ja nun wirklich nicht mehr.

Treffpunkt war der City-Bahnhof, wo eine aufgeregte Mila mit einer Kollegin von der Tierschutzorganisation Transparente, Trillerpfeifen, Sticker und Megafone verteilte. Kim war enorm stolz, wie viele Leute sie motiviert hatte, mitzugehen: alle Kids aus dem Fußballcamp und fast alle Mitschüler, Lolo mit ihrem Alex und einige von Alex' Klassenkameraden, Oma Bines gesamte Stepptanzklasse und einige ihrer Trekkie-Freunde – allerdings in Zivil. Joshua hatte die Leute aus seinem Schachklub mitgebracht. Kims Eltern waren natürlich mitgekommen und hatten auch Freunde mitgebracht. Kim sah sich suchend um – einige, die versprochen hatten zu kommen, fehlten noch.

»Kim!« Die Fußballgruppe johlte, Kim sah sich um – da war Nana, wie versprochen! Aber sie war nicht allein, sie kam Hand in Hand mit ... Kims Augen fühlten sich an, als wollten sie aus ihren Höhlen poppen wie in diesem dämlichen Werbespot. Nana kam Hand in Hand mit Suki! Kim war so verblüfft, dass sie zunächst nicht wusste, was sie sagen sollte, als die beiden schließlich vor ihr standen. Sie umarmte erst Nana, dann Suki und sagte, weil ihr nichts Besseres einfiel: »Wie schön, dass ihr gekommen seid!«

»Für einen guten Zweck immer!«, sagte Nana.

»Und für dich auch«, fügte Suki hinzu. »Ohne dich hätten wir uns schließlich nicht kennengelernt.«

»Und das wär verdammt schade gewesen«, sagte Nana und gab Suki einen Kuss auf die Nasenspitze.

»Transparent?«, fragte Mila und strahlte die beiden Neuzugänge an. »Vielen Dank fürs Kommen!«

»Was sagt man dazu!«, meinte Oma Bine, die das Ganze auch beobachtet hatte, während Kim Nana und Suki nachstarrte, die sich mit ihrem Transparent in die Demo einreihten. »Das Universum geht wirklich seltsame Wege!«

»Die beiden sind eine Nanasuki«, meinte Kim wie in Trance. »Lego hat recht gehabt.«

»Wer will ein Megafon?«, ertönte Milas Stimme durch ein Megafon und Oma Bine brüllte: »Ich! Ich!«, und drängelte sich zu Mila durch. Sie wollte unbedingt »Lieber nackt als mit Pelz« durchs Megafon schmettern, darauf freute sie sich schon seit Wochen.

Plötzlich stand Mila neben Kim. »Na, alle da?«

»Alle außer Lego«, meinte Kim.

»Er wird schon noch kommen«, tröstete Mila. »Er kennt doch die Route, oder?«

Kim nickte.

Mila hielt ihr eine Stange ihres Transparents hin und sagte: »Willst du inzwischen mit mir gehen?«

Kim grinste. »Immer.«

Es waren Hunderte Leute gekommen, und an jedem Treffpunkt wurden es mehr.

»Deine erste Demo?«, fragte Mila, und Kim nickte. Ihre Eltern hatten ihr zwar erzählt, sie hätten sie als Baby schon auf Demos mitgenommen, aber daran konnte sie sich nun wirklich nicht erinnern.

»Sag mal, Mila ...« Kim musste ziemlich laut reden, um den Lärm zu übertönen, dennoch konnte sie sicher sein, dass in dem Getümmel niemand sonst mitbekommen würde, was sie sagte. »Ich wollte dich noch was fragen.«

»Ja?«

»Warum hast du weitergemacht und nicht einfach aufgegeben? Als ich so eklig zu dir war? Ich muss doch so ziemlich die anstrengendste Nachhilfeschülerin aller Zeiten gewesen sein.«

»Du schaffst es jedenfalls in die Top Ten«, brüllte Mila zurück und grinste. »Erstens konnte ich das Geld natürlich gut brauchen. Zweitens hat mich Toby gebeten, dranzubleiben. Er war sicher, du würdest irgendwann kapieren, wie supertoll ich bin.«

»Was ich ja auch irgendwann habe.« Kim grinste ebenfalls breit.

»Aber der Hauptgrund war dieser Zettel an eurem Kühlschrank.«

Kim sah Mila verblüfft an. »Welcher Zettel?«

»Dieser Aufsatz über deinen Bruder! Ich dachte, ein Mädchen, das seinen Bruder so vergöttert und Tiere so sehr liebt, kann nicht durch und durch fies sein. Nicht mal in der Pubertät.«

Kim lachte. »Dann bin ich meinen Eltern aber verdammt dankbar, dass sie das alte Ding am Kühlschrank gelassen haben.«

»Kannst du auch sein.«

»Sorry!«, rief plötzlich eine atemlose Stimme hinter ihr. »Ich war am falschen Bahnhof!«

Kim fuhr herum. »Lego!«

Er sah genauso aus, wie sie ihn in Erinnerung hatte. Noch braun gebrannt vom Sommer, die Nase, die nur ein ganz kleines bisschen schief war, mit den Sommersprossen, die man kaum sehen konnte, die aber sehr fehlen würden, wenn sie nicht da wären. Die warmen braunen Augen. Die dunkelblonden Haare, die jetzt nach dem Sommer von der Sonne ein bisschen heller waren. Und die Lippen. Sie hatte vergessen, wie hübsch seine Lippen waren. Er trug Jeans – wie fast alle anderen Demonstranten inklusive Kim, und unter seiner Jacke leuchtete ein gelbes T-Shirt hervor, das seine Augen irgendwie noch wärmer strahlen ließ.

Kim war so von Legos Erscheinen gefangen, dass sie gar nicht mitbekam, wie sich rund um sie alles weiterbewegte – und dass sie zu einem Hindernis für die Demonstranten geworden waren.

Mila drückte Lego ihre Transparentstange in die Hand. »Hi, Lego«, sagte sie. »Schon viel von dir gehört. Ich bin Mila.«

»Auch viel von dir gehört«, gab Lego zurück.

Mila grinste. »Natürlich nur das Allerbeste?«

Lego grinste zurück. »Natürlich.«

Die anderen drängten nach, und Lego und Kim ordneten sich wieder ein und gingen im Gleichschritt, eine Transparentbreite voneinander getrennt.

Alle paar Augenblicke warf Kim einen Blick zu Lego, und er schaute zurück.

»Es ist vielleicht nicht das perfekte erste Date«, rief Kim über den Lärm hinweg.

»Es ist ein Date, zu dem du erschienen bist«, rief Lego zurück. »Das toppt jedenfalls unsere anderen ersten Dates.«

»Wie lange werde ich mir das noch anhören müssen?«

»Oh, das werden sich noch unsere Urenkel anhören müssen«, erklärte Lego mit lauter Stimme. »Und Demonstrantengrün steht dir übrigens ausgezeichnet.«

»Du bist so ein Idiot«, brüllte Kim, so liebevoll sie konnte.

Es war das absolut perfekte erste Date.

ENDE

#Thankyou

Wie immer perfekt waren meine geliebten #firstreaders
Gaby, Sonja, Svenja & Hannah!
Danke Euch tausendmal! #sogratefulforyou 🤍 🤍 🤍 🤍

Das #bestcover stammt wieder einmal von der genialen
Anke Koopmann 🤍 aka Designomicon –
Danke dafür, es ist #perfekt!

Carolin Böttler #nowords 🤍 #lovemyeditor

Vielen Dank an Melanie Becker, die mit mir das Projekt entwickelt,
und an Dominik Madecki, der es betreut hat! #greatteam